日語考試
備戰速成系列

# 日本語
# 能力試驗
# 精讀本

## 3 天學完 N4 · 88 個合格關鍵技巧

香港恒生大學亞洲語言文化中心、
陳洲　編著

萬里機構

陳洲老師是日本語言及文化的專家。他在日本留學及工作多年,深知日本語文中包含了社會及歷史文化的深層元素。他編寫的這套「日語考試備戰速成系列」叢書,顧及中文(普通話和廣東話,下同)使用者的學習需要去分析日語的結構。要學好日語,就必須懂得日語中的文化元素及語言運用。例如敬語,其實是從倫理關係中產生的。日本人生活於日本社會倫理關係之中,又有日常生活的禮儀細節配合,語言便是人生成長及習慣的一部分。所謂「學習」,「學」及「習」要結合得好才會有所體會,「習」成而後才會有所「得」,「習得」指的就是這個意思。

我年青時候曾跟隨日本老師學日語,日本老師很講究語文準確運用的練習,但由於沒有把我當作外語學習者來教導,未能充分利用我的中文背景使我更有效地學習,所以進度緩慢。陳老師的教材,是一套實用的教材,充分考慮母語為中文的學生的背景,如當中有普通話發音及日語發音的比較,坊間實屬罕有,相信很能幫助香港、台灣以至內地學生掌握日語。此外,這套書為複習日語而設計,複習單元一節緊扣一節,實用性很高,使讀者可於短時間之內把握好基本的語用要素。對於準備日本語能力試驗,尤其實用。

這套書將出版五冊,作為對香港恒生大學亞洲語言文化中心成立的獻禮。中心主任陳顯揚博士期望提倡亞洲語言文化學習之餘,還在學術出版方面多作貢獻,所以有陳老師這一套書的出版。

我特別推薦陳洲 Sensei 這套書給希望速成並有系統地學習日語的讀者。

香港恒生大學
文社會科學學院
講座教授兼院長
**譚國根教授**

2020 年歲次庚子農曆 4 月，香港疫情雖大致退卻，老師學子們仍忙於網上課堂，準備期末考試。陳洲老師傳來最新的書稿，予我先睹為快，並囑代序。我數年前應香港恒生管理學院（即現在的香港恒生大學）之邀作專題演講時與陳兄相識，他的日語學識和漢文訓讀心得，使我留下深刻印象。此後經常瀏覽他的 Facebook，感受到陳老師對日語教育之熱忱和高度專注。

香港流通的日語教育書刊，大部分的作者多為日本人，大陸和台灣的次之，香港本地人編寫的教材則屬鳳毛麟角，在我的記憶中，以應考「日本語能力試驗（JLPT）」的讀者為對象並且由香港人編寫的參考教材，這本應該是第一本。

本書在構思上頗花心思，編排模塊化，條理分明，內容重點突出，層次有序，既適合讀者自學應考，也適合教師按各主題作教學之用。尤其是第 3 部分的【助詞運用】和第 4 部分的【文法比較】，針對性強，可以幫助初學者解決很多日語學習上的疑問。此外，本書的另一特色是開篇的【語音知識】，分別比較日語發音與廣東話和普通話音韻的關係，頗有啟發性，為其他同類參考書所沒有。書中的練習內容和精選的模擬試題，適合讀者在完成各個單元後，自我評估，亦可作為 N5 考試前的總複習。

本書精心編寫，是陳老師集多年教學實踐所累積的豐富成果，既填補了香港日語教育參考書的部分空白，也豐富了日語文法參考書庫。可喜！可賀！是為序。

香港日本文化協會
前副校長
**侯清儀**
2020 年 5 月於香港

在大學時期開始，我對來自日本的文化、音樂、連續劇等資訊產生濃厚的興趣。而且當時認為能夠説日語，在朋友圈子裏是一件很有型的事。所以我在大學二年級時，選修了「初階 - 日本語」。每一堂都是期待和享受的，但始終「求學也要求分數」，在第 13 週的日本語考試，卻寫下最慘痛的血淚史。

因為當時沒有「日語考試備戰速成系列」這樣的精讀叢書，作為學習日語新手的我，花了幾乎 70% 溫習時間，死記硬背課本所有資料以應付日語考試，而不足於 30% 的時間分配在另外四個主修科目上。資源錯配，您不難想像我那個學期的 GPA 不會好到哪裡去。

因為這個慘痛的日語考試經歷，我將原本準備報考日本語能力試的計劃無限期擱置。直至知道陳洲せんせい編撰了「日語考試備戰速成系列」叢書，我的「日語考試恐懼症」仿如得到了救藥，對考核日本語能力試資格的那團火再度燃燒！

書中內容集合了大部分應考生的三大渴求，

(1) 最少的溫習時間；

(2) 重點溫習出題頻率較高的範圍；

(3) 模擬試題操練；

溫習效率大大提升，讓考生快速地進入最佳備戰狀態。

所以這絕對是學習日本語必備的精讀參考書，也讓我們能實現「求學也可求分數」的可能。

日本 SSI 認定唎酒師
日本酒品質鑑定士
天合環球有限公司總負責人
**盧靜文 Jamie Lo**

香港恒生大學承蒙教育局質素提升支援計劃撥款資助，於 2020 年 1 月成立亞洲語言文化中心（CALC）。中心隸屬於恒大人文社會科學學院，旨在推廣亞洲語言教育及向學生介紹亞洲文化。有見日語和韓語為本地學生最廣為學習的外語，本中心一直舉辦日語及韓語能力試應試輔導班，透過小組研習，由資深導師講解語言能力試的答題竅門，輔以歷屆試題的練習，加強考生應試能力和信心，從而提升成績和合格率。

本中心副主任陳洲老師一直主力負責教授本校的日語班，經年以來累積不少心得並漸漸發展出一套適合香港以至用中文作為母語的學生適用的日語備試教材，這正正就是「日語考試備戰速成系列」叢書的出版緣由。本中心蒙教育局資助，以及萬里機構答允出版，合教學助理、學生助手和插畫師等人的努力，使陳洲老師多年來的日語教學精髓能整全地呈獻給廣大讀者，在此謹向各位致意。並希望這一系列叢書能喚起大家對學習外語的熱誠，逐級挑戰，真正做到：百尺竿頭，更進一步！

**香港恒生大學**
**亞洲語言文化中心**

# 筆者的話

出版兩本《日本語能力試驗精讀本：3 天學完 N 試．88 個合格關鍵技巧》的動機是，根據筆者所見，市面上對日語介紹得淋漓盡致的書籍比比皆是，但是缺乏一本「考試天書」，方便繁忙的城市人或是愛臨急抱佛腳的學生（業界用語 "deadline fighter"，笑），在考試前幾天甚或只剩下 30 分鐘，來一個有效率的總合溫習，爭取在最短時間內掌握日能試詞彙、文法、閱讀和聆聽等各種技巧。以下是本書幾個特點，以及筆者給讀者的一些使用建議。

**本書特點：**

1. 廣東話的拼音採用較為香港人較為熟悉的耶魯（Yale）式；

2. 盡量配合原文作出中譯，但例如第二部分：語彙拔萃中，某些日語名詞與中文（普通話和廣東話，下同）大同小異，則不加語譯，以免累贅。另外，某些隱藏意思／被省略的寓意會用【　】表示。

3. 在語音知識方面，很多是 N5-N1 共同的，甚至有一些日本人也不太諳熟的內容，「連濁有甚麼特徵？」「古代はひふへほ的子音不是 h 而是 p？」趣味盎然，適合各個水平的語言學習者閱讀。

4. 同樣是語音知識方面，用很多篇幅比較中文和日語發音，相信對學習日語而母語為中文的人士，或學習中文而母語為日語的人士，能夠提供一點點的啟發；

5. 本書旨在製作一本百分百 Made in HK 的日語參考書，故幾乎所有內容都是原創作，甚至第六部分：聽解，也是打破以往找母語為日語的人士錄音的傳統，以本地的日語教師及香港恒生大學的同學們負責，這種草創的「土炮」性質，相信對今後日語教育的發展，具有一定的意義。

6. 因為預計本書的市場定位為「考試天書」，故當中的解說以精簡及考試技巧優先，需要更詳盡的解說，可在坊間的書海裏尋找。

**使用建議（每課所需的時間）：**

1. 閱讀版頭的介紹，並記下重點（3 分鐘）；

2. 挑戰不同類型的練習題（不含閱讀理解的需要 4 分鐘；含閱讀理解的

需要 8 分鐘）；

　　3. 看答案和解說（4 分鐘），並牢牢記住重點。

　　4. 全書超過 300 題試題，再加一份完整的模擬卷，相等於日能試 4-5 年分量的題數，相信定能為考生上戰場前打下一支強心針。

　　本書的閱讀理解練習約佔一半篇幅，故每課練習題所需的時間平均為 6 分鐘，即完成一課所需的時間為 3+6+4=13 分鐘。一共 88 課，故是 1144 分鐘，即 19 小時，再加一份完整的模擬卷約 2 小時合共 21 小時，分 3 天來學習，每天只要集中用功 7 個小時，就能夠將考試最核心的部分作一個全面的理解，這亦是我們把書名定為《日本語能力試驗精讀本：3 天學完 N 試 ‧ 88 個合格關鍵技巧》的原因。

　　另外，不得不說的是，在短短三個月之內能夠寫好兩本《日本語能力試驗精讀本：3 天學完 N 試 ‧ 88 個合格關鍵技巧》，除了是筆者多少個晚上對着屏幕，愁眉深鎖的費煞思量，螞蟻搬家的逐點完成外，當中很多日中翻譯，都是端賴從前教過的學生「伸出援手」，才能夠在短時期內完成的。這裏篇幅有限，未能一一公開各位芳名，只能從心坎裏發出由衷的一聲：沒有大家，也就沒有這套書的出現，ありがとうございました。

　　最後，獻給在成書前相繼離世的老豆及阿嬤，多謝你們多年來的養育之恩，望九泉下能看到兒孫對人文社會作出的雖微不足道但一丁點的實質貢獻。兒孫每日念茲在茲着「其(そ)の人(ひと)は已(すで)に没(ぼつ)せりと雖も、千載(せんざい) 余情(よじょう)あり」（其人雖已沒，千載有餘情），直至他日重逢之時。

　　最後，祝願各位考生在日能試中考取理想的成績。

**陳洲**

書於香港恒生大學 M523 教員室

二○二○年五月二十日

# 目錄

## 第一部分：語音知識

## 第二部分：語彙拔萃

## 第三部分：助詞運用

## 第四部分：文法比較

## 第五部分：閱讀理解

## 第六部分：聽解

## N4 模擬試驗

## 答案、中譯與解說

# 第一部分

# 語音知識

| 出題範圍 | | 出題頻率 |
|---|---|---|
| **甲類:言語知識(文字・語彙)** | | |
| 問題 1 | 漢字音讀訓讀 | ✓ |
| 問題 2 | 平假片假標記 | ✓ |
| 問題 3 | 前後文脈判斷 | |
| 問題 4 | 同義異語演繹 | |
| 問題 5 | 單詞正確運用 | |
| **乙類:言語知識(文法)・讀解** | | |
| 問題 1 | 文法形式應用 | ✓ |
| 問題 2 | 正確句子排列 | ✓ |
| 問題 3 | 文章前後呼應 | |
| 問題 4 | 短文內容理解 | |
| 問題 5 | 長文內容理解 | |
| 問題 6 | 圖片情報搜索 | |
| **丙類:聽解** | | |
| 問題 1 | 圖畫情景對答 | |
| 問題 2 | 即時情景對答 | |
| 問題 3 | 圖畫綜合題 | |
| 問題 4 | 文字綜合題 | |

JPLT N4

母音 I | 1. 部分廣東話母音（母音＝韻母，下同）的 ou 會變成日語的 ou（延長音）
2. 部分廣東話母音的 o 會變成日語的 a

---

**1. ou：**寶（bou → **ほう hou**），曹（chou → **そう sou**），刀（dou → **とう tou**），毛（mou → **もう mou**）

**2. o：**波（bo → **は ha**），多（do → **た ta**），科（fo → **か ka**），賀（ho → **が ga**）

---

題1 そのニュースは すでに 報道されて いました。

1 ほど　　　　　2 ほどう

3 ほうど　　　　4 ほうどう

題2 きむらさんの 好物は なんだと おもいますか？

1 こぶん　　　　2 ほぶん

3 こうぶつ　　　4 ほうぶつ

題3 左右を かくにんしてから うんてんして ください。

1 さゆ　　　　　2 さゆう

3 ぞゆ　　　　　4 ぞゆう

題4 かもつせんって どんな ふねか しってる？

1 化者　　　　　2 鴨川

3 貨物　　　　　4 金持

# 廣東話與日語⑥

1. 大部分廣東話的 ai（其普通話是 i）會變成日語的 ei（延長音）
2. 部分廣東話的 ai〔其普通話是 ui，主要集中在子音（子音＝聲母，下同）h、gw 和 kw〕會變成日語的 i
3. 部分廣東話的 aai 會變成日語的 ai

---

**1. ai（其普通話是 i）**：低（廣 dai，普 di →**てい tei**），計（廣 gai，普 ji →**けい kei**），迷（廣 mai，普 mi →**めい mei**），西（廣 sai，普 xi →**せい sei**）
**2. ai（其普通話是 ui）**：輝（廣 fai，普 hui →**き ki**），歸（廣 gwai，普 gui →**き ki**），愧（廣 kwai，普 kui →**き ki**）
**3. aai**：大（daai →**たい tai / だい dai**），快（faai →**かい kai**），泰（taai →**たい tai**），涯（ngaai →**がい gai**）

---

題1 **貴重な たいけん を させていただいて ありがとうございました。**

　　1　かちょう　　　　2　きちょう　　　3　けちょう　　　4　くちょう

題2 **関係者 じゃない かたは でいりきんし となっています。**

　　1　かけいしゃ　　　2　けけいしゃ　　　3　けんけいしゃ　　4　かんけいしゃ

題3 **解答ようしに こたえを かいてください。**

　　1　かいとう　　　　2　かいたい　　　3　けいたい　　　4　けいとう

題4 **このきかいを つかえば こうりつが よくなると おもいます。**

　　1　機会　　　　　　2　議会　　　　　3　機械　　　　　4　奇怪

母音 III

1. 大部分廣東話的 eung 會變成日語的「yo 行拗音＋u」（ょう）或 ou（延長音）*** 可理解為兩者均是「お段延長」

2. 大部分廣東話的 eng 會變成「yo 行拗音＋u」（ょう）或 ei（延長音）

3. 大部分廣東話的 ing 會變成 ei（延長音），偶爾亦有「yo 行拗音＋u」（ょう）

---

**1. eung:** 量（leung→**りょう ryou**），商（seung→**しょう shou**），長（cheung→**ちょう chou**），常（seung→**じょう jou**），向（heung→**こう kou**），陽（yeung→**よう you**）

**2. eng：** 病（beng →**びょう byou**），驚（geng →**きょう kyou**），鄭（jeng →**てい tei**），正（jeng →**せい sei / しょう shou**）

**3. ing：** 明（ming →**めい mei**），成（sing →**せい sei**），停（ting →**てい tei**），興（hing →**きょう kyou**）

---

題1　やくそくに　おくれてはいけない　という　常識を　わかって　ほしい　です。

　　　1　しょ　　　　2　しょう　　　　3　じょう　　　　4　じょ

題2　ことしの　お正月は　病気のせいで　どこにもいけなくて　くやしかった。

　　　1　せい/べい　　2　せい/びょう　　3　しょう/びょう　　4　しょう/べい

題3　「失敗は成功の母」という　ことばに　興味が　あります。

　　　1　せい/けい　　2　しょう/きょう　　3　しょう/けい　　4　せい/きょう

題4　たまに　ひとりで　めいそうしてみると　こころが　らくになる　こともある。

　　　1　謎装　　　　2　迷走　　　　3　名僧　　　　4　瞑想

**母音 IV** 1. 大部分廣東話的 ang/anng 會變成 ou（延長音）

2. 大部分廣東話的 ung 會變成「yu行拗音＋u」（ゅう）或 ou（延長音）

3. 大部分廣東話的 ong 會變成 ou（延長音）

---

1. **ang/anng**：登（dang→**とう tou**），恒（hang→**こう kou**），猛（maang→**もう mou**），棒（paang→**ぼう bou**）

2. **ung**：龍（lung→**りゅう ryuu**），中（jung→**ちゅう chuu**），工（gung→**こう kou**），東（dung→**とう tou**）

3. **ong**：糖（tong→**とう tou**），方（fong→**ほう hou**），裝（jong→**そう sou**），黃（wong→**こう kou**）

---

題1  更新の　てつづきは　もう　かんりょうしましたか？

1　ごう　　　　2　かん　　　　3　こう　　　　4　がん

題2  ダイエットしているので、コーヒーに　砂糖を　いれないようにしている。

1　たん　　　　2　たう　　　　3　とん　　　　4　とう

題3  かんとんごでは　黄さんも　王さんも　おなじ　はつおんだそうだ。

1　おう / おう　　2　おう / こう　　3　こう / おう　　4　　こう / こう

題4  しゅうきょうを　おもちですか？

1　宗教　　　　2　生姜　　　　3　州境　　　　4　習経

母音 V　1. 大部分廣東話的 ei（其普通話是 i）會變成日語的 i
　　　　2. 部分廣東話的 oi 會變成日語的 ai

---

**1. ei（其普通話是 i）**：其（廣 kei，普 qi → **き ki**），死（廣 sei，普 si → **し shi**），悲（廣 bei，普 bi → **ひ hi**），希（廣 hei，普 xi → **き ki**）
**2. oi**：愛（ngoi → **あい ai**），該（goi → **がい gai**），来（loi → **らい rai**），才（choi → **さい sai**）

---

題1　希望を　すてないで　がんばっていけば　ゆめは　きっと　かなう。

　　1　しぼう　　　　　2　きぼう

　　3　しぼ　　　　　　4　きぼ

題2　せんしゅう　かいしゃを　やすんだ　理由を　きかせてください。

　　1　りやう　　　　　2　りゆう

　　3　らーゆ　　　　　4　らいゆう

題3　わたしは　できれば　財産よりも　才能が　ほしい　です。

　　1　さい / さい　　　2　さい / ざい

　　3　ざい / さい　　　4　ざい / ざい

題4　いま　せかいかくちで　にんげんによる　さいがいが　おきている。

　　1　世界　　　　　　2　再開

　　3　再会　　　　　　4　災害

# 廣東話與日語⑩

**母音 VI**　1. 大部分廣東話的 in/uen 會變成日語的 en（え段＋ん）
　　　　　2. 大部分廣東話的 im 會變成日語的 en（え段＋ん）
　　　　　3. 大部分廣東話的 un 會變成日語的 an（あ段＋ん）

---

1. **in/uen**：廣東話的 in/uen 很多時候等同於普通話的 ian/uan，可參照《3 天學完 N5・88 個合格關鍵技巧》 **6** 普通話與日語②母音 I。

2. **im**：点（dim →**てん ten**），兼（gim →**けん ken**），添（tim →**てん ten**），塩（yim →**えん en**）

3. **un**：観（gun →**かん kan**），歓（fun →**かん kan**），搬（bun →**はん han**），椀（wun →**わん wan**）

---

題1　<u>塩分の</u>　たかいものを　たべすぎないように　したほうがいい。

　1　えぶ　　　　　2　えんぶ　　　　3　えぶん　　　　4　えんぶん

題2　にほんの　<u>剣道</u>は　せかいでも　ゆうめい　なので、ならいたがる　がいこくじんも　おおい。

　1　ぜんど　　　　2　けんど　　　　3　ぜんどう　　　4　けんどう

題3　しょくじのまえに　<u>お椀</u>などの　しょっきを　じゅんびして　おくべきです。

　1　わん　　　　　2　うん　　　　　3　をん　　　　　4　あん

題4　<u>かんこうち</u>を　はなれるとき　ちゃんと　ゴミを　もってかえらないといけない。

　1　完工　　　　　2　官校　　　　　3　観光　　　　　4　空港

# 「語呂合わせ」（ごろあわせ）＝諧音

## 日本人慣用諧音記住數字

日語的數字有多種讀法，例如 7 可讀「しち」、「なな」甚至「セブン」（seven）等，故日本人喜歡用一組相關的句子去記住數字，反之亦然。舉例說，從前為了記住鎌倉幕府成立之年（1192 年，但後來發現其實並不是這個年份⋯⋯），日本人會唸一句「いい国を作ろう、鎌倉幕府！」（建立好的國家，就是鎌倉幕府）。當中「いい国」（いいくに）讓人聯想到 1192（い =1，く =9，に =2），所以大家都能輕易的記住這個年份。又或者 2016 年 G7 峰會主辦地是三重縣志摩市，有店家特意找人設計了一件 T-shirt，印上「伊勢志摩サミット（Iseshima summit）」等字，當中隱藏兩組數字。是哪兩組？就是 1740 及 3310，為甚麼呢？因為

「伊」音 i，聯想到 1（ichi）

「勢」音 se，聯想到 7（seven）

「志」音 shi，聯想到 4（shi）

「摩」音 ma，聯想到 0（maru）

「サ」音 sa，聯想到 3（san）

「ミ」音 mi，聯想到 3（mi 是 3 的訓讀，如 3 日 =mikka）

「ッ」這裏是促音，但亦可視為ツ，即 tsu，聯想到 1（1 日 =tsuitachi）

「ト」音 to，聯想到 10（to 是 10 的訓讀，如 10 日 =tooka）

所以得出 1740 及 3310 兩組數字。店主還特意把其中一款定食的價錢定為 3310 円，凸顯心思。如果把兩個數字加起來，就會得到 5050 這個數字——這裏亦隱藏着另外的意思：5 音 go，0 這裏不發音，5050 就是「go~go~」，整個就是「伊勢志摩サミット，go~go~」，令人嘆為觀止！

題1 よろしくお願いいたします。「よろしく」はどんな数字に変換されますか？

1　4649　　　　　2　5963　　　　　3　0833　　　　　4　3470

題2 毎月の 22 日は何のケーキの日ですか。

1　抹茶ケーキ　　　　　　　　2　チーズケーキ

3　いちごケーキ　　　　　　　4　チョコレートケーキ

# 口語變化①

日本人習慣把以下單詞 / 句子口語化

| 單詞 / 句子 | 口語化 | 原句 | 口語化句子 |
|---|---|---|---|
| ①は或と | って | ・すき焼きは美味しいと思う。<br>（覺得壽喜燒好吃。） | ・すき焼きって美味しいって思う。 |
| ②という | っていう | ・中田という友達がいる。<br>（叫中田的朋友。） | ・中田っていう友達がいる |
| ③では | じゃ | ・私は馬鹿ではない！<br>（我不是笨蛋！） | ・私って馬鹿じゃない。 |
| ④ている | てる | ・何を考えているの？<br>（在想甚麼呢？） | ・なに考えてるの？ |
| ⑤てしまう→<br>てしまった→<br>でしまう→<br>でしまった→ | ちゃう<br>ちゃった<br>じゃう<br>じゃった | ・秘密を言ってしまう！<br>（會不小心説出秘密！）<br>・ペットが死んでしまった！<br>（很遺憾寵物死掉了！） | ・秘密を言っちゃう！<br>・ペットが死んじゃった！ |

---

**題 1** 分からなくて 諦め＿＿＿＿＿＿。

    1　ていう　　　　2　ちゃった　　　3　じゃ　　　　4　てった

---

**題 2** 昨日 勉強しないで 一日中 遊ん＿＿＿＿＿＿。。

    1　ちゃってる　　2　ちゃってた　　3　じゃってる　　4　じゃってた

---

**題 3** ＿＿＿＿＿＿ 今日 午後2時に お待ちして います。

    1　これじゃ　　　2　それじゃ　　　3　あれじゃ　　　4　どれじゃ

---

**題 4** 昼ご飯は 駅前に ＿＿＿＿ ＿＿＿＿ ★ ＿＿＿＿ に 食べに 行かない？

    1　っていう　　　2　讃岐ラーメン　3　みせ　　　　4　ある

# 9 ▶ 口語變化②

## 日本人習慣把以下單詞 / 句子口語化

| 單詞 / 句子 | 口語化 | 原句 | 口語化句子 |
|---|---|---|---|
| ⑥ては | ちゃ | ・これが君に見せなくてはいけないものです。<br>（這就是一定要讓你看的東西。） | ・これが君に見せなくちゃいけないものです。 |
| ⑦なければ→ | なきゃ or なくちゃ | ・今度のセミナーを申し込まなければなりません。<br>（一定要報名參加下次的研討會。） | ・今度のセミナーを申し込まなきゃ<br>・今度のセミナーを申し込まなくちゃ<br>（「なりません」→「ならない」可省略）。 |
| adj ければ→ | adj けりゃ | ・気分が悪ければ、休んだほうがいいよ！<br>（不舒服的話，最好休息一下！） | ・気分が悪けりゃ、休んだほうがいいよ！ |
| ⑧ Vておく | Vとく | ・明日の授業内容を予習しておく。<br>（事先預習明天課堂內容。） | ・明日の授業内容を予習しとく。 |
| ⑨れは | りゃ | ・それはひど過ぎる！<br>（那太過分了！） | ・そりゃひど過ぎる！ |

| 單詞 / 句子 | 口語化 | 原句 | 口語化句子 |
|---|---|---|---|
| ⑩ V てるの？<br>*** 並非疑問句的 V てる，如「ご飯を食べてる」<br>**不會變成**「ご飯を食べてん」<br>V ている→V てる，參考本書 **8** 口語變化① | V てんの？ | ・どうしてずっと笑ってるの？<br>（為甚麼一直在笑？） | ・どうしてずっと笑ってんの？ |

題1 君じゃ_____ だめ。

　　1　なくきゃ　　　2　なくじゃ　　　3　なきゃ　　　4　なじゃ

題2 何も 言わないで 席を 離れ _____ いけないよ。

　　1　ちゃ　　　　　2　じゃ　　　　　3　りゃ　　　　　4　きゃ

題3 ユリちゃんは どうして_____ _____ ＿★ ＿＿＿?何が あったんの？

　　1　から　　　　　2　ずっと　　　　3　泣いてんの　　4　ゆうべ

題4 後で 彼女が 家に 遊びに 来るので、部屋を _____ _____ ＿★＿
＿＿＿。

　　1　に　　　　　　2　きれい　　　　3　掃除し　　　　4　といた

# 口語變化③

## 日本人傾向在 "e 段" 音下手，把原來屬於 e 段的音變成其他音

「V なければ（なりません）」，表示「不得不 V」，亦即是「必須 V」，有「V なけりゃ」和「V なきゃ」等的口語版本。在這裏標上羅馬字：

・「行かなければ（「なりません」可省略）」（ika nakereba）
・「行かなけりゃなりません（「なりません」**不可**省略）」（ika nakerya）
・「行かなきゃ（「なりません」可省略）」（ika nakya）

「行かなければ」（ika nakereba）→「行かなけりゃ」（ika nakerya）→「行かなきゃ」（ika nakya），nake reba 的 reba 變成 rya，即是 eb 變成 y；然後 nakerya 的 kerya 變 kya，即是 er 變成 y，由於後面已經有拗音 y，看起來像 er 被刪除般。我們嘗試推測：日本人「傾向在 e 段音下手，把原來屬於 e 段的音變成其他音」，結合前兩章口語變化①～②，再補上其他例子可見：

・ ては（nakutewa）→ちゃ（nakuc**y**a，cy=ch，以下同）=ew 變成 y（子音 t 變 ch 是 t 行特色，在此不詳述）
・ では（dewa）→じゃ / ぢゃ（j**y**a/d**y**a）=ew 變成 y（子音 d 變 j 是 d 行特色，在此不詳述）
・ てしまう（teshimau）→ちまう（過渡性的 c**y**imau）→ちゃう（cyau）= esh 變成 y
・ ておく（teoku）→とく（toku）= 刪除 e
・ という（toiu）→っていう（teiu）→っちゅう（c**y**uu）= 刪除 e***
・ てやる（teyaru）→たる（taru）= 刪除 ey
*** ている（teiru）→てる（teru）= 刪除 i，保留 e
*** ていく（teiku）→てく（teku）= 刪除 i，保留 e

我們嘗試找出一些共通點出來，就是：

1. **如果 e 跟着 y 以外的子音，如 eb、esh 或 ew 的話，則整個變成 y。**
2. **如果 e 跟着子音 y，即 ey 的話，則整個刪除。**
3. **如果 e 跟着的是母音，如 eo 或 ei 的話，有時刪除 e，但亦有機會保留 e***，不能一概而論。**

題1 「これは」→「こりゃ」のローマ字は？

    1  kor**ewa** → koriwa

    2  kor**ewa** → korwa

    3  kor**ewa** → korea

    4  kor**ewa** → korya

題2 「（雨が）降ってしまった」が省略された形のローマ字は？

    1  futt**e sh**imatta → futte smouta

    2  futt**e sh**imatta → fu jjatta

    3  futt**e sh**imatta → fu ccyatta

    4  futt**e sh**imatta → fu kkyatta

# 11 ▶ 口語變化④

**遇到兩個母音所組成的い形容詞時，現代日本年輕人傾向變為一個母音**

現代日本人（特別是年輕一輩）說話的時候經常會把「<ruby>高<rt>たか</rt></ruby>い」（takai）說成「<ruby>高<rt>たけ</rt></ruby>え」（takee），「すごい」（sugoi）說成「すげえ」（sugee），原因為何？答案是當遇到兩個複合母音所組成的形容詞時，日本人傾向變為統合為一個母音，這些被認為是近代江戶口音的一種：

---

### 1. a+i → e+e

tak**ai**（たかい＝貴）→ tak**ee**（たけえ）

yab**ai**（やばい＝危險）→ yab**ee**（やべえ）

**如果不是形容詞，如名詞 yasai（やさい＝野菜），一般不會變 yasee（やせえ）**

---

### 2. o+i → e+e

sug**oi**（すごい＝厲害）→ sug**ee**（すげえ）

os**oi**（おそい＝慢）→ os**ee**（おせえ）

---

### 3. u+i → i+i

war**ui**（わるい＝不好）→ war**ii**（わりい）

sam**ui**（さむい＝冷）→ sam**ii**（さみい）

---

### 4. i+i → yu+u

utsukush**ii**（うつくしい＝美麗）→ utsukush**yuu**（うつくしゅう）

oish**ii**（おいしい＝好吃）→ oish**yuu**（おいしゅう）

當然也有形容詞以外的例子，如作為 a+e → e+e 的例子有 omae 或 temae（お
まえ／てまえ＝你這個混蛋）→ omee（おめえ）temee（てめえ），真的要算
起來恐怕是不勝枚舉，在此只能割愛。總而言之，**1.** ～ **3.** 是一種音韻簡化傾向，
與此同時江戶口音給人一種氣勢強勁、かっこいい的感覺，故現代人，尤其是年
輕一輩極為喜歡用；**4.** 則是一種音韻複雜化的傾向，較少在日常生活使用，多見
於書面語或上流社會交際會話中。

---

題1 「うるさい」（urusai）の　江戸ことばは　なんですか？

1　うせろ

2　うるせえ

3　うめえ

4　うぜえ

---

題2 「はずかしい」（hazukashii）の　より上品な形は　どれですか？

1　はずいです

2　はずかしゅう

3　はずれでした

4　はずしゅう

# 子音變化①

「はひふへほ」，古代不是讀「ha hi hu he ho」，而是接近「pa pi pu pe po」

有些漢字的「音讀」根本不太像漢語發音，尤其是 ha 行，如：

· 覇，破（は =ha）
· 排，牌（はい =hai）
· 悲（ひ =hi）
· 不（ふ =hu）
· 平（へい =hei）
· 保（ほ =ho）

……為甚麼子音是 h？p 不是更好嗎？p 的話，排、牌（ぱい =pai）豈不是更接近漢語發音？答案是現在的「はひふへほ」，古代不是讀「ha hi hu he ho」，而是接近「pa pi pu pe po」的發音。例如花現在讀「hana」，但古代唸「pana」；星現在讀「hoshi」，但古代唸「poshi」（中間還有「ɸana」和「ɸoshi」的過渡期，在此省略……）

有一個很有趣的例證，可以證明「はひふへほ」以前唸「pa pi pu pe po」。古代有一個類似今日猜謎的遊戲，有着這麼一個謎語：

有一樣東西和父親（日語是ちち）是永遠不會接觸，但每次總能和母親（日語是はは）接觸到兩次，那是甚麼？

……答案是「唇<ruby>唇<rt>くちびる</rt></ruby>」！為甚麼？因為你讀父親（ちち =chi chi）這個音的時候，唇是不會互相接觸到的；但讀母親（はは）的時候，每次兩唇都會接觸到兩次！甚麼？讀はは =haha 時兩唇根本不會接觸？因為古代的はは不是念 haha，而是 papa 嘛。

如果從前的「はひふへほ」以前唸「pa pi pu pe po」，那麼：

· 覇，破（は =pa）
· 排，牌（はい =pai）
· 悲（ひ =pi）

・不（ふ =pu）
・平（へい =pei）
・保（ほ =po）

讀出來很像普通話的讀音吧！判讀語音時，「P → Φ → h」這個子音的演變可做參考。題外話，有一家叫 TefuTefu 的日本著名美容護膚牌子，標誌是一隻蝴蝶圖案。TefuTefu 是日語「蝶蝶」的舊式寫法，在 fu 還念 pu 的古代，讀 TepuTepu，是模擬了中古漢語 diepdiep 的讀音。

題1 だれかに　財布を　ぬすまれた。

1　さいふ　　　　　　　　　　2　さいふう
3　ざいさ　　　　　　　　　　4　ざいさん

題2 これを　しばらく　保管して　いただけませんか。

1　ほか　　　　　　　　　　　2　ほかん
3　ぽか　　　　　　　　　　　4　ぽかん

題3 まもなく　発車いたします。ごちゅういください。

1　はつぐるま　　　　　　　　2　ばつぐるま
3　はっしゃ　　　　　　　　　4　ばっしゃ

題4 ふびょうどうな　じょうやくを　むすんで　しまいました。

1　不平等　　　　　　　　　　2　夫平等
3　普平等　　　　　　　　　　4　婦平等

# 13 子音變化②

## 「ゐ」（wi）和「ゑ」（we）是很多漢字音讀的鼻祖

「ゐ」（wi）和「ゑ」（we），在現代仮名已經不再用，「ゐ」為「い」，「ゑ」為「え」所取代，但其實兩個字是很多漢字音讀的鼻祖：

- 音讀以前是「ゐ」，現代是「い」的例子：位、囲、委、為、威、胃、偉、違、遺、員(ゐん)、域(ゐき) etc.
- 音讀以前是「ゑ」，現代讀「え」的例子：永(ゑい)、衛(ゑい)、遠(ゑん)、援(ゑん) etc.

現代日語，「偉」的音讀是讀 i，「永遠(ゑいゑん)」的音讀是 ei en，當我們知道一部分的 i 來自 wi，一部分的 e 來自 we，那些年「偉」其實讀 wi，「永遠」原來讀 wei wen，跟現代普通話或廣東話更接近的話，對我們判讀甚至還原字音都有一定的幫助。

---

題1　がっこうの　委員会に　さんかした。

1　いいんかい　　　　　　　　2　わいんかい

3　ええんかい　　　　　　　　4　わえんかい

題2　ばんりのちょうじょうは　ほんとうに　偉大な　けんせつですね。

1　えたい　　　　　　　　　　2　えだい

3　いたい　　　　　　　　　　4　いだい

題3　いけの　しゅいを　さんぽする。

1　首位　　　　　　　　　　　2　周囲

3　主意　　　　　　　　　　　4　朱威

題4　えんそくに　いきたい　ひと、てを　あげて　ください。

1　塩速　　　　　　　　　　　2　延速

3　遠足　　　　　　　　　　　4　煙足

# 連濁①

連濁是指兩個漢字相連，後者本來的清音變為濁音

一般出現於以下情況：

## 1. 重複字

I 人々（ひと**びと**）

II 時々（とき**どき**）

## 2. 前後單字的關係可用【的】字串連

I 白箱（白箱可理解為しろ【的】はこ＝白色【的】箱子＝しろ**ばこ**）

II 青空（青空可理解為あお【的】そら＝藍色【的】天空＝あお**ぞら**）

**題1** あかい　<u>上着</u>を　きていて　<u>大声</u>で　はなしている　ひとは　だれですか。

1　うえぎ / おおこえ　　　　　　2　うえぎ / おおごえ

3　うわぎ / おおごえ　　　　　　4　うわぎ / おおこえ

**題2** わたしは　<u>恋人</u>からの　<u>手紙</u>が　ほしかった。

1　こいひと / てかみ　　　　　　2　こいびと / てがみ

3　ごいひと / てがみ　　　　　　4　ごいびと / てかみ

**題3** よのなかには、<u>さまざまな</u>　ひとが　います。

1　様々　　　　　　　　　　　　2　色々

3　所々　　　　　　　　　　　　4　日々

**題4** あの<u>ほんだな</u>の　うえに、<u>はいざら</u>が　あります。

1　本屋 / 杯皿　　　　　　　　　2　本棚 / 杯皿

3　本棚 / 灰皿　　　　　　　　　4　本屋 / 灰皿

連濁②

両個漢字相連，而後者的清音**較少**變為濁音

如以下情況：

---

**1. 前後單字的關係可用【和】字串連**

I 月日（月日可理解為つき【と】ひ＝月份【和】日子＝つき**ひ**）

II 白黒（しろ【と】くろ＝黑【和】白＝しろ**くろ**）

---

**2. 前後單字已有濁音**

I 海風（うみ**かぜ**，因後方是ぜ，所以か不變が）

II 水玉（みず**たま**，因前方是ず，所以た不變だ）

\*\*\* 但也有例外，如出口（でぐち）雖前面是濁音「で」，但後面也讀「ぐち」。

---

題1　**親子も　夫婦も　たいせつな　かんけいです。**

　　1　おやご / おっとふ　　　　　2　おやご / ふうふ

　　3　おやこ / おっとふ　　　　　4　おやこ / ふうふ

題2　**きのう　一人旅をして　こうえんで　温泉玉子を　たべました。**

　　1　ひとりたび / おんせんたまご　　2　ひとりたび / おんせんだまご

　　3　ひとりだび / おんせんたまご　　4　ひとりだび / おんせんだまご

題3　**ねんげつが　たつのは　はやい　ですね。**

　　1　年月　　　　2　月日　　　　3　年間　　　　4　日時

題4　**いりぐちと　でぐちは、どこに　ありますか。**

　　1　入社 / 出社　　2　入口 / 出口　　3　入門 / 出門　　4　入国 / 出国

# 連濁③

兩個漢字相連，而後者的清音**較少**變為濁音

---
**3. 前面訓讀，後面音讀**
---

I 梅酒（うめ**しゅ**，**不是**うめじゅ）

II 手帳（て**ちょう**，**不是**てぢょう）

III 見本（み**ほん**，**不是**みぼん）

IV 夕刊（ゆう**かん**，**不是**ゆうがん）

---
**4. 前後字皆為音讀**
---

I 空気（くう**き**，**不是**くうぎ）

II 会計（かい**けい**，**不是**かいげい）

III 空港（くう**こう**，**不是**くうごう）

IV 創作（そう**さく**，**不是**そうざく）

V 都市（と**し**，**不是**とじ）

*** 基本上，相比「前音後訓」和「前後皆訓」，「前訓後音」和「前後皆音」比較少產生連濁現象（但亦有眾多例外，特別是 h 行，詳情可參閱《3 天學完 N5　88 個合格關鍵技巧》 15 h 行變音），現將四種讀音配列表如下：

| 前字 | 後字 | 例子 | 連濁現象 |
|------|------|------|----------|
| 音讀 | 訓讀 | 本棚（ほんだな）、豚汁（とんじる） | 較多 |
| 訓讀 | 訓讀 | 手紙（てがみ）、恋人（こいびと） | 較多 |
| 訓讀 | 音讀 | 手帳（てちょう）、見本（みほん） | 較少 |
| 音讀 | 音讀 | 先生（せんせい）、教師（きょうし） | 較少 |

題1 都会に あこがれていたので、ごねんまえに いなかから 東京にきた。

1 とかい / とうぎょう

2 とがい / とうきょう

3 とかい / とうきょう

4 とがい / とうぎょう

題2 かれは 家庭の じじょうで りゅうがくを やめたそうだ。

1 かてい

2 かでい

3 がてい

4 がでい

題3 屋台で せんぱいに おでんを おごってもらった。

1 やだい

2 やたい

3 おくたい

4 おくだい

題4 おふたりは あいしょうが よさそうですね。

1 相性

2 愛情

3 化粧

4 哀傷

# 連濁④

兩個單詞相連，清音**不**變為濁音，但會隨着日本人的價值觀而改變

## 5. 前後單詞包含片假名

テレビ局（テレビ**きょく**，**不是**テレビ**ぎょく**），ラジオ放送（ラジオ**ほう**そう，**不是**ラジオ**ぼう**そう）；後面單詞是源自外語的片假名的話，則更難以產生濁音，舉例說「ホテル」是英語 hotel 的片假名，business hotel 是「ビジネス**ホテル**」，而**不是**「ビジネス**ボテル**」，否則就失去 hotel 的原意；digital camera 也一樣，是「デジタル**カメラ**」，而**不是**「デジタル**ガメラ**」。

## 6. 日本人視某些片假名或漢字為自己發明的固有名詞或訓讀

然而，某些本來源自外來語的日語，經過長年累月的使用，日本人把他們視為日本本土產生的日語，則有機會變成濁音。「合羽」（かっぱ）是雨衣的意思，源自葡萄牙語 capa，理論上和 hotel 一樣是不會有濁音，但日本人視之為訓讀，把「雨合羽」讀作「あま**がっぱ**」而**不是**「あま**かっぱ**」；紙牌遊戲「歌留多」（かるた）也是，本來也是源自葡萄牙語 carta，但日本人視為己出，故「伊呂波加留多」讀「いろは**がるた**」而**不是**「いろは**かるた**」。這個現象延及至一部分漢字，「風呂」（ふろ）明顯是源自漢語的音讀，但也許日本的風呂文化比本家中國更大行其道，令日本人「深信」這是他們發明的固有名詞，所以「露天風呂」是「ろてん**ぶろ**」，**不是**「ろてん**ふろ**」。以上兩例，理應根據 **4.**「前後字皆為音讀則清音**較少**變為濁音」和 **5.**「前後單詞包含片假名則清音**不**變為濁音」來讀，但日本人顯然把他們當作訓讀處理。

---

題1 あの あたらしい ヘリコプターの テスト飛行は いつ おこなわれますか？

1 とびいき

2 ひこう

3 どびいき

4 びこう

題2 **瓦斯コンロから　へんな　においが　でて　います。**

1　カス

2　ガズ

3　カズ

4　ガス

題3 **窓硝子を　わったのは　だれですか？**

1　まどクラス

2　まどガラス

3　まどグラス

4　まどカラス

題4 **あんにんどうふ　という　ゆうめいな　デザートを　しって　いますか？**

1　杏仁豆腐

2　暗忍動夫

3　餡認糖負

4　闇人胴腐

# 第二部分

# 語彙拔萃

| 出題範圍 | | 出題頻率 |
|---|---|---|
| 甲類：言語知識（文字・語彙） | | |
| 問題 1 | 漢字音讀訓讀 | ✓ |
| 問題 2 | 平假片假標記 | ✓ |
| 問題 3 | 前後文脈判斷 | ✓ |
| 問題 4 | 同義異語演繹 | ✓ |
| 問題 5 | 單詞正確運用 | ✓ |
| 乙類：言語知識（文法）・讀解 | | |
| 問題 1 | 文法形式應用 | |
| 問題 2 | 正確句子排列 | |
| 問題 3 | 文章前後呼應 | |
| 問題 4 | 短文內容理解 | |
| 問題 5 | 長文內容理解 | |
| 問題 6 | 圖片情報搜索 | |
| 丙類：聽解 | | |
| 問題 1 | 圖畫情景對答 | |
| 問題 2 | 即時情景對答 | |
| 問題 3 | 圖畫綜合題 | |
| 問題 4 | 文字綜合題 | |

JPLT

N4

# 同音異義語①

**同一個訓讀，特別是動詞，有很多都超過一個漢字**

1. **あう：** Nに会う（與N見面）、Nに逢う（遇上N）、Nに合う（與N合適）、
   Nに遭う（碰上N＝N多為不好的事情）
2. **あける：** Nを開ける（打開N）、Nが明ける（N自動變得光亮）、Nを空ける（騰出／空出N）
3. **さす：** Nを刺す（刺向N）、傘を差す（開／撐雨傘）、Nを指す（指着N）、
   花を挿す（插花）
4. **はかる：** 重量を量る（稱重量）、時間を計る（計時間）、長さを測る（測長度）、Nを図る（謀求／圖謀N）、Nに諮る（向N諮詢）

---

題1 **おんせんにはいるとき、パンツを　はいたままにしては　いけません。**

1　履いた

2　掃いた

3　吐いた

4　入いた

題2 **むかし　かわと　かわの　あいだに　はしが　なかったが、3ねんまえに かけられた。**

1　欠け

2　懸け

3　賭け

4　架け

題3 きょうは さかなを あげて たべました。サクサクで おいしかった
です。

1 揚げ

2 上げ

3 下げ

4 挙げ

題4 A： ＿＿＿＿＿ いっしょに ハイキングに いこう！

B： らいげつの ＿＿＿＿＿ は いかがですか？

1 ふつか

2 みっか

3 よっか

4 いつか

題5 さす

1 あついですから、かさを さして います。

2 わかるひと、てを さして ください。

3 このえを かべに さして ください。

4 いいとけいを さして いますね。

# 同音異義語②

同一個音讀，最多有 46 個不同的漢字組合和意思 46 個

日語中的同音異義語，訓讀除前述動詞外，名詞也多，如「あめ」（雨／飴）、「はな」（花／鼻）、「はし」（橋／箸）等；音讀的話更不計其數，同一個「こうしょう」，竟然有 46 個不同的漢字組合和意思，為音讀之最。綜合前章，日語裏有大量語帶雙關的句子，略舉如下：

① にほんしゅをにほんください（日本酒を二本ください→給我兩瓶日本酒。）

② ははははがいたい。（母は歯が痛い→媽媽牙疼。）

③ にわにはにわにわとりがいる。庭には二羽鶏がいる→庭院裏有兩隻雞。）

④ みちこはみずにみちるみちのみちをあるく。→（美智子は水に満ちる未知の道を歩く→美智子走上一條到處是水而不知名的路。*** 筆者自創）

---

題1　あのひとの　せんもんは　科学ですか？それとも　化学ですか？（二つとも同じ発音）

1　ばけがく

2　かがく

3　ばかがく

4　けがく

---

題2　きしゃの　きしゃは　きしゃで　きしゃする。

1　記者→汽車→貴社→帰社

2　帰社→貴社→汽車→記者

3　汽車→帰社→貴社→記者

4　貴社→記者→汽車→帰社

題3  A：8 がつの　ロサンゼルスの　てんきは　どんな　かんじですか？

B：にほんほど　あつくないと　おもうよ。

1　漢字

2　幹事

3　感じ

4　寒時

題4  客：　せんしゅう　あたらしい　エアコンを　かったんですが、10 ねん
　　　こわれない　という＿＿＿＿＿は　できますか？

店員：それは　できませんが、いちねんいないに　こわれたら　＿＿＿＿＿
　　　いたします。

1　ほうしょう

2　ほしょう

3　こうしょう

4　こしょう

題5  **ちゅうしゃ**

1　あぶない　ですから、ご<u>ちゅうしゃ</u>　ください。

2　すみません、コーヒーを　ふたつ　<u>ちゅうしゃ</u>　したいんですが……

3　こどものとき　<u>ちゅうしゃ</u>が　だいきらい　でした。

4　せんせいに　いろいろ　いい　<u>ちゅうしゃ</u>を　うけました。

# 自（不及物）他（及物）動詞表①

1. 自動詞「V れる」⇄ 他動詞「V す」或「V る」

2. 自動詞「V まる」⇄ 他動詞「V める」

3. 自動詞「V あ段＋る」⇄ 他動詞「V え段＋る」

**1.** 由於這組一般都是涉及天災人禍的自他動詞配對，筆者戲稱為「災難的群組」！

| 自動詞 | 他動詞 |
|---|---|
| **S が自動詞** | **S（20-21 兩課，若無特別指明，這裏的 S 指某個人）が O を他動詞** |
| 汚<sub>よご</sub>**れる**（S 變得髒）<br>S ＝服<sub>ふく</sub>、顔<sub>かお</sub>、心<sub>こころ</sub> | 汚<sub>よご</sub>**す**（S 弄髒 O）<br>O ＝服、顔、心 |
| 壊<sub>こわ</sub>**れる**（S 自己壞掉）<br>S ＝機械<sub>きかい</sub> | 壊<sub>こわ</sub>**す**（S 弄壞 O）<br>O ＝機械 |
| 外<sub>はず</sub>**れる**（S 自然掉下）<br>S ＝ボタン | 外<sub>はず</sub>**す**（S 脫掉 O）<br>O ＝ボタン |
| S が P に隠<sub>かく</sub>**れる**<br>（S 隱藏在 P）<br>P ＝ある場所<sub>ばしょ</sub><br>S ＝犯人<sub>はんにん</sub> | S が O を P に隠<sub>かく</sub>**す**<br>（S 把 O 隱藏在 P）<br>P ＝ある場所<br>O ＝宝物<sub>たからもの</sub> |
| 破<sub>やぶ</sub>**れる**（S 自然破掉）<br>S ＝服<sub>ふく</sub>、壁<sub>かべ</sub> | 破<sub>やぶ</sub>**る**（S 弄破 O）<br>O ＝服、壁 |
| 取<sub>と</sub>**れる**（S 自然脫落）<br>S ＝ボタン、表紙<sub>ひょうし</sub> | 取<sub>と</sub>**る**（S 拿走 O）<br>O ＝ボタン、表紙 |

| 自動詞 | 他動詞 |
|---|---|
| **S が自動詞** | **S が O を他動詞** |
| 折<sup>お</sup>れる（S 自然折斷）<br>S ＝枝<sup>えだ</sup> | 折<sup>お</sup>る（S 弄斷 O）<br>O ＝枝<sup>えだ</sup> |
| 割<sup>わ</sup>れる（S 自然破碎 / 不小心弄碎 S）<br>S ＝ガラス、皿<sup>さら</sup> | 割<sup>わ</sup>る（S 弄碎 O）<br>O= ガラス、皿<sup>さら</sup> |
| 切<sup>き</sup>れる（S 自然斷開）<br>S ＝紐<sup>ひも</sup>、電球<sup>でんきゅう</sup>（特指裏面的鎢絲） | 切<sup>き</sup>る（S 切斷 / 切開 O）<br>O= 紐<sup>ひも</sup>、肉<sup>にく</sup> |

2.

| 自動詞 | 他動詞 |
|---|---|
| **S が自動詞** | **S が O を他動詞** |
| 集<sup>あつ</sup>まる（S 自然集中）<br>S= 人<sup>ひと</sup> | 集<sup>あつ</sup>める（S 集合 / 收集 O）<br>O= 人<sup>ひと</sup>、物<sup>もの</sup> |
| 決<sup>き</sup>まる（S 被決定）<br>S= 日<sup>ひ</sup>にち、內容 | 決<sup>き</sup>める（S 決定 O）<br>O= 日<sup>ひ</sup>にち、內容 |
| 始<sup>はじ</sup>まる（S 被開始）<br>S= 授業<sup>じゅぎょう</sup>、イベント | 始<sup>はじ</sup>める（S 開始進行 O）<br>O= 授業<sup>じゅぎょう</sup>、イベント |
| 閉<sup>し</sup>まる（S 自動關閉 /S 被關閉）<br>S= 自動<sup>じどう</sup>ドア | 閉<sup>し</sup>める（S 關閉 O）<br>O= ドア、窓<sup>まど</sup> |
| 温<sup>あたた</sup>まる / 暖<sup>あたた</sup>まる<br>（S 變得暖和）<br>S= 体<sup>からだ</sup>、部屋<sup>へや</sup> | 温<sup>あたた</sup>める / 暖<sup>あたた</sup>める<br>（S 令 O 變得溫暖）<br>O= 体<sup>からだ</sup>、部屋<sup>へや</sup> |

3.

| 自動詞 | 他動詞 |
|---|---|
| **S が自動詞** | **S が O を他動詞** |
| 見つ**かる**（S 被找到）<br>S= 人、ウイルス | 見つ**ける**（S 找到 O）<br>O= 人、仕事 |
| S が P に**浸かる**<br>（S 泡在 P 裏）<br>S = 人<br>P = 風呂 | O を P に浸**ける**（普通東西）<br>漬**ける**（如キムチ的鹹菜）<br>（把 O 泡浸在 P 裏）<br>O = 服、漬物<br>P = 水 |
| 変**わる** / 換**わる**<br>（S 自然改變 /S 被更換了）<br>S = 顔、性格、住所、予定 | 変**える** / 換**える**<br>（把 O 改變 / 更換）<br>O = 予定、話題、方法 |

題1　ふくを　汚して　しまうと　おかあさんに　おこられるぞ。

　　1　はずし

　　2　たおし

　　3　こわし

　　4　よごし

題2　かってに　えだを　折らないでください。しょくぶつにだって　いのちが

　　ありますから。

　　1　のらない

　　2　のぼらない

　　3　おわらない

　　4　おらない

題3 はんにんは　けいさつに＿＿＿＿＿ように　くらい　あなに　かくれていた。

1　さがさない

2　かわらない

3　みつからない

4　あたたまらない

題4 **ドアが　しまります。ごちゅういください。**

1　とびらと　とびらの　あいだが　ちいさくなる。

2　とびらと　とびらの　あいだが　おおきくなる。

3　まどと　まどの　あいだが　ちいさくなる。

4　まどと　まどの　あいだが　おおきくなる。

題5 **やぶれる**

1　かぜで　きのえだが　やぶれて　しまった。

2　ボールが　あたって　まどが　やぶれて　しまった。

3　おとうとの　せいで　パソコンが　やぶれて　しまった。

4　ふちゅういで　ふくが　やぶれて　しまった。

4. 自動詞「V る」或「V く」⇄他動詞「V す」或「V え段＋る」

5. 自動詞「V え段＋る」⇄他動詞「V あ段＋す」

6. 自動詞「V え段＋る」⇄他動詞「V う段」

7. 自動詞「V い段＋る」⇄他動詞「V お段＋す」

4. 不得不說，相比 1 ～ 3，4 ～ 7 比較零碎而多例外，筆者只能作基礎性的分類：

| 自動詞 | 他動詞 |
| --- | --- |
| **S が自動詞** | **S が O を他動詞** |
| 回<ruby>る<rt>まわ</rt></ruby>（S 自己轉動）<br>S= タイヤ | 回<ruby>す<rt>まわ</rt></ruby>（S 轉動 O）<br>O = タイヤ |
| 返<ruby>る<rt>かえ</rt></ruby>（S 回復 / 還原本來狀態）<br>帰<ruby>る<rt>かえ</rt></ruby>（S 回家）<br>S ＝人、状況 | 返<ruby>す<rt>かえ</rt></ruby>（S 歸還 O）<br>帰<ruby>す<rt>かえ</rt></ruby>（S 讓 O 回家）<br>O ＝人 |
| 出<ruby>る<rt>で</rt></ruby>（S 出去）<br>S ＝<ruby>人<rt>ひと</rt></ruby> | 出<ruby>す<rt>だ</rt></ruby>（S 拿出 O）<br>O ＝<ruby>物<rt>もの</rt></ruby> |
| S が P に<ruby>入る<rt>はい</rt></ruby>（S 進入 P）<br>P ＝お<ruby>手洗<rt>てあら</rt></ruby>い、<ruby>銀行<rt>ぎんこう</rt></ruby><br>S ＝<ruby>人<rt>ひと</rt></ruby> | O を P に<ruby>入れる<rt>い</rt></ruby>（S 把 O 放入 P）<br>P ＝<ruby>冷蔵庫<rt>れいぞうこ</rt></ruby>、<ruby>銀行<rt>ぎんこう</rt></ruby><br>O ＝<ruby>食べ物<rt>た もの</rt></ruby>、お<ruby>金<rt>かね</rt></ruby> |
| P に S がつく（S 附 / 黏在 P 上）<br>P ＝<ruby>鼻<rt>はな</rt></ruby>、<ruby>服<rt>ふく</rt></ruby><br>S ＝<ruby>血<rt>ち</rt></ruby>、<ruby>糊<rt>のり</rt></ruby> | P に O をつける（S 把 O 安裝 / 黏在 P 上；<br>O をつける＝ S 開電源）<br>P ＝<ruby>壁<rt>かべ</rt></ruby><br>O ＝<ruby>棚<rt>たな</rt></ruby>、<ruby>紙<rt>かみ</rt></ruby>、<ruby>電気<rt>でんき</rt></ruby> |
| <ruby>開<rt>あ</rt></ruby>く（S 自動開 /S 被開）<br>S ＝<ruby>自動<rt>じどう</rt></ruby>ドア | <ruby>開<rt>あ</rt></ruby>ける（S 打開 O）<br>O ＝ドア、<ruby>窓<rt>まど</rt></ruby> |

**5.**

| 自動詞 | 他動詞 |
|---|---|
| **S が自動詞** | **S が O を他動詞** |
| <ruby>溶<rt>と</rt></ruby>**ける**（S 自然溶解）<br>S= <ruby>氷<rt>こおり</rt></ruby> | <ruby>溶<rt>と</rt></ruby>**かす**（S 把 O 溶解）<br>O= <ruby>金属<rt>きんぞく</rt></ruby> |
| <ruby>増<rt>ふ</rt></ruby>**える**（S 自然増加）<br>S = <ruby>人口<rt>じんこう</rt></ruby> | <ruby>増<rt>ふ</rt></ruby>**やす**（S 増加 O）<br>S = <ruby>政府<rt>せいふ</rt></ruby><br>O = <ruby>人口<rt>じんこう</rt></ruby> |
| <ruby>覚<rt>さ</rt></ruby>**める**（自然睜開眼清醒）<br>S = <ruby>目<rt>め</rt></ruby> | <ruby>覚<rt>さ</rt></ruby>**ます**（令某人睜開眼清醒 / 覺醒）<br>O = <ruby>目<rt>め</rt></ruby> |
| <ruby>冷<rt>さ</rt></ruby>**める**（高溫的 S 自然冷卻）<br>S = <ruby>熱<rt>あつ</rt></ruby>いスープ | <ruby>冷<rt>さ</rt></ruby>**ます**（S 把高溫的 O 冷卻）<br>O = <ruby>熱<rt>あつ</rt></ruby>い<ruby>お湯<rt>ゆ</rt></ruby> |
| <ruby>冷<rt>ひ</rt></ruby>**える**（常溫的 S 自然冷卻）<br>S = <ruby>常温<rt>じょうおん</rt></ruby>の<ruby>体<rt>からだ</rt></ruby> | <ruby>冷<rt>ひ</rt></ruby>**やす**（S 把常溫的 O 冷卻）<br>O = <ruby>常温<rt>じょうおん</rt></ruby>のビール |

**6.**

| 自動詞 | 他動詞 |
|---|---|
| **S が自動詞** | **S が O を他動詞** |
| <ruby>消<rt>き</rt></ruby>**える**（S 自動消失）<br>S= <ruby>人<rt>ひと</rt></ruby> | <ruby>消<rt>け</rt></ruby>**す**（S 撲滅 O；S 關掉電源）<br>O= <ruby>火<rt>ひ</rt></ruby>、<ruby>電気<rt>でんき</rt></ruby> |
| <ruby>煮<rt>に</rt></ruby>**える**（S 煮熟 / 燉好）<br>S = <ruby>食<rt>た</rt></ruby>べ<ruby>物<rt>もの</rt></ruby> | <ruby>煮<rt>に</rt></ruby>**る**（S 煮 / 燉 O）<br>O = <ruby>食<rt>た</rt></ruby>べ<ruby>物<rt>もの</rt></ruby> |
| <ruby>焼<rt>や</rt></ruby>**ける**（S 着火 / 被燃燒）<br>S = <ruby>家<rt>いえ</rt></ruby> | <ruby>焼<rt>や</rt></ruby>**く**（S 燒 / 烤 O）<br>O = <ruby>紙<rt>かみ</rt></ruby>、<ruby>食<rt>た</rt></ruby>べ<ruby>物<rt>もの</rt></ruby> |

**7.**

| 自動詞 | 他動詞 |
|---|---|
| **S が自動詞** | **S が O を他動詞** |
| 起<sup>お</sup>**きる**（S 自然起床）<br>S ＝お母<sup>かあ</sup>さん | 起<sup>お</sup>**こす**（S 叫 O 起床）<br>S ＝お母<sup>かあ</sup>さん<br>O ＝子供<sup>こども</sup> |
| 落<sup>お</sup>**ちる**（S 自然從高處跌下）<br>S ＝林檎<sup>りんご</sup> | 落<sup>お</sup>**とす**（S 從高處拋下 O）<br>S ＝科学者<sup>かがくしゃ</sup><br>O ＝林檎<sup>りんご</sup> |

題1　こんな　よなかに　<u>起きて</u>　なにを　しようと　して　いますか？

　　　1　あき

　　　2　いき

　　　3　き

　　　4　おき

題2　ここに　あった　おかねは　どこに　<u>きえて</u>　しまったんだろう。

　　　1　増えて

　　　2　消えて

　　　3　見えて

　　　4　据えて

題3 このおにくは　なまでは　たべられないので、＿＿＿＿＿たら　どうですか。

1　やい

2　おとし

3　ひやし

4　つけ

題4 きのう　あまり　ねなかったので、いま　あたまが　まわらない。

1　なにを　かんがえても　すぐ　わかる。

2　なにを　かんがえても　ぜんぜん　わからない。

3　くすりを　のんだら　びょうきが　よくなる。

4　くすりを　のんだら　ねむくなる。

題5 ひやす

1　よる　のむので、ビールを　ひやして　おいて　ください。

2　おいしく　たべたいので、みそしるを　ひやしてね。

3　おかあさんは　まいにち　あさねぼうする　こどもを　ひやします。

4　しょうらい　りゅうがくする　よていなので、おかねを　ひやしたいです。

《3 天學完 N5．88 個合格關鍵技巧》**43** I、II、III 類動詞的て / た型變化中提及：「初階時可用故事記着 10 個比較常用的 IIa 動詞：從前有（1.**い**ます）個人叫せんせい，他會（2.**でき**ます）日語，早上起床（3.**起き**ます）後，他看（4.**見**ます）了一會電視再洗澡（5.**浴び**ます，淋浴），然後借（6.**借り**ます）他弟弟的衣服來穿（7.**着**ます）。因為家裏不夠（8.**足り**ません）食物，他打算坐 JR 去東京買，但過了（9.**過ぎ**ます）東京站才下車（10.**降り**ます）」。

這裏再介紹另外一個故事，就能把常用的 IIa 動詞基本都記下來：

「從前有個老人（11.**老い**る），他鬍子長得很長（12.**伸び**る），而且經常閉門（13.**閉じ**る）不出，人稱『孤獨老人』。老人有一個長得和他很像（14.**似**る）的弟弟，可自小兩兄弟就分開了，但他相信（15.**信じ**る）他的弟弟還活着（16.**生き**る），然而每當想到這裏，他就會落淚（17.**落ち**る）。有一天，有一個朋友來找他，他煮了（18.**煮**る）一些麵條，可不小心把湯汁濺到朋友身上，令朋友衣服沾上（19.**染み**る）污垢，老人就此事道歉（20.**詫び**る）。」

題1  しばらく　めを　閉じて　ください。

1　まじて

2　とじて

3　かじて

4　しんじて

題2  きに　のぼることが　じょうずな　さるでも　き　から　＿＿＿＿＿と　いいますから、きをつけて　くださいね。

1　おちる

2　おいる

3　おりる

4　おきる

題 3　**おかあさんに　そっくりですね。**

1　おかあさんが　としを　とっている。

2　おかあさんに　ごめんなさいと　いう。

3　おかあさんが　どこにも　いかない。

4　おかあさんに　にている。

題 4　**あら、めんを　にすぎて　のびたんじゃないですか？**

1　めんが　たかくなった。

2　めんが　からくなった。

3　めんが　ながくなった。

4　めんが　つめたくなった。

題 5　**いきる**

1　いきるために、いろいろな　くふうを　します。

2　おにくを　いきるのに、この　ほうちょうが　やくにたちます。

3　あしたは　あめだそうですから、レインコートを　いきるつもりです。

4　たすけが　いきるとき、いつでも　いらっしゃい。

イライラ（生氣）、ピカピカ（光亮）、ワクワク（興奮＋緊張）、フワフワ（軟綿綿）、モチモチ（有嚼勁）、ニコニコ（笑容滿面）、ペコペコ（肚子餓）、ドキドキ（緊張）、ペラペラ（流暢）、サクサク（鬆脆）

題1 彼女は けさから ずっと ＿＿＿＿＿ しているよね。なにか いいこと でも あったのかな？

1 ピカピカ

2 モチモチ

3 イライラ

4 ニコニコ

題2 この しょくパンは フワフワです。

1 この しょくパンは たかい です。

2 この しょくパンは やすい です。

3 この しょくパンは やわらかい です。

4 この しょくパンは かたい です。

題3 ワクワクしながら あのひとを 待っている。

1 緊張しながら あのひとを 待っている。

2 笑いながら あのひとを 待っている。

3 泣きながら あのひとを 待っている。

4 怒りながら あのひとを 待っている。

**ペラペラ**

1 うちの 猫ちゃんは いつも 私の 顔を <u>ペラペラ</u> します。

2 どうしたら そんなに 日本語が <u>ペラペラ</u> しゃべれるんですか。

3 今朝 何も 食べないで 学校に 行ったので、今 お腹が <u>ペラペラ</u> と 鳴っている。

4 弟は 居間で 面白い 番組を 見ているのかな、ずっと <u>ペラペラ</u> と 笑っている。

ゆっくり（慢慢）、びっくり（驚訝）、やっぱり（畢竟／還是）
さっぱり（味道清淡／完全不懂）、すっきり（清爽）、はっきり（明確）、た
っぷり（很多）、ぐっすり（睡得很香）、しっかり（堅固／用心做）、すっか
り（完全忘記）

題1 かのじょとの やくそくを ＿＿＿＿＿＿ わすれてしまった。どうしよう……

1 ぐっすり

2 ゆっくり

3 びっくり

4 すっかり

題2 **さっぱりした あじが すきだ。**

1 あじの からいものが すきだ。

2 あじの すっぱいものが すきだ。

3 あじの ゆたかなものが すきだ。

4 あじの うすいものが すきだ。

題3 **すみません、コーヒーを 一つください。あっ、やっぱり、ミルクティー
にして……**

1 コーヒーだけ ちゅうもんした。

2 コーヒーとミルクティーを ちゅうもんした。

3 ミルクティーだけ ちゅうもんした。

4 コーヒーもミルクティーも ちゅうもんしなかった。

**はっきり**

1 どうして　カンニングしたか　<u>はっきり</u>　説明しなさい。

2 昨夜は　遅くまで　働いていたので、ベッドに入ると、朝まで　<u>はっき
り</u>　寝れていた。

3 冬休みは　故郷に帰って　<u>はっきり</u>　休みたいなあ。

4 後から　急に　名前を呼ばれて　<u>はっきり</u>したよ。

広い（廣闊的）、狭い（狹窄的）、辛い（辛苦的）、深い（深 / 深奥的）、浅い（淺 / 淺白的）、かたい（堅い：堅固的；硬い：堅硬的）、柔らかい（柔軟的）、酷い（殘酷 / 過分的）、怖い（恐怖的）、正しい（正確的）、悲しい（悲傷的）、珍しい（罕有的）、寂しい（寂寞的）、恥ずかしい（感到羞恥的）、宜しい（好 / 適當的）、可笑しい（奇怪的）、危ない（危險的）、厳しい（嚴格的）、美しい（美麗的）、懐かしい（懷念的）

題1　マザーテレサは　こころの＿＿＿＿＿＿　じょせい　でした。

1　ひどい

2　はずかしい

3　うつくしい

4　あぶない

題2　まいにち　きっと　＿＿＿＿＿＿ことも　あるでしょうが、がんばって　いきていかないと。

1　やわらかい

2　あさい

3　ただしい

4　つらい

題3　あのひとは　あたまが　かたい。

1　あのひとは　びょうきで　ねつがある。

2　あのひとは　おかねがなくて　しんぱいしている。

3　あのひとは　あたまがよくて　なんでもできる。

4　あのひとは　たにんのいけんを　きかない。

題4  しゃちょうは　きびしいひとです。

1　しゃちょうは　まいにち　ないている。

2　しゃちょうは　まいにち　わらっている。

3　しゃちょうは　あまり　わらわない。

4　しゃちょうは　いつも　おさけをのんで　うんてんする。

題5  なつかしい

1　しむらけんさんは　いつも　なつかしいことをして、ひとを　わらわせた。

2　しむらけんさんが　ちちとは　どうきゅうせいだったなんて、せかいは　なつかしいね。

3　なくなった　しむらけんさんの　ばんぐみを　みて、なつかしく　おもった。

4　しむらさん、あす　なつかしかったら、いっしょに　しょくじしませんか。

# 20個重要な形容詞

勤勉<ruby>勤勉<rt>きんべん</rt></ruby>な（勤奮的）、いい<ruby>加減<rt>かげん</rt></ruby>な（馬虎的）、<ruby>駄目<rt>だめ</rt></ruby>な（不行的）、<ruby>無理<rt>むり</rt></ruby>な（勉強／做不到的）、<ruby>危険<rt>きけん</rt></ruby>な（危險的）、<ruby>安全<rt>あんぜん</rt></ruby>な（安全的）、<ruby>自由自在<rt>じゆうじざい</rt></ruby>な（自由自在的）、<ruby>大事<rt>だいじ</rt></ruby>な（重要的）、<ruby>正確<rt>せいかく</rt></ruby>な（正確的）、<ruby>特別<rt>とくべつ</rt></ruby>な（特別的）、<ruby>確<rt>たし</rt></ruby>かな（確實的）、<ruby>必要<rt>ひつよう</rt></ruby>な（必要的）、<ruby>複雑<rt>ふくざつ</rt></ruby>な（複雜的）、<ruby>残念<rt>ざんねん</rt></ruby>な（遺憾的）、<ruby>失礼<rt>しつれい</rt></ruby>な（失禮的）、<ruby>丁寧<rt>ていねい</rt></ruby>な（有禮貌的）、<ruby>熱心<rt>ねっしん</rt></ruby>な（熱心的）、<ruby>変<rt>へん</rt></ruby>な（奇怪的）、<ruby>真面目<rt>まじめ</rt></ruby>な（認真的）、ハードな（苦難的）

---

題1 びょうきが　なおったばかりの　からだだから、＿＿＿＿＿ことは　しない
でね！

1　せいかくな

2　しつれいな

3　むりな

4　まじめな

---

題2 いちばん　たいせつなことは　＿＿＿＿＿なことではなくて　まいにちを　い
きることだ。

1　とくべつ

2　たしか

3　きんべん

4　だめ

<u>ハードな　しごとを　している。</u>

1　めずらしい　しごとを　している。

2　かんたんな　しごとを　している。

3　むずかしい　しごとを　している。

4　ねっしんな　しごとを　している。

<u>それは　ひつような　もの　じゃない。</u>

1　それは　べんりじゃないものだ。

2　それは　いらないものだ。

3　それは　いるものだ。

4　それは　きけんなものだ。

**いいかげん**

1　<u>いいかげん</u>なてんちょうは　いつも　しんせつに　しごとを　おしえて
　　くれています。

2　とりの　ように　<u>いいかげん</u>に　そらを　とびたいなあ。

3　じんせいで　いちばん　<u>いいかげん</u>なたからものは　ともだちだ。

4　おきゃくさまに　<u>いいかげん</u>なへんじを　するべきじゃない。

# 20個重要副詞

特に（特別）、偶に（偶爾）、殆ど（幾乎）、急に（突然）、暫く（暫時）、是非（無論如何 / 務必）、もしかして（可能 / 或許）、必ず（必定）、非常に（非常）、結構（相當 / 不用了）、やっと（終於）、きっと（一定……吧）、ずっと（一直……得多）、なるほど（果然 / 怪不得）、できれば（可以的話）、いまにも（眼看 / 馬上就要）、どうも（總覺得 / 似乎）、すべて（一切 / 全部）、例えば（例如）、さらに（更加）

---

題1　でんしゃより　ひこうきで　いった　ほうが ＿＿＿＿＿ はやいよ！

1　きゅうに

2　すべて

3　ずっと

4　やっと

---

題2　おじかんがあるとき ＿＿＿＿＿ あそびに　いらっしゃって　ください。

1　けっこう

2　ぜひ

3　たとえば

4　きっと

---

題3　たなかさん、しばらくですね、おげんきですか？

1　たなかさんとは　きのうあって　きょうもあった。

2　たなかさんとは　きょねあったけれど　ことしは　まだ　あっていない。

3　たなかさんとは　じゅうねんあっていないし　こんど　いつあえるか
　　も　わからない。

4　たなかさんと　あうつもりはない。

1 ほとんど まいにち キャンディーを たべたい。

2 ときどき キャンディーを たべたい。

3 あまり キャンディーを たべたくない。

4 キャンディーを たべたくないひは ない。

題5 **どうも**

1 <u>どうも</u> 11じになるよ。そろそろ ねなさい。

2 あした <u>どうも</u> てつだいに きて ください。

3 <u>どうも</u> あめが ふってきそうだ。

4 <u>どうもの</u> ひとが わたしの いけんに さんせいしてくれた。

# 第三部分

# 助詞運用

| 出題範圍 | 出題頻率 |
|---|---|
| 甲類：言語知識（文字・語彙） | |
| 問題 1　漢字音讀訓讀 | |
| 問題 2　平假片假標記 | |
| 問題 3　前後文脈判斷 | |
| 問題 4　同義異語演繹 | ✓ |
| 問題 5　單詞正確運用 | |
| 乙類：言語知識（文法）・讀解 | |
| 問題 1　文法形式應用 | ✓ |
| 問題 2　正確句子排列 | |
| 問題 3　文章前後呼應 | ✓ |
| 問題 4　短文內容理解 | |
| 問題 5　長文內容理解 | |
| 問題 6　圖片情報搜索 | |
| 丙類：聽解 | |
| 問題 1　圖畫情景對答 | |
| 問題 2　即時情景對答 | |
| 問題 3　圖畫綜合題 | |
| 問題 4　文字綜合題 | |

JPLT

N4

### 恆常現象的は VS 眼前現象的が

1. I 月は綺麗です。（世界上每個地方，東京的、上海的、香港的月亮都很漂亮。）

　 II 月が綺麗です。（眼前的，今夜的月亮很漂亮。）

2. I バスは毎日十時にこっちに来るよ。（每天巴士都會在十點來到這裏。）

　 II 見て、バスがこっちに来るよ！（看，巴士正在往這邊來。）

＊有這樣的一個故事：大文豪夏目漱石曾經與一個心儀的女性共賞月光，並用「月が綺麗ですね」，即「今晚看到的月色」真美，引申為「君が綺麗ですね」，即「眼前的你真美」，來委婉表達對該女性的傾慕，這是夏目漱石的動機。假設他說的不是「月が綺麗ですね」，而是「月は綺麗ですね」的話，會有甚麼不同？那麼就會變成：月是一種美麗的東西，不分月盈月缺，香港的月也好，外國的月也好，都一樣；人也是一種美麗的生物，不分大人小朋友，東方人西方人，她或是妳，因為所有人都很漂亮，首先我說的漂亮的人不一定就是眼前的妳⋯⋯不是大煞風景嗎？

題1　A：あっ、庭の　桜 ＿＿＿＿　咲きましたよ。

　　　B：本当だ！

　　　1　は

　　　2　を

　　　3　が

　　　4　で

題2 人間の血_____ 赤いです。

1 は

2 も

3 が

4 で

題3 聞いて、いま 鳥が _____?

1 鳴きたがらない

2 鳴きなさい

3 鳴いていない

4 鳴け

題4 彼女は 頭_____いいですが、こころ_____……

1 が / が

2 が / は

3 は / が

4 は / は

---

**初次登場（or 未知）的が VS 再次登場（or 已知）的は**

1. 「昔々、**おじいさんとおばあさんが**いました。**おじいさんとおばあさんは**子供がいました。ある日、その**子供は**一人で森に行って……」（很久很久以前，有一個老爺爺和老奶奶［初次登場］。老爺爺和老奶奶［再次登場］有一個小孩［初次登場］。有一天，那個小孩［再次登場］獨自走進了森林……）

2. A：箱の中（已知）に何（未知）がありますか？（箱子裏面有甚麼呢？）

   B：**カギ（初次登場）**があります。（有鑰匙。）

   A：**そのカギ（再次登場）**は何のカギですか？（那把鑰匙是甚麼鑰匙？）

   B：ロッカーのカギです。（是儲物櫃的鑰匙。）

3. A：**私のカギ（已知）**はどこにありますか？（我的鑰匙在哪裏呢？）

   B：**あなたのカギ（已知）**は箱の中にあります。（你的鑰匙在箱子裏。）

---

題1　僕に　田中という　親友 **1** いるけど、その田中 **2** 昨日　家に　もうすぐ　海外に　移住するから　当分　会えなくなるよ　という　お知らせを教えに　きた。ビックリした。それまで　なんの　予告もなかったのに、どうして　いきなり　移住するのかと　聞いてみたら、フランス **3** おばあさんが　いるけど、その　おばあさんは　最近　体調が　悪くなったので、面倒を　見 **4** 行ってあげたいそうだ。大変そうだけど、頑張れ！田中。

| | | | | |
|---|---|---|---|---|
| **1** | 1　が | 2　は | 3　で | 4　に |
| **2** | 1　が | 2　は | 3　で | 4　に |
| **3** | 1　が | 2　は | 3　で | 4　に |
| **4** | 1　が | 2　は | 3　で | 4　に |

# は VS が ③

A：お飲<sub>の</sub>み物<sub>もの</sub>はどうしますか？

B： 1. **お茶<sub>ちゃ</sub>はいい**です。 （不要茶。）

2. **お茶<sub>ちゃ</sub>がいい**です。 （茶很好，所以要茶。）

3. **お茶<sub>ちゃ</sub>でいい**です。 （沒有其他選擇，只好要茶。）

1. **お茶<sub>ちゃ</sub>はいい**：使用助詞「は」，表示整句的重點在「は」的後方，並非強調「茶」，而是強調「いい」的意思。由於「いい」有「不要，夠了」的意思，所以這裏表示「不要茶」。

2. **お茶<sub>ちゃ</sub>がいい**：使用助詞「が」，表示整句的重點在「が」的前方，強調「茶」，意思是「我要茶，茶是最好的」之意，這才是正確的用法。

3. **お茶<sub>ちゃ</sub>でいい**：這裏的助詞「で」，是「方法手段」之意，意思是「茶作為選擇也可以」，感覺有點不情願、被強迫的語氣但最後妥協，「茶並非最好，但由於沒有其他選擇，只好要茶」的意思。

題1 A： 明日<sub>あした</sub>は 誕生日<sub>たんじょうび</sub>だよね。どんな プレゼントが欲<sub>ほ</sub>しい？

B： ゲームが 大好<sub>だいす</sub>きだから、スイッチ（ゲーム機<sub>き</sub>の名前<sub>なまえ</sub>）_____ いい！

1 は 　　　 2 を 　　　 3 が 　　　 4 で

題2 A： 明日<sub>あした</sub>は 誕生日<sub>たんじょうび</sub>だよね。どんな プレゼントが欲<sub>ほ</sub>しい？

B： 勉強<sub>べんきょう</sub>が 嫌<sub>きら</sub>いだから、辞書<sub>じしょ</sub>_____ いいかな……

1 は 　　　 2 を 　　　 3 が 　　　 4 で

題3 今度<sub>こんど</sub>の 旅行先<sub>りょこうさき</sub>は 韓国<sub>かんこく</sub>でいい。

1 絶対<sub>ぜったい</sub>に 韓国<sub>かんこく</sub>に 行<sub>い</sub>かなくちゃ。

2 絶対<sub>ぜったい</sub>に 韓国<sub>かんこく</sub>には 行かない。

3 韓国<sub>かんこく</sub>は ほかの国<sub>くに</sub>より いい。

4 旅行<sub>りょこう</sub>なんか どこにも 行<sub>い</sub>きたくない。

1. これは**彼女**（S ＝主語，下同）が作った**チョコレート**（O ＝賓語，下同）です。✓
2. これは**彼女**（S）の作った**チョコレート**（O）です。✓

   （**1.** 和 **2.**：這是她製作的朱古力。）

3. これは**彼女**（S）が私に作ってくれた**チョコレート**（O）です。✓
4. これは**彼女**（S）の私に作ってくれた**チョコレート**（O）です。△（本例文並非完全不可。）

   （**3.** 和 **4.**：這是她為我製作的朱古力。）

5. **木村さん**（S）が亡くなった所は**スペイン**（O）です。✓
6. **木村さん**（S）の亡くなった所は**スペイン**（O）です。✗

   （**5.** 和 **6.**：木村先生去世的地方是西班牙。）

為甚麼從屬節裏的が有時（句 **2.**）可以換の，有時卻不能（句 **4.** 和 **6.**）？答案是如果 O 是屬於 S 的東西，就可以用の（感覺就是 S の O 如「彼女のチョコレート」般），否則只能用が。**2.** 中的朱古力是屬於她的，所以能用の；但 **4.** 中的朱古力現在是屬於我的，所以個人認為不能用の。然而也有人認為雖然是她為我而做的，但某程度上亦保留了她的所有權，故未嘗不能用，這裏以△表示。**6.** 中的西班牙並非個人能擁有的東西，故不能用の。

あの地平線　輝くのは

どこ **1** に君を　かくしているから

たくさんの灯が　なつかしいのは

あのどれかひとつに　君がいるから

さあ　でかけよう　ひときれのパン

ナイフ　ランプ　かばん **2** つめこんで

父さん **3** 残した　熱い想い

母さん **3** くれた　あのまなざし

……

《天空之城》主題曲「君をのせて」歌詞節録。

**1**

1　が　　　　　2　か　　　　　3　を　　　　　4　は

**2**

1　ある　　　　2　いる　　　　3　を　　　　　4　に

**3**

1　が　　　　　2　は　　　　　3　に　　　　　4　から

# 32 とか VS なんか VS でも ①

本書 32 與 33 需要互相比較，故 32 的練習會合併在 33 之後。首先，作為初階的用法，筆者建議大家用以下方式記憶並應用：

---

1. AとかBとかCとか：A 或是 B 或是 C，最後的とか隱藏了「など」（即「等等」）的意思在內。

2. AやBやCなんか（＝など）：A 或是 B 或是 C，なんか是「など」的變音，即「等等」的意思。

3. Aでもいかがですか／しよう／Vてください：你不要 A 嗎？／我打算要 A ／請你 V A 吧！一般只舉 A 一項，但♥心裏暗示還有 BC 等其他選擇，而且後接的文法一般都是邀請，意向或命令等。

4. I 休みの日は、テニスとか、ゴルフとか、いろんなスポーツをします。

   （放假時會做各種運動，如網球或是高爾夫球【等】。）

   II 休みの日は、テニスや、ゴルフなんかのスポーツをします。

   （放假時會做各種運動，如網球或是高爾夫球等。）

   III 今度の休み、テニスでもしません？（下次放假時，不如去打網球【之類的運動】吧！）【♥心裏：如果不想打網球的話，高爾夫球也可以的哦。】

5. I 休みの日は、日本とか、韓国とか、いろんなアジアの国々に行きたいよね。（放假時想去亞洲各國，如日本或是韓國【等】。）

   II 休みの日は、日本や、韓国なんか（のアジアの国々）に行きたいよね。

   （放假時想去亞洲各國，如日本或是韓國等。）

   III 今度の休み、日本（に）でも行こうかな。（下次放假時，打算去日本【這樣的國家】呢。）【♥心裏：如果去不了日本的的話，其實韓國也可以……】

---

# とか VS なんか VS でも ②

除了本書 **32** 中顯示的不同文型之外，句子中所含的氛圍和弦外之音也有所不同：

---

1. **完全無所謂版：** ピクニックなら、今度の日曜日<ruby>こんど<rt></rt></ruby><ruby>にちようび<rt></rt></ruby>**なんか**いかがですか。（「A や B や C なんか」的 AB 省略了的文型。野餐的話，作為一個建議，這個星期天舉辦如何？）　【♥心裏：這個星期天只是隨口說出來的一個建議而已，不贊成絕對可以……】

2. **完全無所謂版：** ピクニックなら、今度の日曜日**とか**いかがですか。（野餐的話，作為一個建議，這個星期天舉辦如何？）　【♥心裏：這個星期天只是隨口說出來的一個建議而已，不贊成絕對可以……】

3. **輕度建議版：** ピクニックなら、今度の日曜日（に）**でも**いかがですか。（野餐的話，作為一個建議，這個星期天舉辦如何？）　【♥心裏：你問我哪一天方便的話，我第一個選擇就是星期天……】

4. **中度建議版：** ピクニックなら、今度の日曜日**は**いかがですか。（野餐的話，作為一個建議，這個星期天舉辦如何？）　【♥心裏：時間已經無多了，如果星期天不行的話，馬上要選其他日子……】

5. **高度建議版：** ピクニックなら、今度の日曜日**に**いかがですか。（野餐的話，作為一個建議，這個星期天舉辦如何？）　【♥心裏：如果星期天不行的話，那我就不能參加了……】

---

**題1**　みかん_____、リンゴ_____、好きな果物を　選んで　食べて　ください。

1　は…は

2　も…も

3　とか…とか

4　と…と

題2 あの店には スターフルーツや ドリアン_____の 珍しい果物がある。

1 なんか

2 も

3 とか

4 でも

題3 少し 熱が あるみたいですね。薬_____ 飲んで 休んだら どうですか

1 なんか

2 は

3 だけ

4 でも

題4 プロジェクトの メンバーですが、田中君は どうですか？

1 田中君が いいと思って 薦めました。

2 たまたま 田中君を 思い出したので、彼を 薦めました。

3 田中君より いい人が いるので、その人を 薦めました。

4 田中君が 悪いと思って 薦めませんでした。

題5 あの頃は 渋谷や 原宿なんか 行かない日は なかった。

1 あの頃は 全然 渋谷や 原宿なんか 行かなかった。

2 あの頃は あまり 渋谷や 原宿なんか 行かなかった。

3 あの頃は ときどき 渋谷や 原宿なんか 行っていました。

4 あの頃は いつも 渋谷や 原宿なんか 行っていました。

# に後接的動詞與文法①

本書 **34** 與 **35** 需要互相比較，故 **34** 的練習會合併在 **35** 之後。作為初階的「に」的用法，可參考《3 天學會 N5・88 個合格關鍵技巧》 **34** 和 **35** に用法①②。然而這個助詞變化多端，除了上述篇章所述的用法外，很多時「に」會與後接的動詞與文法產生作用。初階的話離不開以下幾項，筆者建議單獨背誦：

## 1. に遅れる（遲到）

加藤さんは約束の時間に遅れました。（加藤先生約會遲到了。）

## 2. に参加する（參加）

私は今度のスピーチコンテストに参加することにしました。（我決定了參加這次的演講比賽。）

## 3. に合格（合格）

私は試験に合格できるかどうかが不安です。（我對能否考試合格感到不安。）

## 4. に気づく（意識到／發現）

弟は宿題が終わっていないことに気づいた。（弟弟意識到他的作業還沒寫完。）

## 5. に出る（出現）：（「に出る」有眾多意思，只選其中一項）

最近亡くなったおばあちゃんがよく私の夢に出る。（最近去世了的祖母經常出現在我夢中。）

## 6. に遭う（遭遇到不幸）

彼は 10 年前に交通事故に遭って、足を失いました。（他在 10 年前遇上交通意外，失去了腿。）

## 7. に通う（經常往返居住的地方和目的地）

子供は近所の幼稚園に通っていました。（孩子以前在附近的幼稚園讀書。）

### 8. P に O を忘れる （把 O 遺留在 P）

中学校のとき、帰宅してから、よく学校に物を**忘れてきた**ことに気づいた。（中學的時候，回家後經常發現自己把東西遺留在學校。）

### 9. に勤める （為一個機構服務）

彼は 30 年ぐらいこの会社に**勤めています**。（他為這家公司服務了差不多 30 年。）

\*\*\* 同樣是工作的意思，為甚麼有「P で働く」和「P に勤める」的分別呢？其實很簡單，江戶時代的日本，如果在一個組織「勤める」一段較長的日子的話，雇用者往往視無血緣關係的被雇用者為組織內的一個成員；而被雇用者亦因為雇用者的這個恩典而一生願意服務同一個組織。這種不輕易跳槽，甚或有人覺得用賣身來形容也不為過的職場文化，彷彿就是隸屬於存在於「某個組織」一般，「勤める」前用存在氣息濃厚的「に」便由此而來。

# に後接的動詞與文法②

另外，作為一組既可以學習文法，更可以加深對助詞「に」認知的組合，筆者強烈推薦背誦「**する / しないように＋渉及說話行為的動詞**」（請 / 勸 / 忠告某人 V/ 不要 V）如下：

## 1. ようにﾞ話す

小林さんに薬を飲むように話す。（跟小林先生說他要喝藥。）

## 2. ように言う

子供に 6 時までに家に帰ってくるように言う。（跟小孩說 6 點前得回家。）

## 3. ように伝える

社員に 3 時から会議するように伝える。（通知公司職員說在 3 點開會。）

## 4. ように注意する

犯人に二度と同じことをしないように注意する。（警告犯人不要再做同樣的事。）

## 5. ようにアドバイスする

後輩にタバコを吸わないようにアドバイスする。（忠告後輩不要抽煙。）

此篇可與本書 **49** 、 **51** 一系列的「ように」作比較對照。

---

題1  3時から　会議ですから、電車＿＿＿＿＿　遅れないでくださいね。

　　　1　に　　　　　　2　と　　　　　　3　から　　　　　4　を

---

題2  お母さん：また　宿題を　学校＿＿＿＿＿　置いてきたの？今週だけで　3回目でしょう。

　　　子供：ママ、ごめんなさい……

　　　1　に　　　　　　2　と　　　　　　3　から　　　　　4　を

学生A：千恵子ちゃんが 香港ハンセン大学に ＿＿＿＿ らしいよ。

学生B：へええ、すごいね。さすが 千恵子ちゃんだね。

1 あった

2 さんかした

3 つとめた

4 ごうかくした

題4 木村さん、鈴木さんに連絡するようにと橋本さんに伝えてください。

1 木村さんが橋本さんに連絡して、そして、橋本さんが鈴木さんに連絡する。

2 木村さんが鈴木さんに連絡して、そして、橋本さんが鈴木さんに連絡する。

3 木村さんが鈴木さんに連絡して、そして、鈴木さんが橋本さんに連絡する。

4 鈴木さんが橋本さんに連絡して、そして、橋本さんが木村さんに連絡する。

題5 髪型や 髪の色や 髪を切ったことなど 女性の 小さな 変化 1 気づく男性が いますよね？他の男性は あまり 気付かないのに、その男性 2 が 女性の 少しの 変化 1 気づくことは、つまり その女性 3 興味がある ということでしょう。確かに 好きな人だったら、小さなことでも とにかく 気づきますよね。でも、「恋」ではなく 単に その女性に 「好意」を 持っている 場合なども ありますよね。「恋」なのか？それとも 「好意」なのか？その辺は ちょっと 難しいかもしれません。

**1**　1　が　　　　2　に　　　　3　を　　　　4　は

**2**　1　も　　　　2　しか　　　3　を　　　　4　だけ

**3**　1　が　　　　2　に　　　　3　を　　　　4　は

# 第四部分

# 文法比較

| 出題範圍 | 出題頻率 |
|---|---|
| **甲類：言語知識（文字・語彙）** | |
| 問題 1　漢字音讀訓讀 | |
| 問題 2　平假片假標記 | |
| 問題 3　前後文脈判斷 | ✓ |
| 問題 4　同義異語演繹 | ✓ |
| 問題 5　單詞正確運用 | |
| **乙類：言語知識（文法）・讀解** | |
| 問題 1　文法形式應用 | ✓ |
| 問題 2　正確句子排列 | ✓ |
| 問題 3　文章前後呼應 | ✓ |
| 問題 4　短文內容理解 | |
| 問題 5　長文內容理解 | |
| 問題 6　圖片情報搜索 | |
| **丙類：聽解** | |
| 問題 1　圖畫情景對答 | |
| 問題 2　即時情景對答 | |
| 問題 3　圖畫綜合題 | |
| 問題 4　文字綜合題 | |

# 修飾句與主句之間的動作先後關係

以下四句均是「買郵票的人」，但他們的動作先後次序卻不同：

1. 切手を**買う人たち**はそこに並ぶ。 買郵票的人將會在那裏排隊＝說話的時候，那些人還沒開始排隊買郵票。所以可以理解是 11:00 說這番話→ 11:30 排隊→ 12:00 買郵票。

2. 切手を**買う人たち**はそこに並んだ。 買郵票的人在那裏排了隊＝說話之前，那些人已經在排了隊，但還沒買到郵票。所以可以理解是 11:00 排隊→ 11:30 說話→ 12:00 買郵票。

3. 切手を**買った人たち**はそこに並ぶ。 買了郵票的人將會在那裏排隊＝說話之前，那些人已經買了郵票，但尚未排隊【為了蓋章？】，所以可以理解是 11:00 買郵票→ 11:30 說話→ 12:00 排隊。

4. 切手を**買った人たち**はそこに並んだ。 買了郵票的人在那裏排了隊。說話之前，那些人已經買了郵票，而且排了隊，以可以理解 11:00 買郵票→ 11:30 排隊→ 12:00 說話

題1 犬＿＿＿＿寝る部屋を 掃除して 疲れた。

1 に

2 が

3 で

4 は

題2 王さんに 読んだ本を ＿＿＿＿ので、彼に 感謝している。

1 貸してもらった

2 買ってあげた

3 見せてくれた

4 借りておいた

題3 ＿＿＿＿ ＿＿＿＿ ＿★＿ ＿＿＿＿のが すきです。

1 あめの

2 ふらないひは

3 ゴロゴロする

4 うちで

題4 私が生まれた ふるさとは、リンゴの 産地として 有名で、日本の青森という 所です。皆さんは 青森に 行ったことが ありますか？ **1** 人には ぜひ おススメしたいです。今は 東京に 住んでいますが、10歳までは 青森に 住んでいました。家の外には たくさんの リンゴの木が あって、そこ **2** 働いている お父さんを 応援し **3** 、綺麗な青空を眺めるのは 私の 趣味でした。時々 仕事が終わった家族と **4** リンゴを 食べながら おしゃべりするのも 楽しかったです。

**1**

1 ある　　　　2 ない　　　　3 あった　　　　4 なかった

**2**

1 で　　　　2 に　　　　3 が　　　　4 を

**3**

1 なおし　　　2 かた　　　3 すぎ　　　4 ながら

**4**

1 いくできる　　2 いくできた　　3 よくできる　　4 よくできた

# 一個叫 A 的 B 的 A という B VS 一個被稱為 / 認為是 A 的 B 的 A と言われる / 呼ばれる / 思われる B

1.

I ナイチンゲール（A）**という**有名な看護師（B）を知っていますか？（你認識一個叫南丁格爾的護士嗎？）

II 「クリミアの天使」（A）**と呼ばれる**看護師（B）を知っていますか？（你認識一個被稱為「克里米亞的天使」的護士嗎？）

III 「クリミアの天使」（A）**と思われる**看護師（B）を知っていますか？（你認識一個被認為是「克里米亞的天使」的護士嗎？）

2.

I 吾輩はここで始めて人間（A）**というもの**（B）を見た。（吾輩在此初次見到一種叫人類的東西；節錄自夏目漱石的《我是貓》。）

II 吾輩はここで始めて人間（A）**と言われるもの**（B）を見た。（吾輩在此初次見到一種被稱為人類的東西。）

III 吾輩はここで始めて人間（A）**と思われるもの**（B）を見た。（吾輩在此初次見到一種被認為是人類的東西。）

\*\*\*「という」的漢字為「と言う」，但一般以平假名書寫。另外，當「A という B」中的 A 是普通型，而 B 是「意味」、「こと」等，一般不會譯作「一個叫 A 的意思」或「一個叫 A 的事情」，而會意譯為「A 這個意思」或「A 這件事」：

3.

そこに書いてあるのは「**洗濯機で洗える**」**という**意味です。（寫在那裏的是「可用洗衣機洗」這個意思。）

4.

父が**元気になった**ということを聞いて安心しました。（聽到的是「父親已經恢復健康」這件事，感到安心。）

題1 「故郷」という＿＿＿＿＿の作文を 書いてみて ください。

1 ホームタウン　　2 テーマ　　　3 カントリー　　4 オブジェクト

題2 「小確幸」とは、辞書にはないが、＿＿＿＿＿という意味の 新しい 日本語だ。

1 小さいのになかなかもらえない幸福
2 小さいけれども簡単にもらえる幸福
3 大きいのでなかなかもらえない幸福
4 大きくて簡単にもらえる幸福

題3 田中君の お父さんは 「脳梗塞」と＿＿＿＿＿ ＿＿＿＿＿ ＿★＿＿ ＿＿＿＿。

1 そうだ　　　　　2 よばれる　　3 なくなった　　4 びょうきで

題4 変人と 呼ばれる人は 1 人か 考えたことが ありますか？私は まず マイペースな人だと 思います。他人のことを あまり 2 とにかく 自分がやりたいことを やりたいと思った時にやる という人たちが 変人だと 思いませんか。あと、その場で 言ってはいけないことを 言ってしまう、3 「空気が 4 」ということも 変人の 特徴でしょう。変人と 呼ばれる人には それぞれ 自分の 個性が ありますが、それが強すぎると、他人に 嫌われたり しますよね。

| 1 | 1 だれの | 2 どんな | 3 どこの | 4 なんの |
| 2 | 1 話さないで | 2 言わないで | 3 考えないで | 4 無視しないで |
| 3 | 1 つまり | 2 そして | 3 それで | 4 最後には |
| 4 | 1 飲めない | 2 買えない | 3 読めない | 4 見えない |

# 38 自己想做的事情的 **V-stem** たい VS 想對方做的事情的（對方）**に** **V** てほしい

本書 **38** 與 **39** 的需要互相比較，故 **38** 的練習合併在 **39** 之後。

所需動詞類型： **V-stem（飲<sub>の</sub>み / 食<sub>た</sub>べ / し、来<sub>く</sub>）**

V て（行<sub>い</sub>って / 食<sub>た</sub>べて / して、来<sub>き</sub>て）

## 1. 自己想做的事情 **V-stem** たい

彼氏<sub>かれし</sub>： 今日<sub>きょう</sub>は寒<sub>さむ</sub>いね。（今天好冷啊。）

彼女<sub>かのじょ</sub>： 早<sub>はや</sub>く教室<sub>きょうしつ</sub>に戻<sub>もど</sub>って、セーターを**着<sub>き</sub>たい**ね。（是啊，想快點返回課室，穿上毛衣。）

彼氏<sub>かれし</sub>： 俺<sub>おれ</sub>は**勉強<sub>べんきょう</sub>したくない**なあ。早<sub>はや</sub>く家<sub>いえ</sub>に**帰<sub>かえ</sub>りたい**。（真不想學習，想早點回家。）

彼女<sub>かのじょ</sub>： そうね、家<sub>いえ</sub>に帰<sub>かえ</sub>ったら、温<sub>あたた</sub>かい風呂<sub>ふろ</sub>に**入<sub>はい</sub>りたい**よね。（對啊，回到家更想來一個暖呼呼的泡浴呢。）

## 2. 想對方做的事情的（對方）**に** **V** てほしい

彼氏<sub>かれし</sub>： 今日<sub>きょう</sub>は寒<sub>さむ</sub>いね。（今天好冷啊。）

彼女<sub>かのじょ</sub>： 教室<sub>きょうしつ</sub>に戻<sub>もど</sub>ったら、あたしが編<sub>あ</sub>んだセーターを**着<sub>き</sub>てほしい**。（是啊，返回課室後，我想你穿上我給你編的毛衣。）

彼氏<sub>かれし</sub>： 俺<sub>おれ</sub>だって、この前<sub>まえ</sub>プレゼントしたマフラーを**つけてほしい**よ。（我也想你圍上之前送給你的圍巾。）

彼女<sub>かのじょ</sub>： でも、あのマフラーの色<sub>いろ</sub>好<sub>す</sub>きじゃないの。健<sub>けん</sub>ちゃん（彼氏<sub>かれし</sub>の名前<sub>なまえ</sub>）**に**新<sub>あたら</sub>しいのを**買<sub>か</sub>ってほしい**。でも紫<sub>むらさき</sub>のは**買<sub>か</sub>ってほしくない**。（但我不喜歡那個圍巾的顏色啊。我想阿健你再買一個給我，不過我不想你買紫色。）

彼氏<sub>かれし</sub>： はいはい。（好的好的。）

# 自己想要 / 想做的事情的欲しい / V-stem たい VS 他人想要 / 想做的事情的欲しがる /V-stem たがる

所需動詞類型：**V-stem（飲み / 食べ / し、来）**

## 1. 自己想要的東西 O が欲しい

田中： 何が**欲しい**ですか。 （你想要甚麼？）

佐藤： 私は新しい自転車が**欲しい**です。 （我想要新的單車。）

## 2. 他人想要的東西 O が欲しがる

田中： 娘さんは何が欲しいと言いましたか？ （你的女兒想要甚麼？）

佐藤： 彼女はぬいぐるみが**欲しがる**ようです。 （她似乎想要布娃娃。）

## 3. 自己想做的事情 V-stem たい

參考本書 **38** ▶ 自己想做的事情的 V-stem たい。

## 4. 他人想做的事情 V-stem たがる

田中： 最近、暑くなりましたね。 （最近、變得熱了。）

佐藤： そうですね。夏になると、みんなビールを**飲み**たがりますね。 （是啊，一到夏天，大家都會想喝啤酒。）

---

題1 　海外に　留学していたころ、私は　あまり　野菜が ＿＿＿＿＿ です。

1 食べたくない

2 食べてほしくなかった

3 食べたくなかった

4 食べてほしくない

題2 　娘は　注射を　怖がっていて、病院には ＿＿＿＿＿です。

1 行きたがる

2 行きたくない

3 行きたがらない

4 行ってほしくない

題3 あなたの 健康のために、＿＿＿＿ ＿＿＿＿ ★ ＿＿＿＿。

1 吸って　　　　2 ありません　　3 タバコを　　4 ほしく

題4 健ちゃん、美佐江ちゃん、ご結婚おめでとうございます。＿＿＿＿ ＿＿＿＿

＿★＿ ＿＿＿＿ね。

1 幸せな家庭を　　2 ほしい　　　3 築いて　　　4 これからは

題5 スマホが 壊れてしまったので、＿＿＿＿ ＿＿＿＿ ★ ＿＿＿＿みたい

です。

1 ほしがる　　　2 のを　　　　3 彼女は　　　4 新しい

題6 子供の時、＿＿＿＿ ＿＿＿＿ ★ ＿＿＿＿でした。

1 ミルクを　　　2 鈴木さんは　　3 たがりません　4 飲み

題7 今日 先生に 今 一番 欲しいものは 何かと 1 んですが、まず
佐藤さんは 何も 2 自分の家が 欲しいと 答えました。それについ
て、木村さんも 家は重要だと 言っていました。でも 木村さんが 今
最も 3 のは 家ではなくて 彼女でした。その理由を 聞いてみたら、
先週 彼女と 分かれて、いまは とても 4 から だと言いました。
それで 新しい 彼女が 欲しいと 言ったんです。

1　1 聞かせた　2 聞いた　　3 聞いてくれた　4 聞かれた

2　1 考えない　2 考えなくて　3 考えずに　　　4 考えながら

3　1 欲しい　　2 買いたい　　3 買ってほしい　4 欲しがっている

4　1 寂しい　　　　　　　　　2 寂しくない

　　3 寂しがっている　　　　　4 寂しくなってほしくない

# 雖然、但的**普1**けれど VS 明明……<br>卻的**普2**のに VS 因為的**普2**ので

所需單詞類型： **普1（行く / 行かない / 行った / 行かなかった / 行っている /<br>安い / 有名だ / 日本人だ）**

**普2（行く / 行かない / 行った / 行かなかった / 行っている /<br>安い / 有名な / 日本人な）**

---

1.

I 一生懸命勉強したけれど、試験に落ちた。（雖然已很努力溫習，但考試不合格。）

II 一生懸命勉強したのに、試験に落ちた。（明明已很努力溫習，考試卻不合格。【真可惜啊】）

III 一生懸命勉強したので、試験に合格した。（因為很努力溫習，所以考試合格了。）

---

2.

I もう夜中2時だけれど、もう少し勉強しましょう。（雖然已是凌晨2時了，但還是再唸點書吧！）

II もう夜中2時なのに、もう少し勉強しましょう。✕

III もう夜中2時なので、そろそろ寝なくちゃ。（因為已是凌晨2時，所以得睡了。）

\*\*\* 如後接命令、依賴或意志等句子時，不可以用「のに」，故 2. II 為病句。另外，本篇可與《3 天學完 N5‧88 個合格關鍵技巧》 **67** 主觀原因的から VS 客觀原因的ので作比較。

---

題1 クリスマス_____ いっしょに 過ごす恋人が いません。

　　1 たけど　　　2 ために　　　3 なので　　　4 なのに

---

題2 疲れていた_____ ベッドに 入ると、すぐ 寝てしまった。

　　1 でも　　　　2 のに　　　　3 し　　　　　4 ので

題3 A：来週の　土曜日　歌舞伎を　見に　行こうと　思っているんですが、
一緒に　どうですか。

B：えっ、歌舞伎ですか。いいですね。＿＿＿＿　＿＿＿＿　★　＿＿＿＿
です。

1　ことがない

2　みにいった

3　ぜひいきたい

4　ので

題4　先週　大阪で　大きな地震が　あって　多くの人が　亡くなった。専門家
によると　地震が起きた場合、火事で　なくなる人が　多いので、1　ガ
スや　火を　止めることが　一番　2　だ。そして、頭を　守りながら、す
ぐに　机や　テーブルの下に　入るように　したほうが　いいそうです。
外へ　出ると、割れた窓ガラスや　看板などが　3　かもしれないので　気
を付けなければ　なりません。いつ　地震が　起こるか　わからない　4
水や　食べ物や　お金などは　準備して　おいた　ほうが　よさそうだ。

**1**

1　決して　　　　2　やっと　　　　3　きっと　　　　4　まず

**2**

1　重要そう　　　2　重要なよう　　3　重要だそう　　4　重要はず

**3**

1　落ちていく　　2　落ちておく　　3　落ちてみる　　4　落ちてくる

**4**

1　のに　　　　　2　ので　　　　　3　ように　　　　4　だけど

# 推測的「應該」的 普はず VS 有義務的「應該」的 Ｖるべき

所需單詞類型： 普（行く / 行かない / 行った / 行かなかった / 行っている / 安い / 有名な / 日本人の）

Ｖる（行く / 食べる / する、来る）

**1.**

I この時間なら、田中さんは**運動している**はずです。（這個時間，田中先生應該在做運動。）

II 健康のために**運動す（る）**べきです。（為了健康，應該每天運動。）

III 類動詞後接べき時，可選擇保留「る」如「運動するべき」或去掉「る」變成「運動すべき」，當中以後者較普遍。

**2.**

I 彼は 5 年も日本語を習っているのですから、N4 に**合格する**はずです。

（他學習日語 5 年了，N4 應該能合格。）

II 彼は 5 年も日本語を習っているのですから、N4 に**合格す（る）**べきです。（他學習日語 5 年了，在情在理，N4 應該要合格。）

題1 A：「結衣ちゃんは まだ 来ないね。」

B：「来ると 言っていたから、絶対 来る＿＿＿＿＿。」

1 かもしれない 　　　　　　2 はずだ

3 でしょうか 　　　　　　　4 ようだ

題2 今から 言っても もう遅いよ。もっと 早く 先生に ＿＿＿＿＿。

1 相談しておいてはいけなかった 　2 相談しておくはずだった

3 相談しておくべきだった 　　　　4 相談しておいたところだ

題3 彼は 子どものころから アメリカに 住んでいるのだから、きっと

_____ _____ ★ _____だ。

1 な　　　　　　 2 はず　　　　　　 3 上手　　　　　 4 英語が

題4 インターネットは 知識の 宝庫だと 言われて、さまざまな 情報が あります。インターネットを 1 、いつでも どこでも 必要な 情報が 手に 2 。世界に つながっているので、世界中の人々と コミュニケーションもできるし、家を 3 買い物も できます。 4 、相手のメールアドレスを 知っていれば、いつでも メールを 出すことが できます。インターネットは 携帯電話でも 使えるので、パソコンはないが 携帯電話なら 持っている という 人たちでも、様々な 情報を 楽しむことが できます。

**1**

1 利用するなら　　　　　　　 2 利用すれば

3 利用してもいい　　　　　　 4 利用するために

**2**

1 入るはずです　　　　　　　 2 入るべきです

3 入るらしくないです　　　　 4 入るつもりです

**3**

1 出ても　　　　　　　　　　 2 出ては

3 出るなら　　　　　　　　　 4 出なくても

**4**

1 それじゃ　　　　　　　　　 2 それでも

3 それに　　　　　　　　　　 4 そうして

# 傳聞的普そう VS 看眼前狀況，推測事情似乎會發生的 V stem/A 詞幹そう

所需單詞類型： 普（行く / 行かない / 行った / 行かなかった / 行っている / 安い / 有名だ / 日本人だ）

V-stem（行き / 食べ / し、来）

Adjective 詞幹（な形容詞詞幹如「親切」、「下手」；い形容詞去除い如「おいし」，但特別版的よい→「よさそう」，ない→「なさそう」。）

| | 傳聞的そう | 推測事情似乎會發生的そう |
|---|---|---|
| 動詞 | **普**そう<br>**降る**そう | V stem そう<br>**降り**そう |
| い形容詞 | **普**そう<br>**おいしい**そう | い形容詞去除い＋そう<br>**おいし**そう<br>*** よい→**よさそう**<br>*** ない→**なさそう** |
| な形容詞 | **普**そう<br>**上手だ**そう | な形容詞詞幹そう<br>**上手**そう |
| 名詞 | **普**そう<br>**学生だ**そう | 日語不存在名詞そう這個文法 |

1.

Ⅰ 明日は午後から大雨が**降る**そうです。（聽說明天下午開始會下大雨啊。）

Ⅱ 雲がだんだん黒くなってきて雨が**降り**そうです。（【看狀況推斷】雲逐漸變黑，似乎要下雨。）

**2.**

Ⅰ 田中さんの話では、この店のケーキはとても**おいしいそう**です。（聽田中說這間店的蛋糕很好吃。）

Ⅱ （ケーキを見て）このケーキ、**おいしそう**ですね！（【看樣子推斷】這蛋糕看來很好吃。）

題1 A：「祇園祭を 見に 行ったことが ありますか。」

B：「ありませんが、陳さんの話では、その祭りは とても 有名で
_____よ。」

1 にぎやかそうです　　　　　2 にぎやかようです

3 にぎやかだそうです　　　　4 にぎやかだらしいです

題2 A：「ああ、携帯が _____よ。」

B：「あ、ありがとう。」

1 落ちたそう　　　　　　　2 落ちそうだ

3 落ちていた　　　　　　　4 落ちるそうだ

題3 今日は 日差しが _____ _____ __★__ _____ 傘を 持って行く
ことにした。

1 暑そう　　　　　　　　　2 し

3 強い　　　　　　　　　　4 だから

昨日、わたしの　住んでいる町に　大きい　台風が　来た。先日　お隣の　木村さんが　「今回の　台風は　すごい　**1**　から、部屋の　外に　置いてある　ものが　**2**、中に　入れたほうが　いいよ。それから、危ないから、外に　**3**　よ」と　アドバイスしてくれた。わたしは　外に　出してある　植木鉢などを　部屋の中に　入れて　一日中　ずっと　うちに　いた。夜になると、激しい雨が　降ったり、強い風が　吹いたり　していた。窓ガラスが　**4**　だったので、怖くて　なかなか　寝られなかった。

**1**

1　そうだ

2　べきだ

3　ばかり

4　すぎる

**2**

1　飛んで　いくように

2　飛んで　いかない　ように

3　飛んで　いかなくても　かまわない

4　飛んで　いこうと

**3**

1　出てもいい

2　出ては　いけない

3　出ることが　できる

4　出られる

**4**

1　割れるはず

2　割れるそう

3　割れそう

4　割れたところ

# 43 按五官感覺的主觀推測的**普1**よう/**普2**みたい VS 根據情報源作較客觀推測的**普2**らしい VS 傳聞的**普3**そう

所需單詞類型： **普1**（行く / 行かない / 行った / 行かなかった / 行っている / 安い / 有名な / 日本人の）

**普2**（行く / 行かない / 行った / 行かなかった / 行っている / 安い / 有名 / 日本人）

**普3**（行く / 行かない / 行った / 行かなかった / 行っている / 安い / 有名だ / 日本人だ）

| 判斷基準 | らしい | （傳聞）そうだ | よう＝みたい |
|---|---|---|---|
| 客觀 | O | O | |
| 主觀 | | | O |
| 傳聞 | O | O | |
| 自身感覺 | | | O |
| 推測行為 | O | | O |
| 可信性 | 較高 | 較高 | 較低 |

O 代表成分高，沒有 O 是成分低或沒有。

1.

I 天気予報によると、明日は雨が**降る**そうです。（【將聽說或看到的情報直接轉述】天氣預報說明天會下雨。）

II 天気予報によると、明日は雨が**降る**らしいです。（【將聽 / 看到的情報作客觀推測】根據天氣預報，明天好像會下雨吧！）

III 明日は雨が**降る**ようです。（【天陰陰感覺濕濕的】感覺明天會下雨。）

**2.**

あの二人は **付き合っている** そうだよ。（【根據某人的情報】聽說他們二人正在交往。）

I あの二人は **付き合っている** らしいよ / ね。（【根據某人的情報】感覺他們二人正在交往。）

II あの二人は **付き合っている** ようだね。（【不確實，但感覺兩人親密 / 有別於一般朋友的行為而推測】看來他們二人正在交往呢。）

*** 另外，從不同的語氣助詞使用亦可判斷各種句子的可信性。例如可信程度高的「らしい」或「そう」可以後接作為新資訊的「よ」；反之可信程度較低的「よう」或「みたい」就多用徵求同意的「ね」或不太有自信的「よね」，可參考《3 天學完 N5．88 個合格關鍵技巧》 **47** ね VS よ VS よね。

---

**題1** A：井上さんは　今日は　会社を　休んでいますね。

B：さっき　連絡がありましたが、風邪を　ひいている＿＿＿＿＿ですよ。

| | |
|---|---|
| 1　だから | 2　らしい |
| 3　ので | 4　ばかり |

**題2** A：パソコンを　修理したけど、どう？動く？

B：うん、大丈夫＿＿＿＿＿。ありがとう。

| | |
|---|---|
| 1　みたい | 2　はずだ |
| 3　だそうだ | 4　のようだ |

**題3** 先週の土曜日に　＿＿＿＿　＿＿＿＿　★＿＿＿＿　で　びっくりした。

| | |
|---|---|
| 1　そう | 2　日本で |
| 3　起きた | 4　大きな地震が |

題4 昨日、石原さんと　お好み焼きを　1　行きました。石原さん　2　その　お好み焼きは　とても　おいしくて、雑誌や　テレビ番組に　出たことも　ある　3　です。わたしは　お好み焼きが　大好きですから、楽しみに　していました。店に　着くと、もう　店の前に　お客さんが　たくさん　並んで　いましたが、30分待っても、店の　中に　入れませんでした。「おなかが空いた！」と　4　がんばって　待っていました。45分後、やっと　お店に　入って　食べることが　できました。とても　おいしかったから、がんばって待っていてよかったと　思いました。

**1**

1　食べずに

2　食べない

3　食べに

4　食べる

**2**

1　について

2　につき

3　には

4　によると

**3**

1　のよう

2　らしい

3　みたいな

4　はず

**4**

1　言います

2　言っても

3　言いながら

4　言うなら

# 不是 N，但看起來很像 N 的 N みたい VS 有 N 的樣子 / 氣質的 N らしい

**1.**

I　あの女の人は**男の人みたい**。（那個女生【樣子、行為舉止等】很像個男生。）
II　あの男の人は本当に**男らしい**。（那個男生真有男子該有的氣質→有男子氣慨。）

**2.**

I　あの男の人は**猿みたいな**顔をしています。（那個男生樣子長得像隻猴子。）
II　あの男の人は**男らしい**行動をしました。（那個男生做了很有男生風範的行動。）

**題1**　あの建物を　見て　ください。卵＿＿＿＿＿形を　していますよ。

　　1　ような

　　2　らしい

　　3　みたいな

　　4　そうな

**題2**　バイトばかり　していないで、学生＿＿＿＿＿＿　しっかり　勉強したほうが

いいよ。

　　1　のように

　　2　そうな

　　3　らしく

　　4　みたいに

題3 あれ、肩に ＿＿＿ ＿＿＿ ★ ＿＿＿ ついていますよ。

1 もの

2 虫

3 が

4 みたいな

題4 師走さん

久しぶりです。お元気ですか。12月に なって、やっと 冬 1 なってき
ましたね。冬休みは 2 予定が ありますか。わたしは 今年も クリ
スマスに アメリカに 帰る予定です。アメリカ人にとって クリスマス
は とても 記念すべき日なので、毎年 帰国して 家族と 一緒に に
ぎやかに 過ごしています。日本では クリスマスは 恋人と 過ごす日
だと 思われますが、アメリカでは 家族が集まる 大切な時間なので、
恋人が 3 楽しく 過ごせますよ。4、日本に 戻ってきたら また
会いましょう。

マイケル

**1**

1 のよう　　　　2 らしく　　　　3 みたい　　　　4 でも

**2**

1 何を　　　　2 何が　　　　3 何か　　　　4 何で

**3**

1 いなくても　　2 いないで　　3 いなくてもいい　　4 いてほしい

**4**

1 そうして　　2 それでも　　3 それでは　　4 それから

# 剛要 / 正要開始 V 的 **V る**ところ VS 正在 V 的 **V ている**ところ VS 剛 V 完 的 **V た**ところ

所需動詞類型： **V る**（行く / 食べる / する、来る）
**V て**（行って / 食べて / して、来て）
**V た**（行った / 食べた / した、来た）

### 1.

ケーキを**作る**ところです。（我正要開始做蛋糕。）

I ケーキを**作っている**ところです。（我正在做蛋糕。）

II ちょうどケーキを**作った**ところです。（我剛做完蛋糕。）

### 2.

A：もう 晩ごはんを 食べましたか。（已經吃過晚飯了嗎？）

B：いいえ、今から **食べる**ところです。（不，現在正要吃。）

I B：今 **食べている**ところです。（正在吃。）

II B：はい、さっき **食べた**ところです。（是的，剛吃完了。）

題1 A：事故の 原因は もう 調べましたか。

B：今、＿＿＿＿＿＿です。

1 調べよう                      2 調べてみる

3 調べているところ               4 調べてもらう

題2 田中：井上さん、レポートは もう 提出しましたか。」

井上：いいえ、＿＿＿ ＿＿＿ ★ ＿＿＿ です。

1 ところ                        2 今

3 まだ                          4 書いている

題3 桜井：木村さん、これから ビールでも どうですか。

木村：すみません、ちょうど＿＿＿＿ ＿＿＿＿ ★ ＿＿＿＿ です。

1 なん

2 飲んだ

3 今

4 ところ

題4 今日は 天気が いいので、一人で 1 出かけました。公園に着いたら、しばらくは ベンチに座って 休みながら、海の景色を 2 ました。公園では 遊んでいる子供や 犬と散歩しているお年寄りや 運動している若者など たくさんの人に 会いました。気持ちが よかったので 2時間 3 歩きました。浜辺に 着いたときに、ちょうど 夕日が 海に 4 でした。夕日を 見ながら 久しぶりに ビールを 一杯 飲みました。最高の 一日でした。

**1**

1 散歩　　　2 散歩に　　　3 散歩し　　　4 散歩の

**2**

1 はじめ　　2 わかめ　　　3 さだめ　　　4 ながめ

**3**

1 だけ　　　2 も　　　　　3 が　　　　　4 に

**4**

1 沈んだところ　2 沈むらしい　3 沈んだばかり　4 沈むところ

# 盡是 N 的 N ばかり VS 老是，總是不斷重複做 V 的 V てばかりいる VS 剛剛 V 完的 V たばかり

所需動詞類型： V て（行って / 食べて / して、来て）
V た（行った / 食べた / した、来た）

**1.**

I 最近**甘いものばかり**食べている。（最近吃的盡是甜點【焦點在甜點】。）

II 最近甘いものを**食べてばかりいる**。（最近老是吃甜點【焦點在不斷吃這動作】。）

III さっき甘いものを**食べたばかり**です。（剛剛吃完甜點。）

**2.**

**携帯ゲームばかり**すると、目が悪くなるよ。（要是看的東西盡是手機遊戲的話，眼會變差的哦【焦點在手機遊戲】。）

I 携帯ゲーム**してばかりいる**と、目が悪くなるよ。（要是老是玩手機遊戲的話，眼會變差的哦。【焦點在玩手機遊戲這動作】）

II これは**ダウンロードしたばかり**の携帯ゲームです。（這是剛下載的手機遊戲。）

\*\*\* 上述 1. I 和 II、2. I 和 II 的兩個例句基本上可以互換，意思一樣，只是焦點略有不同。

題1  テレビ＿＿＿＿ 見て いないで、宿題を しなさい。

1 まで 　　　　　 2 ばかり 　　 3 も 　　　　　 4 でも

題2  A：新しい仕事は どうですか。」

B：＿＿＿＿、まだ よく わかりません。」

1 入ってばかりいて 　　　　　 2 入るだけで

3 入るところで 　　　　　 4 入ったばかりで

題3 おととい水族館に行ったら、先週 _____ _____ ★ _____ が見られた。

1 赤ちゃん　　　2 イルカの　　3 ばかりの　　4 生まれた

題4 真雲天様

1 寒い日が 続いて いますが、お元気ですか。

先日の 高尾山登山では 大変 2 、ありがとう ございました。山を登ったり、おいしいものを 食べたりして とても 楽しかったです。若い頃から 山が 好きで よく 友達と 山登りを していましたが、この数年間 仕事 3 、他のことは 何も できませんでした。久しぶりの山登りで ちょっと 疲れましたが、本当に 気持ちが よかったです。

皆様と いっしょに 撮った写真が できましたので、4 。またの機会を楽しみに しております。

山田伊須木

**1**

1 まず　　　　　2 また　　　　3 もう　　　　4 まだ

**2**

1 世話をもらい　　　　　　　2 世話をくれ

3 お世話になり　　　　　　　4 お世話いたしまして

**3**

1 ばかりしていて　　　　　　2 までしていて

3 もしていて　　　　　　　　4 してみて

**4**

1 お送りさせます　　　　　　2 お送りします

3 お送りしてくれます　　　　4 お送りしていただきます

# 移動方向或狀態變化由遠至近，由從前到現在的 V てくる（V 起來）VS 移動方向或狀態變化由近至遠，由現在到將來的 V ていく（V 下去）

所需動詞類型： V て（遊んで / 食べて / して）

... てくる

Past

You

... ていく

Future

---

**① 移動方向**

1. I 友達のうちに行く時、お土産を**持って**いきます。（去朋友家的時候，會**帶手信去**。）

   II 今度、日本からのお土産を**持って**きます。（下次我會**帶**日本的手信**來**。）

2. I 駅まで**歩いて**いきます。（走去車站。）

   II 駅まで**歩いて**きました。（走到車站來。）

**② 狀態變化**

1. I 7月になると、暑く**なって**くる。（一踏入 7 月，天氣就會熱**起來**。）

   II 4 日くらい前から、暑く**なって**きた。（大約 4 天前開始，天氣就熱**起來了**。）

   III これから、どんどん暑く**なって**いく。（從今以後，天氣將會愈來愈熱**下去**。）

2. I 時代がだんだん**変わって**いきます。（【從今以後】時代會漸漸變**下去**。）

   II 時代がだんだん**変わって**きました。（【到今天為止】時代漸漸變化**起來了**。）

題1 新しいデパートができてから、町が　にぎやかに　_____。

1　なってもらった
2　なってきた

3　なってください
4　なるようにした

題2 （教室で）

新垣：坂本さん、授業の　準備は　終わりましたか。手伝いましょうか？

坂本：ありがとうございます。いすが　足りていないので、他の　教室から

_____？

新垣：はい、わかりました。

1　持ってもいいですか
2　持っていなければなりませんか

3　持ってあげますか
4　持ってきていただけませんか

題3 2年間、毎日　_____　_____　★　_____ので、だいぶ上達しました。

1　続けて
2　フランス語の

3　きた
4　勉強を

題4 私は　ダンスが　得意で、よく　パーティーに　1。知り合いから　よく

電話が　2。「結衣ちゃんの　かっこいいダンスを　パーティーで　見たい」

という依頼や、「来週の　日曜日の夜、国民公園へ　3」という　問い合

わせなどです。私は　なかなか　「NO」を　言うのが　苦手　4、たいて

い　引き受けます。ですから、いつも　とても　忙しいです。

**1**

1 誘<sup>さそ</sup>っています

2 誘<sup>さそ</sup>っていきます

3 誘<sup>さそ</sup>われます

4 誘<sup>さそ</sup>います

**2**

1 かかれます

2 かかりました

3 かかっていきます

4 かかってきます

**3**

1 来<sup>き</sup>てもらえませんか

2 来<sup>き</sup>てさしあげますか

3 来<sup>こ</sup>させてください

4 来<sup>き</sup>てもかまいません

**4**

1 なのに

2 なので

3 でも

4 だし

所需動詞類型：**V て**（行って / 食べて / して、来て）

1.

I 難しい宿題を**やってみます**。（試做難的作業。）

II キャンプに 行く前に、宿題を**やっておきます**。（去露營之前，預先做完作業。）

III もう宿題を全部**やってしまいました**。（已經做完所有作業。）

IV 明日は英語の試験なのに、間違って日本語の宿題を**やってしまった**。（明天明明是英語的考試，但我不小心做了日語的作業。【真後悔……】）

題1 あした 友達が 遊びに 来るので、部屋を きれいに して _____。

1 みます

2 しまいます

3 いません

4 おきます

題2 (教室で)

A：姉は 茶道教室で 茶道を 教えているんですよ。

B：茶道ですか。いいですね。あたしも _____。

1 しておきたいです

2 してもいいです

3 してみたいです

4 してほしいです

題3 A：ごめんなさい。＿＿＿ ＿＿＿ ＿★＿ ＿＿＿です……

B：大丈夫ですよ。気に しないで ください。

1 漫画を　　　　　　　　　　　2 しまったん

3 貸してくれた　　　　　　　　4 汚して

題4 日曜日の夜、兄と たくさんの ドラマを 見ていました。とても 面白かったです。でも、ドラマを 1 夜遅くまで 起きていたので、月曜日の朝、2 。いつも乗るバスが 3 から、走って 学校まで 行きました。そして、授業に 遅れて、クラスメイトの前で 「二度と 4 」と 先生に 注意されました。大変 恥ずかしかったです。

**1**

1 見られて　　　　　　　　　　2 見させて

3 見すぎて　　　　　　　　　　4 見るばかりいて

**2**

1 起きられませんでした　　　　2 起きてみませんでした

3 起きさせませんでした　　　　4 起きてしまいました

**3**

1 乗った　　　　　　　　　　　2 行ってしまった

3 乗ることができた　　　　　　4 行っておいた

**4**

1 遅刻しろ　　　　　　　　　　2 遅刻するな

3 遅刻しね　　　　　　　　　　4 遅刻すべき

所需動詞類型： **V て**（**飲**んで / **食**べて / して、**来**て）

**1.**

Ⅰ 棚にぬいぐるみ**を 並べています**。（正在把布娃娃排在架子上。【他動詞「並べる」＋いる＝動作正在進行】）

Ⅱ 棚にぬいぐるみ**が 並んでいます**。（布娃娃排好在架子上了。【自動詞「並ぶ」＋いる＝表達眼前的狀態，是誰做並不重要】）

Ⅲ 棚にぬいぐるみ**が 並べてあります**。（【某人】把布娃娃排好在架子了。【他動詞「並べる」＋ある＝強調某人為了某目的做了他動詞「並べる」並留下的動作後的狀態】）

**有關自他動詞，可參閱本書 20 及 21 自（不及物）他（及物）動詞表①、②**

**2.**

志村： あ、窓**が 開いている**よ。（喔，窗開着呢。【單純表達窗打開了的狀態】）

村上： あっ、閉めないで。**開けてある**んだから。さっきまで料理をしていたのよ。
（喔，不要關啊，是我特意打開的。因為剛才一直在做飯呢。【強調某人為了吹散掉做飯的氣味而打開了窗，並使窗長期處於打開的狀態】）

題1 教室の 壁に 期末試験の スケジュールが _____。

1 貼っています

2 貼っておきます

3 貼ってあります

4 貼ってくれます

題2 A：わたしの 携帯、見ませんでしたか。

B：あっ、いすの 下に ＿＿＿＿＿＿よ。

1 落とします　　　　　　　　2 落ちています

3 落ちてあります　　　　　　4 落としています

題3 A：部屋に 誰が いますか。

B：分かりませんが、＿＿＿＿ ＿＿＿＿ ＿★＿ ＿＿＿＿から、だれか いる

はずです。

1 ついて　　　　2 電気　　　　3 が　　　　4 いる

題4 わたしの 住んでいる 町には ゴミの 1 の ルールが あります。
新聞、ペットボトル、缶など リサイクルのできる ゴミは 月曜日に
出します。生ゴミは 火曜日と 木曜日に 出します。大きなゴミは ゴ
ミ受付センターに 2 出しては いけません。ゴミを 集める場所には
「朝 8時半 3 出してください」や「町を きれいに しよう」など
いろいろな ことが 4 。これからも みんなで ルールを 守って 正し
く ゴミを 出しましょう。

**1**

1 出せ方　　　　2 出し方　　　　3 出す方　　　　4 出さ方

**2**

1 連絡するために　　　　　　　2 連絡しないで
3 連絡したところ　　　　　　　4 連絡してもらう

**3**

1 までに　　　　2 まで　　　　3 には　　　　4 に

**4**

1 書いてくれます　　　　　　　2 書いています

3 書いてあります　　　　　　　4 書いてみます

# 客觀具體，可計算的い・な A 詞幹さ名詞化 VS 主觀抽象，感性的い・な A 詞幹み名詞化

|  | 意思 | 使用範圍 | 例子 |
|---|---|---|---|
| さ | ・客觀具體<br>・可計算 | 基本上適用於所有い形容詞和な形容詞 | 厚い→厚さ（厚度）<br>暖かい→暖かさ（溫暖度）<br>深い→深さ（深淺度）<br>痛い→痛さ（痛的程度）<br>新鮮→新鮮さ（新鮮的程度）<br>真剣→真剣さ（認真的程度） |
| み | ・主觀抽象<br>・不可計算<br>・感性的 | 只適用於部分い形容詞及少部分な形容詞 | 厚い→厚み（厚重感）<br>暖かい→暖かみ（溫情）<br>深い→深み（說話有深度／深處）<br>痛い→痛み（痛楚／悲痛）<br>新鮮→新鮮み（題材／說話的新鮮感）<br>真剣→真剣み（認真的態度）<br>\*\*\* 不使用「み」：長い、嬉しい、暑い、寒い、速い、美しい、にぎやか、きれい等 |

**1.**

I　この川の**深さ**は 20 メートルあります。（這河流的深度有 20 米。【能測量計算的】）

II　このドラマのせりふには**深み**があります。（這電視劇的對白有深度。【主觀感受】）

**2.**

I　この携帯の**重さ**はわずか 90g です。（這個手機重量只有 90 g。【能測量計算的】）

II　ここには歴史の**重み**を感じさせる建物が沢山あります。（在這裏有很多讓人感受到歷史重量的建築物。【主觀感受，不可計算】）

題1　北海道の ＿＿＿＿は、思った以上でした。

1　寒み　　　　2　寒いの　　　3　寒さ　　　　4　寒くて

題2　この店の　パンケーキは ＿＿＿＿が　あって、おいしいです。

1　厚み　　　　2　厚い　　　　3　厚さ　　　　4　厚くの

題3　＿＿＿＿　＿＿＿＿　★　＿＿＿＿　みました。

1　について　　　2　日本語の　　　3　難しさ　　　4　分析して

題4　皆さん、電車に　乗って　1　ありますか。わたしは　電車で　旅行する
ことが　好きで、今まで　電車に　乗って　いろいろな所に　行ってきま
した。2　特急や　急行には　乗らず、普通列車に　3　。一つ　また　一
つの駅に　停まって、ゆっくりと　旅行するのが　楽しいからです。そこに
景色がいい　駅も　あるし、珍しい　お土産を　売っている駅も　あります。
それに、それぞれの　町の　文化を　体験することも　楽しいです。新幹線
や　特急電車で　旅行する人には、この　4　は　わからないでしょうね。

**1**

1　旅行してみて　　　　　　　　2　旅行して
3　旅行するように　　　　　　　4　旅行したことが

**2**

1　それで　　　　2　それから　　　3　しかし　　　4　これでは

**3**

1　乗らなくて　いいです　　　　　2　しか　乗りません
3　乗りすぎます　　　　　　　　　4　乗らなければ　なりません

**4**

1　楽しさ　　　　2　楽しめ　　　　3　楽しみ　　　4　楽しいこと

# 51 活用下的①なさい・②な・③命令型・④意向型（よ）う

| | | I 類動詞 | | II 類動詞 | III 類動詞 |
|---|---|---|---|---|---|
| 第一段 | ない型 | 行かない | 撮らない | 食べない | 勉強しない<br>来ない |
| 第二段 | ます型 | ①行きなさい | 撮りなさい | 食べなさい | 勉強しなさい<br>来なさい |
| 第三段 | 辞書型 | ②行くな | 撮るな | 食べるな | 勉強するな<br>来るな |
| 第四段 | 命令型 | ③行け | 撮れ | 食べろ | 勉強しろ<br>来い |
| 第五段 | 意向型 | ④行こう | 撮ろう | 食べよう | 勉強しよう<br>来よう |

① **ます型＋なさい**：由上而下的命令，語氣比命令型柔和，父母對小孩常用。
例：行きなさい（去）。

② **辞書型＋な**：別做某事，語氣比「てはいけない」強烈。例：行くな（別去！）

③ **命令型**：直接命令，說氣較「なさい」粗魯無禮，一般對孩子、兄弟姐妹或緊
急時用。例：行け（給我去！！）

④ **意志型（よ）う**：提議/邀請別人一起做某事，比較有禮時用「ましょう」。例：
行こう（一起去吧！！）

---

1.

I 携帯ゲームばかりしないで外で**遊び**なさい。（不要只玩手遊，出去玩吧。）

II 危ないから、外で**遊ぶ**な。（因為很危險，別在外玩。）

III 携帯ゲームばかりしないで外で**遊べ**！（不要只玩手遊，給我出去玩！）

IV 天気がいいから外で**遊ぼ**う。（天氣好，一起出去玩吧！）

題 1  だいぶ空が 暗くなってきたので、そろそろ ＿＿＿＿＿＿。

1 帰っている　　　2 帰るな　　　3 帰らない　　　4 帰ろう

題 2  もう 夜の 2時だよ。早く ＿＿＿＿＿＿。

1 寝るな　　　2 寝なさい　　　3 寝てる　　　4 寝ない

題 3  台風の日には ＿＿＿＿ ＿＿＿＿ ＿★＿ ＿＿＿＿。極めて 危ない です から。

1 遊びに　　　2 な　　　3 行く　　　4 海へ

題 4  ただいま 彼と 果物天国と 呼ばれる タイに 来ています。タイでは 日本で あまり 食べられない 果物が たくさん 売られています。その中でも 1 有名なのは ドリアンです。皆さんは ドリアンを 食べたことが ありますか。ドリアンは 東南アジアでは 普通の 食べ物です 2 、日本では 3 食べる機会が 少ないものです。先 彼は 「これを 4 」と 言って、ドリアンを ビニール袋から 出して みんなで 食べてみました。わたしは 初めて 食べましたが、思ったより 甘くて おいしかったです。

**1**

1 やっと　　　2 とくに　　　3 かならず　　　4 だいたい

**2**

1 ので　　　2 から　　　3 けれど　　　4 し

**3**

1 なかなか　　　2 ときどき　　　3 はっきり　　　4 たまに

**4**

1 食べてほしい　　2 食べるよう　　3 食べよう　　4 食べないで

個人意志的する VS 其他因素的なる VS 提示習慣的よう VS 重視結果的こと①

大家都可能知道「する」主要強調「個人意志」，而「なる」則大多表示「外在因素」；另外「よう」提示「習慣」，而「こと」則重視「結果」，現試製作以下超級惱人的 12 個情形：

所需動詞類型： **V る（行く / 食べる / する、来る）**

---

**1. V るようにする**：基於「個人意志」「做」V 並養成「習慣」

---

お医者さんに言われたので、毎日薬を**飲む**ようにしています。（由於被醫生說了一頓，我每天都堅持喝藥。）

---

**2. V ることにする**：基於「個人意志」決定「做」V 這個「結果」，但不強調能否成為習慣

---

お医者さんに言われたので、今日から薬を**飲む**ことにしました。（由於被醫生說了一頓，今天開始我決定了喝藥【但我不肯定能否堅持下去……】。）

---

**3. V るようになる**：並非基於個人意志，而是「外在因素」「產生 / 變得」V，並成為「習慣」

---

お医者さんに言われたので、三年前から薬を**飲む**ようになっています。（由於被醫生說了一頓，三年前開始我每天都要喝藥。）

---

**4. V ることになる**：並非基於個人意志，而是「外在因素」「產生 / 變得」V 這個「結果」，但不強調能否成為習慣。

---

お医者さんに言われたので、今日から毎日薬を**飲む**ことになりました。（由於被醫生說了一頓，今天開始我要喝藥【但我不肯定能否堅持下去……】。）

另外，「**V る / V ない**ことになっている」的話，表示 V / 不 V 這個行為是某個組織的「規矩 / 宗旨」。

題1  愛する子供のために、彼は 田舎から 都会へ 引っ越す ___ に ___。

1  よう / なった　　　2  こと / なった　　3  よう / した　　　4  こと / した

題2  お医者さんに 勧められたので、好きではないが、先週から 毎朝 牛乳
を _____。

1  飲むことに しました　　　　　　2  飲むことに なっています

3  飲むように しました　　　　　　4  飲むように なっています

題3  そのうち _____ _____ ★ _____、あまり しんぱいしなくても
いい。

1  から　　　　　　　2  なる　　　　　　3  できる　　　　　4  ように

題4  もうすぐ 夏休みですから、今から 楽しみに 1 。この夏休みには し
たいことが たくさん あります。まずは ゴルフを 習いたいと 思い
ます。ずっと 高校時代から それを 2 ですが、試験勉強に 集中して
いなければならなかったので、なかなか できませんでした。もし それ
ができたら、運動にも なるし、健康 3 も いいと 思います。また、こ
の夏には、日本人の 友だちが 私の国へ 遊びにくる 4 くれたので、
会えるのを 心から 楽しみに しています。

**1**　1  するつもりです　　　　2  していました

　　　3  しています　　　　　　4  しようとしています

**2**　1  習いたかった　　　　　2  習えたん

　　　3  習ってほしかった　　　4  習えたら

**3**　1  に　　　　　　　　　　2  で

　　　3  へ　　　　　　　　　　4  まで

**4**　1  ようになって　　　　　2  ことになって

　　　3  ようにして　　　　　　4  ことにして

所需動詞類型： **V ない**（行<sub></sub>かない / 食<sub></sub>べない / しない、来<sub></sub>ない）

---

**5. V ないようにする：基於「個人意志」「不」V 並養成「習慣」**

お医者<sub></sub>さんに言<sub></sub>われたので、毎日薬<sub></sub>を**飲まないよう**にしています。（由於被醫生說了一頓，我每天都堅持不喝藥。）

---

**6. V ないことにする：基於「個人意志」決定「不」V 這個「結果」，但不強調能否成為習慣**

お医者<sub></sub>さんに言<sub></sub>われたので、今日<sub></sub>から薬<sub></sub>を**飲まないこと**にしました。（由於被醫生說了一頓，今天開始我決定不喝藥了【但我不肯定能否堅持下去……】。）

---

**7. V ないようになる：並非基於個人意志，而是「外在因素」產生 / 變得「不」V，並成為「習慣」**

お医者<sub></sub>さんに言<sub></sub>われたので、毎日薬<sub></sub>を**飲まないよう**になっています。（由於被醫生說了一頓，我現在變得每天都不喝藥。）

---

**8. V ないことになる：並非基於個人意志，而是「外在因素」產生 / 變得「不」V 這個「結果」，但不強調能否成為習慣**

お医者<sub></sub>さんに言<sub></sub>われたので、今日<sub></sub>から薬<sub></sub>を**飲まないこと**になりました。
（由於被醫生說了一頓，今天開始我變得不喝藥了【但我不肯定能否堅持下去……】。）

另外，「**V ないことになっている**」的話，表示**不 V** 是某個組織的「規矩 / 宗旨」

---

| 題1 | あの社員<sub></sub>に　注意<sub></sub>したら　あれから　文句<sub></sub>を　言<sub></sub>わない_____。 |

1　ようにした　　　　　　　　2　ようになった

3　ことにした　　　　　　　　4　ことになった

題2　健康のために　なるべく　毎日　エレベーターを　使わない＿＿＿＿＿＿。

1　ことになった　　　　　　　　2　ようになっている

3　ことにした　　　　　　　　　4　ようにしている

題3　ちいさい　ころから　おやに　たにんの　わるぐちを　＿＿＿＿　＿＿＿＿

＿＿＿＿★＿＿＿＿だ　という　きょういくを　うけている。

1　ように　　　　2　する　　　　3　べき　　　　4　いわない

題4　家の　近くの　公民館には　古くなって　要らなくなったものを　集めて、

**1**　を　ほしがる人に　あげる　という　**2**　が　あります。きょう　公民館で

いい　ものを　みつけて　もらってきました。それは　むかしから　ずっと

買いたかった　一冊の　本でした。実は　子供が　生まれてから　自分の

時間が　少なくなったので、だんだん　本を　**3**　。それを　考えると、いつ

も　悔しく　なります。いい　ものを　もらったので、今日から　再び　本

を　**4**　。ちょうど　いま　子供が　寝ているから、本を　読まなくちゃ！

**1**

1　これ　　　　　　2　それ　　　　3　あれ　　　　4　どれ

**2**

1　システム　　　　2　サイエンス　　3　セメスター　　4　ソラミミ

**3**

1　読むようになりました　　　　2　読むことにしました

3　読まないようになりました　　4　読まないことにしました

**4**

1　読むようにしています　　　　2　読むようになっています

3　読むようにしたいです　　　　4　読むようになりたいです

所需動詞類型： **V できる**（行ける / 食べられる / できる、来られる）
**V ない**（行かない / 食べない / しない、来ない）
**V できない**（行けない / 食べられない / できない、来られない）

**9. V できるようにする**：基於「個人意志」，努力以達到「能」V

お医者さんに言われたので、苦い薬を / が**飲める**ようにしています。（由於被醫生說了一頓，我每天都努力，希望能喝掉苦藥。）

**10. V できるようになる**：「不強調」是個人意志還是外在因素，反正就「能」V

いつの間にか苦い薬を / が**飲める**ようになりました。（不知從甚麼時候開始，我變得可以喝掉苦藥了。）

**11. V ない**（只保留 V 的部分，如行か / 食べ）**なくなる**：「不強調」是個人意志還是外在因素，反正就是變得「不」V

苦い薬はもう**飲ま**なくなりました。（【從前有喝苦藥，但現在】已經變得不喝苦藥了。）

**12. V できない**（只保留 V でき的部分，如行け / 食べられ）**なくなる**：「不強調」是個人意志還是外在因素，反正就是變得「不能」V

苦い薬はもう**飲め**なくなりました。（【從前能喝苦藥，但現在】已經變得不能喝苦藥了。）

題1　日本語が　ぺらぺら＿＿＿＿＿ように　なりたいです。

1　しゃべる　　　　2　しゃべらない　3　しゃべれる　　4　しゃべれない

題2　もう　夜中の　12時ですから、会場には　誰も＿＿＿＿＿。

1　いなくなったでしょう　　　　2　なくなったでしょう

3　おりなくなったでしょう　　　4　いらなくなったでしょう

題3 うちのこどもは　すこしずつ　おはしを ＿＿＿＿ ＿＿＿＿ ★ ＿＿＿＿
きた。

1　なって　　　　　　2　じょうずに　　3　ように　　　　4　つかえる

題4 林さん

去年の　夏から　お互いに　忙しくなったせいか、全然　1、お元気です
か？大阪は　このごろ　2　暑くなってきました。ところで、今日は　急
いで　お知らせ　しなければならないことが　あって、メールを　書いて
お送りします。実は　来月の　十日に　林さんが　大阪に　遊びに　来る
件ですが、私は　その日の　夕方まで　仕事で　東京に　行くことに　な
ったので、空港には　3　しまったのです。妹の　良子が　かわりに　迎え
に　行ってくれるので、すみませんが、妹の　車で　家まで　来て　くだ
さい。二人が　家に　着くころには　私も　帰れる　4　です。では、十日
の　夜、ゆっくり　お話し　しましょう。

芙美子

**1**

1　会えるようになりましたね　　　　2　会えなくなりましたね

3　会えるようにしましたね　　　　　4　会えないことになっていますね

**2**

1　だんだん　　　　2　どんどん　　　3　ぱんぱん　　　4　ぽんぽん

**3**

1　行かなくなって　　　　　　　　　2　行けなくなって

3　行けないようになって　　　　　　4　行かないことにして

**4**

1　べき　　　　　　　2　とき　　　　　3　ばかり　　　4　はず

1. 女の子（A）は女の人（B）になります。（將來，小女孩會變成女人。）
2. 男の人（A）を女の人（B）にします。（通過手術，把男人變成女人。）
3.【公主選駙馬的時候】あの男の人（A）にします。（我決定要選那個男人。）

---

題1　A: ご注文は　いかがですか？

B: じゃ、ランチ B に _____。

| 1　たべます | 2　なります |
| 3　します | 4　かいます |

題2　男の子が　生まれたら、名前は　「しんのすけ」に _____。

| 1　やろう | 2　しよう |
| 3　思おう | 4　呼ぼう |

題3　古くなった　学校を _____ _____ ★ _____客が　増えてきました。

| 1　町を | 2　ホテルに |
| 3　してから | 4　訪れる |

題4 日本の 大都会 **1**、まず 東京と大坂を 思いつく方が 少なくないでしょう。旅行や 仕事 **2** 東京と大坂の間を 行ったり来たり する方が たくさんいるので、飛行機だけでなく、新幹線や 夜行バスなど 様々な 乗り物が 現れてきました。実は 400年前の 東京（当時は 江戸と 呼ばれて いましたが）は 今 **3** 賑やかではなかったのですが、当時の 政治家たらが 東京 **4** 日本の 新しい 中心 **4** したので、東京は 次第に 大都会となって 発展してきました。昔、東京から 大坂まで 歩いていくのに、2週間ぐらい かかりましたが、今では 新幹線で 2時間半しか かかりません。本当に 便利に なりましたね。

**1**

1　というのは　　2　として　　　3　となって　　4　といえば

**2**

1　に　　　　　　2　を　　　　　3　で　　　　　4　が

**3**

1　より　　　　　2　まで　　　　3　から　　　　4　ほど

**4**

1　が…に　　　　2　を…に　　　3　を…が　　　4　に…が

**某人做完了一個動作後（V た），仍處於該狀態的 V ている**

日語的 **V ている**除能表達如英語 ing 般的進行式外，還可表示【一個動作做完了，但其效力依然存在】這個概念。聽起來很抽象，其實很簡單，可以理解為【某人做完了一個動作，但仍處於該狀態】，例如：

---

1. **結婚しています**：不是「正在結婚」，而是「結了婚後並處於已婚狀態」，即類似英語的 married。

2. **離婚しています**：同樣道理，不是「正在離婚」，而是「離了婚後並處於離婚狀態」，即類似英語的 divorced。

3. **住んでいます**：比起「正在住」，準確來說是「選定了某個地方作住宅後並處於居住狀態」。

4. **知っています**：當然不會是「正在知道」，而是「知道某件事並處於已知狀態」。

5. **起きています**：很多人以為是「正在起床」，但卻是「起床後並處於一個清醒的狀態」。所以縱然某人已經起床，但如果仍然處於迷迷糊糊、昏昏欲睡狀態的話，嚴格來說他是「起きていません」。

6. **死んでいます**：當然不會是「正在死」（Someone is dying？）。這是某個人「去世後並處於一個無生命的狀態」。假如某個人死於 12:00（12 時に死にました），那麼 12:01 開始就是「死んでいます」。有一套以偵探為題材的動漫常有「死んでいます」這句對白，這是因為當偵探找到死者的時候，死者已經處於無生命的狀態。類似英語的 dead。

7. **終わっています**：和 6. 相似，假使某套電影於 12:00 結束（12 時に終わりました），那麼 12:01 開始就是「終わっています」。很多時候會與副詞「とうに」（早就）一起用，「今は 14 時ですから、映画はとうに終わっています／いましたよ！」（現在已經是下午 2 點了，電影早就完了！）

題1　彼女：今どこ？映画は　もう ＿＿＿＿＿＿＿ よ！

かれし
彼氏：ごめん、もうすぐ　映画館に　着く。

1　しっている

2　はじまっている

3　わかっている

4　みている

題2　お父さん：　うちの子は　男の子ですか？女の子ですか？

看護婦：　おめでとうございます。男の子です。2月18日、夜 8:45 に

＿＿＿＿＿＿＿。

1　生きました

2　生きています

3　生まれました

4　生まれています

題3　かれのことを　あいしているよ。

1　かれのことが　すきでした。

2　かれのことが　すきです。

3　かれのことが　すきになります。

4　かれのことが　すきになるだろう。

題4　しっていないと　そんですよ。

1　しらないと　だめです。

2　しらなくても　いいです。

3　しっていたら　そんです。

4　しっては　いけない。

所需單詞類型： **普**（行く / 行かない / 行った / 行かなかった / 行っている / 安い / 有名な / 日本人な）

---

**1.「疑問詞」（5W1H）＋普んですか**：問者抱着好奇的心態，希望得到答者的回答說明。

I 今日は何時ごろに**帰る**んですか？（你今天打算幾點回家？）

II けさ何を**食べた**んですか？（你早上吃了甚麼？）

III どうしてずっと日本語を**勉強している**んですか？（告訴我為甚麼你一直在學日語？）

---

**2.（沒有疑問詞 5W1H）普んですか**：真的…嗎？（請與 1 作比較）

I 今日は**帰る**んですか？（你今天真的打算回家嗎？）

II けさ納豆を**食べた**んですか？（你早上真的吃了納豆嗎？）

III 日本語を**勉強している**んですか？（你真的在學日語嗎？）

---

**3. 普んです**：答者回答問者涉及 why, what happened 等疑問，或為自己的說話追加理由。

I A： どうしてずっと日本語を勉強しているんですか？（為甚麼你一直在學日語？）

   B： 将来日本での生活を**体験したい**んです。（因為將來想體驗在日本的生活。）

II A： 毎晩テレビを見ますか？（每晚看電視嗎？）

   B： いいえ、あまり見ないです。夜はいつもアルバイトを**している**んです。

   （不太看，因為晚上一般都在打工。）

---

**4.「強調」的普んです**：話者強調某件事的重要性 / 真實性。

I 俺にとって、お前が**一番な**んだ！（對我來說，你是最重要的！）

II 僕にとって、自由が**一番な**んです！ですから、僕は**結婚したくない**んです！

  （對我來說，自由是最重要的！所以嘛，我就是不想結婚！）

題1　A：こんな時間は ＿＿＿＿＿＿ 寝ないんですか？

B：そろそろ 寝ようかな と思って……。

1 もう　　　　　2 も　　　　　　3 まだ　　　　4 また

題2　A：どうしたんですか。

B：今朝 牛乳を ＿＿＿＿ ＿＿＿＿ ★ ＿＿＿＿んです。

1 悪くなって　　2 飲んだら　　3 気分が　　　4 歩けなくなった

題3　あのこは ＿＿＿＿ ＿＿＿＿ ★ ＿＿＿＿んですか。

1 また　　　　　2 せんせいに　　3 ついた　　4 うそを

題4　今日は とても 寒いです。しかも、この 1 は 普通ではないです。ま
だ 10月 2 、今朝の 温度は なんと 3度しか ありませんでした。
天気予報 によると、あしたは さらに 低くなって 0度に なるそう
です。この 南国の 沖縄の 土地に いま 何が 3 、と神様に 聞き
たいぐらい 心配です。また、我々 人間が 4 どんな 過ちを 犯
して 神様に このように 怒られて いるんだろう とも 知りたいで
す。だれか 教えてくれる人 いませんか？

1　1 寒さ　　　　2 寒み　　　　3 寒げ　　　　4 寒っぽい

2　1 なので　　　2 なのさ　　　3 なのに　　　4 なのだ

3　1 あっているんですか　　　　2 もらっているんですか

　　3 わかっているんですか　　　4 おきているんですか

4　1 もちろん　　2 もしかして　　3 やっぱり　　4 いったい

所需單詞類型： **普（行く / 行かない / 行った / 行かなかった / 行っている /**
**安い / 有名な / 日本人な）**

---

**5. 背景文的「普んですが、……」**：先做一個簡單的背景說明，後接希望得到
對方助言如「どうしたらいいですか」或請求如「V ていただけませんか」
等句子。

I 彼女に**怒られた**んですが、どうしたらいいですか？（我惹怒了女朋友，應該
怎辦才好呢？）

II 中国語を**学びたい**んですが、教えていただけませんか？（我想學漢語，能否
指導我一下？）

---

**6. 普んですね**：伴隨着確認，有「恍然大悟，原來如此」的語感。

I ここで**申し込む**んですね。（【聽完職員一番解釋之後，恍然大悟地說：】
啊！原來是在這裏報名的！）

IIA：ほんの気持ちですが、福岡のお土産です！」（一點心意，是在福岡給你買
的小禮物！）

IIB：そうですか。九州に**行った**んですね。（原來你去了九州，怪不得。）

---

**7. 普んだ**：話者「命令」聽者要進行一些動作。

お母さん：風邪引いたんだから、早く**寝る**んだ！（你今天感冒了，快休息！）
子供：はい、分かった。（明白了）

---

**8. 普んだ**：話者配合「つまり」或「ということは」等表示「換言之」的意思。

I 昨日無事に卒業しました。ということは、今日から**社会人な**んです！（昨天
順利畢業了，換言之今天開始我就是一個社會人士了！」）

II 明日は 12 月 24 日だね。つまり、僕らが付き合って 1 年に**なる**んだ！（明天
是 12 月 24 日對吧，亦即是我們交往一周年紀念！）

題1　A：仕事の　内容は　分かったか？分かったら　さっさと　働く_____！

1　んですか　　　2　んだ　　　3　んですが　　　4　んですね

題2　A：この車両は　女性のみ　お乗りいただけるのですが……

B：ということは、男性の僕が　乗っては　いけない_____……分かり

ました。

1　んです　　　2　んだ　　　3　んですが　　　4　んですね

題3　くわしい　_____　_____　★　_____　おくって　いただけませんか？

1　んですが　　　2　ないようが　　3　しりょうを　　4　しりたい

題4　スミス：あ、マリエさん、レポートは　もう　書きましたか？

マリエ：いいえ、まだ ですが……。

スミス：え、まだですか。いつ 1 ？

マリエ：実は　父は　昨日　少し　調子が　悪くて　夜中に　私が

救急車を　呼んで　父を　病院に 2 んです。

スミス：お父さんは　大丈夫だった 3 ？

マリエ：おかげさまで、今の ところは　大丈夫です。でも、もともと

心臓が　弱くて　以前　手術を　受けたことも　あって、今回は

それが　原因だったの　かもしれません。昨日は　ずっと　忙し

くて　朝方になって　やっと　家に　帰れたんです。

スミス：それがあって　レポートを　書く時間が　なかった 4 。よく　分

かりました。

1　1　書くんですか　　　　　2　書いたんですか

　　3　書いているんですか　　　4　書いていいんですか

2　1　運んだ　　2　運ばせた　　3　運ばれた　　4　運ばなかった

3　1　んですね　2　んですが　　3　んですか　　4　んですよ

4　1　んですね　2　んですが　　3　んですか　　4　んですよ

嘗試用類似的句子，為大家分析結構相似，容易混淆的て型：

| 名稱 | て型 | 源自 | 意思 | 例句 | 中譯 |
|---|---|---|---|---|---|
| 1. 動詞肯定型「て」 | 食<sub>た</sub>べて | 食べます（ます→て） | 吃 | ご飯を食<sub>た</sub>べて水<sub>みず</sub>を飲<sub>の</sub>みました。 | 吃了飯，喝了水。 |
| 2. 動詞否定型「なくて」 | 食<sub>た</sub>べなくて | 食べない（い→くて） | 沒吃／不吃 | 朝<sub>あさ</sub>ご飯<sub>はん</sub>を食<sub>た</sub>べなくて（V1）お腹<sub>なか</sub>が空<sub>す</sub>きました（V2）。<br>Vなくて＝因為沒／不V1所以V2<br>\*\*\*なくて的另外一個變化是ず，如<br>I類動詞：<br>行<sub>い</sub>かなくて＝行<sub>い</sub>かず<br>II類動詞：<br>食<sub>た</sub>べなくて＝食<sub>た</sub>べず<br>III類動詞：<br>しなくて＝せず<br>来<sub>こ</sub>なくて＝来<sub>こ</sub>ず | 因為沒吃早餐（V1）所以肚子餓（V2）。 |
| 3. 動詞否定型「ないで」 | 食<sub>た</sub>べないで | 食<sub>た</sub>べない＋で | 沒吃／不吃 | 食<sub>た</sub>べないで(V1)寝<sub>ね</sub>ました(V2)。<br>Vないで＝沒／不V1就直接V2<br>\*\*\*ないで的另外一個變化是ず或ずに，如<br>I類動詞：<br>行<sub>い</sub>かないで＝行<sub>い</sub>かず（に）<br>II類動詞：<br>食<sub>た</sub>べないで＝食<sub>た</sub>べず（に）<br>III類動詞：<br>しないで＝せず（に）<br>来<sub>こ</sub>ないで＝来<sub>こ</sub>ず（に） | 沒吃（V1）就睡了（V2）。 |

| 名稱 | て型 | 源自 | 意思 | 例句 | 中譯 |
|------|------|------|------|------|------|
| 4. い形容詞肯定型「くて」I | **食べた**<br>**くて** | 食べたい<br>（い→くて） | 想吃 | 冷たいものを**食べた**<ruby>く<rt></rt></ruby>**くて**ア<br>イスクリームを<ruby>買<rt>か</rt></ruby>いました。 | 因為想吃冰冷的東西所以買了雪糕。 |
| 5. い形容詞否定型「くて」II | **食べたく**<br>**なくて** | 食べたく<br>ない（い<br>→くて） | 不想吃 | 冷たいものを**食べたくなく**<br>**て**ラーメンにしました。 | 因為不想吃冰冷的東西所以點了拉麵。 |

\*\*\* 初級學習者容易混淆「V1 なくて V2」（因為不 V1，所以 V2）、「V1 な
いで V2」（不 V1 就 V2）及其「ず」form：「V なくて→ V ず」；「V ないで
→ V ず OR V ずに」，建議熟記此圖。

---

題1　彼女：どうして　いつも　朝　シャワーを　＿＿＿＿＿　大学に　行くんで
すか？

彼氏：いつも　遅くまで　寝ているんで……

1　浴びたくて

2　浴びたいで

3　浴びなくて

4　浴びないで

題 2  あのとき　しんけんに　かんがえて　＿＿＿＿　＿＿＿＿　★　＿＿＿＿。

1　こうかい

2　いなくて

3　している

4　いまでも

題 3  **きみに　あいたくなくて　やってきたが……**

1　きみに　あいたかったから、こちらに　きた。

2　きみに　あいたかったから、あちらに　いった。

3　きみに　あいたくなかったから、こちらに　きた。

4　きみに　あいたくなかったから、あちらに　いった。

題 4  **あまり　そのうわさを　ききたくなくて、**

1　もっと　まえの　せきに　すわりましょう。

2　いっしょうけんめい　きいています。

3　さっそく　へやを　でることに　した。

4　もっと　おおきい　こえで　はなして　ください。

| 名稱 | て型 | 源自 | 意思 | 例句 | 中譯 |
|---|---|---|---|---|---|
| 6. 名詞 / な形容詞<br>肯定型「で」 | 食<ruby>べ物<rt>もの</rt></ruby>で | 食べ物＋で | 是<br>食物 | ラーメンは日本の**食べ物**で安くて美味しいです。 | 拉麵是日本的食物，既便宜又美味。 |
| 7. 名詞 / な形容詞<br>否定型「くて」III | 食べ物<br>**じゃなくて** | 食べ物じゃない（い→くて） | 不是<br>食物 | あれは食べ物**じゃなくて**ゴミですよ。 | 那些不是食物，是垃圾。 |
| 8. 動詞「なります」（成ります）て型「**なって**」 | 食べ物に<br>**なって** | 食べ物になります（ます→って） | 變成<br>食物 | ゴミが食べ物に**なって**食べられます。 | 垃圾變成了食物而被吃下。 |
| 9. 動詞「なします」（為します，把 A 當作 B）て型「**なして**」 | 食べ物と<br>**なして** | 食べ物となします（ます→て） | 當作<br>食物 | ゴミを食べ物と**なして**食べてしまった。 | 把垃圾(A)當作食物(B)而吃下。 |
| 10. 動詞「なきます」（泣きます）て型「**ないて**」 | 食べ物が<br>**ないて** | 食べ物がなきます（Vきます→Vいて） | 食物<br>哭泣 | 大事にされていないから、食べ物が**ない**ていますよ。 | 因為不被珍惜，食物正在哭泣呢！ |

題1　A：きのう　日本で　津波が　起きたが、いま　どう ＿＿＿＿＿か　わかる？

　　　B：いや、具体的なことは　分からないけど……

1　ないている

2　なしている

3　なっている

4　なくている

題2　A：神父さんは　どんな　しごとを　していますか？

　　　B：そうですね、わるいひとを　きょういくして　いいひとと ＿＿＿＿＿が

　　　……

1　ないていますが

2　なしています

3　なっていますが

4　なくています

題3　きのう　きいた　はなしは ＿＿＿＿　＿＿＿＿　★＿＿＿＿ よ。

1　じゃなくて

2　うそだった

3　らしい

4　しんじつ

題4　**ゆうべは　ねずに　ないていた。**

1　ゆうべは　おきてから　なきませんでした。

2　ゆうべは　おきてから　なきました。

3　ゆうべは　ねないで　なきました。

4　ゆうべは　ねないで　なきませんでした。

# 在期間發生一件事的時に / 間に / 頃に VS 在期間持續發生一件事的時 / 間 / 頃

## 1.

晩御飯の時、地震が起きた。（晩飯的時候，發生地震。）

夏休みの間、引っ越ししました。（暑假的時候，搬了家。）

昨日3時頃、救急車が来ました。（昨天3點左右，來了救護車。）

## 2.

晩御飯の時、ずっと笑っていた。（晩飯的時候，一直在笑。）

夏休みの間、一か月ぐらい祖母の家に住んでいた。（暑假的時候，在祖母家住了一個月。）

昨日3時頃、救急車が来たので、7時まで多くの人が集まっていた。（昨天3點左右，來了救護車，所以很多人聚集在一起，直到晚上7點才解散。）

「頃」有「ころ」和「ごろ」兩個不同的發音，基本上如果前面是「有數字的時間」如「三月」或「6時」之類的話，頃就會讀「ごろ」，其餘情況一般是「ころ」。然而偶爾亦有例外，如「この頃」既可以讀「このころ」（表示過去的「這個時候」），亦可以讀「このごろ」（最近）。

*** 其實可以看得出時 / 間 / 頃 比較傾向和「ずっと V ていた」（一直持續在 V）這種文型配搭。

---

題1 1952年から 72年まで、およそ 20年の間、日本の経済は_____。

1 成長した
2 成長していた
3 成長する
4 成長している

題2 きのうは 11じまで ずっと ざんぎょう だったので _____ _____ ★ _____。

1 たべられた
2 11じはんごろに
3 ばんごはんを
4 やっと

題3　まだ 10 だいのとき　よく　つまらない　＿＿＿　＿＿＿　★　＿＿＿

したこともあります。

1　いえでを

2　おやと

3　けんかしていて

4　ことで

題4　私は　大学2年生の　**1**、ニューヨークへ行く　決心を　固めた。それま

で　いろいろ　悩んで　いましたが、勇気をくれたきっかけは、父親の死

でした。大学2年生の　春　**2**、父親は　急に　他界して　しまったが、亡

くなる　前に　父親と　ゆっくり　話せ　**3**、今でも　後悔して　います。

大好きな　父親だったので、彼が　いなくなると、もう　故郷に　いなく

てはならない　理由なんて　なくなったんです。**4**　ニューヨークへ　行

くことに　したんです。つまり、大切な人の死は、私を　前進させたんで

すね。皆さん、人生は　誰にだって　一度しかない　ですから、「小確幸」、

つまり「小さいけれども確かな幸せ」というものを　大事に　しながら、

一日　一日　有意義に　生きていきましょう。

**1**

1　夏　　　　　　2　夏に　　　　　3　夏で　　　　　4　夏まで

**2**

1　ころに　　　2　ころ　　　　　3　あいだに　　　4　あいだ

**3**

1　ないで　　　2　なして　　　　3　なって　　　　4　なくて

**4**

1　そして　　　2　それで　　　　3　それから　　　4　それに

# 把非名詞「名詞化」的普こと

當用「Ｔは【Ｏ】です／じゃありません」，去表示Ｔ是／不是Ｏ，而【Ｏ】不是名詞，如「我的興趣（Ｔ）是【洗澡】＝Ｏ」、「他的缺點（Ｔ）是【不能說英語】＝Ｏ」、甚至「小店的特色是【既美味又便宜】＝Ｏ」的時候，由「普こと」組成的名詞化會扮演非常重要的角色：

所需單詞類型： **普（行く／行かない／行った／行かなかった／行っている／安い／有名な／日本人な）**

---

1. 私の趣味は、風呂に**入る**ことです。（我的興趣是洗澡。）
2. 私の趣味は、風呂に**入らない**ことです。（我的興趣是不洗澡。）
3. 私の一番大きな悔いは、あの時風呂に**入った**ことです。（我最大的悔恨是當時去了泡浴。）
4. 私の一番大きな悔いは、あの時風呂に**入らなかった**ことです。（我最大的悔恨是當時沒有去泡浴。）
5. このお風呂屋さんの一番大きな欠点は、お湯が**暖かくない**ことです。（這個澡堂的最大缺點是熱水不夠熱。）

---

題1 コーチの仕事は、素晴らしい選手を　見つけて＿＿＿＿＿ことだ。

1 育成

2 育成する

3 育成の

4 育成した

題2 いま世界中 恐ろしい病気が 流行っているので、旅_____ことを お すすめします。

1 にでる

2 にでない

3 をでる

4 をでない

題3 子どもの頃、わたしの夢は 歌手になること_____。

1 だっだ

2 だ

3 でした

4 です

題4 政府の基本的な義務は、しっかりと _____ _____ __★__ _____か？

1 いのちを

2 ではありません

3 まもること

4 こくみんの

# 判斷「名詞化」的こと和の的 5 項原則

同樣是「名詞化」的「こと」和「の」，除了以下 1. ～ 5. 外，一般可以共用：

## 1.「T は O」或「S が O」中「O」一般使用「こと」：

「私の趣味」は、風呂に入る「**こと**」です。✓（我的興趣是泡浴。）
「私の趣味」は、風呂に入る「の」です。✗

## 2. 涉及思考 / 推薦的動詞，「を」前面一般使用「こと」：

I A社で就職する「**こと**」を勧めます。✓（推薦在 A 公司就職。）
A社で就職する「の」を勧めます。△（本例文並未完全不可，下同。）

II 彼は彼女にプロポーズする「**こと**」を考えています。✓（他考慮着向她求婚。）
彼は彼女にプロポーズする「の」を考えています。△

## 3. 從長文中抽出的「T は O」，且「T」是「O」的範疇時，「T」一般使用「の」：

I 今そこで踊っている「**の**」は山田さんです。（の＝人，是「山田さん」的範疇）
✓（現在在那裏跳着舞的【人】是，山田先生。）
今そこで踊っている「こと」は山田さんです。✗

I 先週行った「**の**」は大阪です。（の＝所，是「大阪」的範疇）✓（上個星期去的【地方】是，大阪。）
先週行った「こと」は大阪です。✗

## 4. 涉及五官和具體行為的動詞，「を」前面一般使用「の」：

試験中、田中さんがカンニングしている「**の**」を見ました。✓（考試時，見到田中同學作弊。）
試験中、田中さんがカンニングしている「こと」を見ました。✗

I 試験中、田中さんが誰かとしゃべっている「**の**」が聞こえました。✓（考試時，聽到田中同學跟誰在聊天。）
試験中、田中さんが誰かとしゃべっている「こと」が聞こえました。✗

Ⅲ 田中さんが先生に怒られる「の」を待っています。✓ （靜待田中同學被老師責備。）

田中さんが先生に怒られる「こと」を待っています。✗

---

**5. 當需要代替「もの」時，一般使用「の」：**

もっと長い「の」をください。✓ （長いの＝長いもの；請給我再長一點的【東西】。）

もっと長い「こと」をください。✗

---

題1　彼の目標は＿＿＿＿＿だ。

1　ソニーで働く

2　ソニーで働きます

3　ソニーで働くこと

4　ソニーで働くの

題2　去年　ホンコンで　買いたかった＿＿＿＿は　あの　チャイナドレスです。

1　の

2　こと

3　ひと

4　ところ

題3　誰もいないのに、誰かが　＿＿＿＿　＿＿＿＿　＿★＿　＿＿＿＿ことは　ありませんか。

1　かんじた

2　となりに

3　のを

4　いる

題4 昨日、白い服を **1** 男の人たちが 神社の方へ 走っている **2** を 見ました。面白そうだったから、その人たちの **3** に ついて行きました。のちに 分かったことですが、いちばん 速く 神社に 着いた人が いちばん 強い男の人だと 認められるんです。そして、最後の 人が 神社に 着いたら、みんなで お酒を 飲んで、特別な 料理を 食べるのは この地域の お祭りの 習慣なんです。

日本には 色んな お祭りが ありますが、賑やかに お祭りを 行う **4** が 神様への 感謝なので、この時期になると、楽しく 歌ったり 踊ったり することは どこでも 同じだそうです。

**1**

1 くる 　　　　 2 きた 　　　　 3 きっている 　 4 きていない

**2**

1 もの 　　　　 2 ひと 　　　　 3 こと 　　　　 4 の

**3**

1 跡 　　　　　 2 痕 　　　　　 3 址 　　　　　 4 後

**4**

1 もの 　　　　 2 ひと 　　　　 3 こと 　　　　 4 の

本書 **64** 與 **65** 的四大「如果」需要互相比較，故 **64** 的練習合併在 **65** 之後。

## ① **V る / V ない / N だ / な形だと**

所需單詞類型： **V る（行く／食べる／する、来る）**

**V ない（行かない／食べない／しない、来ない）**

**N だ**

**な形だ**

---

**1. V る / V ない / N だ / な形だと、〜**：如果／一發生前面的話，就會 100% 發生後面。

I 春になると、桜の花が咲きます。（一到春天，櫻花就開。）

II テストを受けないと、不合格になりますよ。（如果不考試的話，就不合格哦。）

III アメリカ人だと、誰でも分かる。（如果是美國人的話，就一定知道。）

IV あまりに静かだと、分からないと思われる。（如果太安靜的話，會被認為是不懂。）

---

**2. V1 と、V2 ていました**：一 V1，就發現 V2。

I 帰宅すると、妻はもう寝ていました。（一回到家，就發現妻子已經睡了。）

II 朝起きると、外で雪が降っていました。（早上一起床，就發現外面下著雪。）

## ② 普なら

所需單詞類型： **普（行く / 行かない / 行った / 行かなかった / 安い / 有名 / 日本人）**

---

**1. 普 V2 なら、V1：如果打算 V2 的話，就先 / 請 V1（V1= 建議、勸告、希望、命令等）**

---

I 運転するなら、酒を飲むな。（如果打算開車的話，就先別喝酒！＝命令）

II 来ないなら、早めに彼女に教えたら？（如果打算不來的話，不如先早點告訴她？＝建議）

III お店に行くなら、塩も買ってきてね！（如果打算去小店的話，請把鹽也買回來！＝希望）

**\*\*\* 由於是關於「打算」的話題，故過去式味濃厚的「V た」和「V なかった」並不適合。**

---

**2. 普（V1）なら、V2：如果 V1 的話，就會 / 可以 V2（V2 = 願望、意志、許可等）**

---

I 一億円があるなら、マイホームを買いたいです！（如果有一億日元，就會想買房子！＝願望）

II 雨が降るなら、イベントを中止しましょう！（如果下雨的話，就終止活動吧！＝意志）

III 試験が本当に終わったなら、遊んでもいいよ！（【不知道考試完了沒有】如果真的考完試的話，你就可以玩咯！＝許可）

---

**3. N/ い形 / な形 なら、〜：如果〜 / 說到 N 的話，毫無疑問就〜**

---

I 機械のことなら、田中君が一番詳しいです。（說到機器，田中君毫無疑問是最精通。）

II 私があなたなら、絶対怒るよ。（如果我是你，毫無疑問一定會生氣的。）

III 安いなら、もちろん買いますよ。（如果便宜的話，毫無疑問一定會買。）

IV 元気なら、公園を散歩したい。（如果精神好的話，毫無疑問想到公園散步。）

### ③ たら

所需單詞類型：**た型（行ったら / 行かなかったら / 食べたら / したら、来たら / 安かったら / 有名だったら / 日本人だったら）**

---

**1. V1 たら、V2 ていました：一 V1，就發現 V2**

Ⅰ 帰宅したら、妻はもう寝ていました。（一回到家，就發現妻子已經睡了。）
Ⅱ 朝起きたら、外で雪が降っていました。（早上一起床，就發現外面下着雪。）

\*\*\* 基本上和① 2. 一樣。

---

**2. V1 たら、V2：V1 了之後，就 V2（V2= 建議、勸告、請求、命令等）**

Ⅰ お酒を飲んだら、運転するな！（喝了酒之後，就別開車！= 命令）
Ⅱ 京都に着いたら、彼女に教えたら？（到了京都之後，不如告訴她？= 建議）
Ⅲ お店に行ったら、塩も買ってきてね！（去了小店之後，請把鹽也買回來！= 請求）

\*\*\* ② 1. 是「如果打算 V2 的話，就先 V1」，這裏是「V1 了之後，就 V2」，動詞次序相反！

---

**3. V1 たら、V2：如果 V1 的話，就會 / 可以 V2（V2= 願望、意志、許可等）**

Ⅰ 一億円があったら、マイホームを買いたいです！（如果有一億日元，就會想買房子！= 願望）
Ⅱ 雨が降ったら、イベントを中止しましょう！（如果下雨的話，就終止活動吧！= 意志）
Ⅲ 試験が終わったら、遊んでもいいよ！（【知道考試還沒結束】考完試之後，你就可以玩咯！= 許可）

\*\*\* 比較② 2. 的「V たなら」，可發現「V たなら」強調「現在如果真的 V 了的話」；而這裏的「V1 たら」則強調「將來 V 了之後」。

---

**4. い形 / な形 /N たら、〜：如果〜 / 說到 N 的話，毫無疑問就〜**

I 　**機械**<ruby>機械<rt>きかい</rt></ruby>**のことだったら**、田中君<ruby>田中君<rt>たなかくん</rt></ruby>が一番<ruby>一番<rt>いちばんくわ</rt></ruby>詳しいです。（說到機器，田中君毫無疑問是最精通。）

II 　私<ruby>私<rt>わたし</rt></ruby>が**あなただったら**、絶対<ruby>絶対怒<rt>ぜったいおこ</rt></ruby>怒るよ。（如果我是你，毫無疑問一定會生氣的。）

III **安**<ruby>安<rt>やす</rt></ruby>**かったら**、もちろん買<ruby>買<rt>か</rt></ruby>いますよ。（如果便宜的話，毫無疑問我一定會買。）

IV **元気**<ruby>元気<rt>げんき</rt></ruby>**だった**ら、公園<ruby>公園<rt>こうえん</rt></ruby>を散歩<ruby>散歩<rt>さんぽ</rt></ruby>したい。（如果精神好的話，毫無疑問想到公園散步。）

\*\*\* 基本上和② 3. 一樣。實際上，如果是非動詞的情況（安いなら VS 安かったら / 日本人なら VS 日本人だったら），「なら」和「ら」的分別不大。


**④ ば**

所需單詞類型： **ば型（行**<ruby>行<rt>い</rt></ruby>**けば / 行**<ruby>行<rt>い</rt></ruby>**かなければ / 食**<ruby>食<rt>た</rt></ruby>**べれば / すれば / 来**<ruby>来<rt>く</rt></ruby>**れば /**
**安**<ruby>安<rt>やす</rt></ruby>**ければ / 有名**<ruby>有名<rt>ゆうめい</rt></ruby>**ならば / 日本人**<ruby>日本人<rt>にほんじん</rt></ruby>**ならば）**

---

**1. 〜ば 、V2：如果 V1 的話，就會 / 可以 V2（V2= 願望、意志、許可等）**

　一億円<ruby>一億円<rt>いちおくえん</rt></ruby>が**あれば**、マイホームを買<ruby>買<rt>か</rt></ruby>いたいです！（如果有一億日元，就會想買房子！＝願望）

I 　雨<ruby>雨<rt>あめ</rt></ruby>が**降**<ruby>降<rt>ふ</rt></ruby>**れば**、イベントを中止<ruby>中止<rt>ちゅうし</rt></ruby>しましょう！（如果下雨的話，就終止活動吧！＝意志）

II 　試験<ruby>試験<rt>しけん</rt></ruby>が**終**<ruby>終<rt>おわ</rt></ruby>**れば**、遊<ruby>遊<rt>あそ</rt></ruby>んでもいいよ！（等到考試完了，你就可以玩咯！＝許可）

\*\*\* 基本上和③ 3. 一樣。

---

**2. 〜ば〜：日文的古典或諺語，一般由「ば」組成，側面見其古風特色。**

　**住**<ruby>住<rt>す</rt></ruby>**め**ば都<ruby>都<rt>みやこ</rt></ruby>！（住在一個地方能習慣的話，那個地方就是天堂！）

I 　麝<ruby>麝<rt>じゃ</rt></ruby>**あれ**ば香<ruby>香<rt>かんば</rt></ruby>し！（有麝自然香！）

II 　噂<ruby>噂<rt>うわさ</rt></ruby>を**すれ**ば影<ruby>影<rt>かげ</rt></ruby>！（一講曹操，曹操就到。）

JPLT

N4

**141**

題1 一日休＿＿＿＿＿＿、元気を　取り戻せる。

1　めば

2　まなら

3　むたら

4　みと

題2 親友が　明日　韓国に　移住するので、もし　時間に　＿＿＿＿＿＿、今日中に
会いたいです。

1　間に合うなら

2　間に合うと

3　間に合わなかったら

4　間に合いたければ

題3 まっすぐ行くと、自動販売機＿＿＿＿＿＿。

1　を探しなさい

2　でジュースを買ってください

3　が見える

4　にお金を入れた

題4 じどうしゃなら、＿＿＿＿　＿＿＿＿　＿★＿　＿＿＿＿とおもって　おススメです。

1　おしゃれだ

2　トヨタは

3　デザインも

4　ねだんもやすくて

題5 テレビを　つけたら、＿＿＿＿　＿＿＿＿　＿★＿　＿＿＿＿、びっくりした。

1　えいごのばんぐみが

2　やって

3　いて

4　りんじの

題6 もし　あなたが　いしゃに　なったなら、いま　けっこんしてもいいよ。

1　らいねん　あなたが　いしゃに　なる。

2　きょねん　あなたが　いしゃに　なった。

3　いま　あなたが　いしゃに　なっていない。

4　あなたが　いしゃに　なったかどうか　わかりません。

題7 もし 私<sub>わたし</sub>が鳥<sub>とり</sub> **1** 、空<sub>そら</sub> **2** 自由自在<sub>じゆうじざい</sub>に 飛<sub>と</sub>びたいです。昔<sub>むかし</sub>は 飛行機<sub>ひこうき</sub>が な かったので、人々<sub>ひとびと</sub>は 遠<sub>とお</sub>くにいる 恋人<sub>こいびと</sub>のことを 考<sub>かんが</sub>えながら、鳥<sub>とり</sub>に **3** 恋人<sub>こいびと</sub>のところに 飛<sub>と</sub>んでいける という夢<sub>ゆめ</sub>を 見<sub>み</sub>ていたでしょう。では、 神様<sub>かみさま</sub>が この望<sub>のぞ</sub>みを かなえてくれて、本当<sub>ほんとう</sub>に 鳥<sub>とり</sub>に なったとしましょ う。恋人<sub>こいびと</sub>の ところに 飛<sub>と</sub>んで行<sub>い</sub>って、本当<sub>ほんとう</sub>に 楽<sub>たの</sub>しい 時間<sub>じかん</sub>を 過<sub>す</sub>ごせ るのでしょうか。まず、他<sub>ほか</sub>の鳥<sub>とり</sub>（鷹<sub>たか</sub>とか）の 攻撃<sub>こうげき</sub>から 自分<sub>じぶん</sub>の身<sub>み</sub>を 守<sub>まも</sub> らなければなりません。これは なかなか 大変<sub>たいへん</sub>な ことでしょう。と 考<sub>かんが</sub>えると、私<sub>わたし</sub>は 「鳥<sub>とり</sub>になりたい」 という夢<sub>ゆめ</sub>を あきらめて、「人間<sub>にんげん</sub> **4** 翼<sub>つばさ</sub>が あればいい」という 新<sub>あたら</sub>しい夢<sub>ゆめ</sub>に しました。これは もっと 素敵<sub>すてき</sub>だと 思<sub>おも</sub>いませんか！

**1**

1 だったら　　　2 なったら　　　3 あったら　　　4 かったら

**2**

1 が　　　　　　2 に　　　　　　3 を　　　　　　4 で

**3**

1 すれば　　　　2 ければ　　　　3 あれば　　　　4 なれば

**4**

1 みたいに　　　2 らしく　　　　3 のように　　　4 のままで

# 66 Ａ為Ｂ而做的Ｐ（provider）はＲ（receiver）に Ｖ てあげる（敬語：Ｖ て差し上げる）VS Ｂ為Ａ（Ａ收到Ｂ）而做的ＲはＰに Ｖ てもらう（敬語：Ｖ ていただく）VS Ａ為我（或我的家人）而做的Ｐは私に Ｖ てくれる（敬語：Ｖ てくださる）

所需動詞類型：Ｖ て（行って / 食べて / して、来て）

1.

I 田中さん（Ａ）は友人（Ｂ）にお茶を入れてあげました。（田中先生為朋友泡茶。）

II 田中さん（Ａ）は友人（Ｂ）にお茶を入れてもらいました。（田中先生收到朋友泡茶這個恩惠＝朋友為田中先生泡茶。）

III 田中さん（Ａ）は私にお茶を入れてくれました。（田中先生為我泡茶。）

2.

I 私（Ａ）は社長（Ｂ）にポスターを貼って差し上げました。（我為老闆貼海報。）

II 私（Ａ）は社長（Ｂ）にポスターを貼っていただきました。（我收到老闆貼海報這個恩惠＝老闆為我貼海報。）

III 社長（Ａ）は私にポスターを貼ってくださいました。（老闆為我貼海報。）

*** 當使用敬語體時（2. 的例文），I 和 II 的 A 基本上不會是他人，而是我或我的家人。也可以說：「2. 的敬語體是主要『為我或我的家人而設』的體裁」。

題1 鈴木さんは　まだ　このことを　知らないと　思うので、はやく　知らせて＿＿＿＿＿！

1　あげないと

2　くれないと

3　もらわないと

4　いただかないと

題2 きのう　佐々木君＿＿＿＿＿　先生＿＿＿＿＿　ほめてもらって　うれしいと　言っていました。

1　が／を

2　を／から

3　から／に

4　が／に

題3 先月　クビになったんですが、＿＿＿＿　＿＿＿＿　＿★＿　＿＿＿＿　と　思っていますが……

1　ないか

2　いただけ

3　しょうかいして

4　しごとを

来週は　日本語学校の　卒業式なので、私は　日本語で　先生への　感謝の手紙を　書いて、日本人の　友達に　直して　1 。その手紙を　皆さんに見せます：

「木武地先生へ

先生、 2 　僕に　面白い　日本語を　たくさん　教えて　3 　ありがとうございます！最初は　ひらがなと　カタカナと　漢字を　勉強しましたが、半年前から　敬語を　勉強していて　今でも　とても　難しいと　思いますが、少しずつ　分かってきました。本当に　日本語を　勉強して　よかったです。また、大学の試験を　受ける前に　先生に　推薦状を　書いて　4 　大変　感謝しています。好きな　日本文化を　勉強するために、紅葉大学に　進学することに　なりましたが、これからの　四年の間は一所懸命　勉強しようと思っています。時々、学校に　遊びに　来るので、また　いろいろ　お話し　しましょう。先生も　お体に　お気をつけ　お過ごしください。本当に　ありがとうございました！

学生のチャプチェより

**1**

1　くれました　　2　あげました　　3　やりました　　4　もらいました

**2**

1　いままで　　2　これから　　3　こちらこそ　　4　そのうち

**3**

1　もらって　　2　いただいて　　3　くれて　　　4　くださって

**4**

1　もらって　　2　いただいて　　3　くれて　　　4　くださって

# 尊敬語轉換表

本書 67 與 68 的敬語需要互相比較，故 67 的練習合併在 68 之後。另外，特別的敬語如「召し上がる」、「ご覧になる」、「申し上げる」、「伺う」等，因並非靠公式可轉換，在此省略。

所需動詞類型： **V-stem（飲み / 食べ / 来）**
**Ⅲ類動詞名詞化（散歩、結婚）**
**V られる（受身）：（飲まれる / 食べられる / 散歩される、来られる）**
**V て（飲んで / 食べて / 散歩して）**

| 普通型 / 丁寧型 | 尊敬程度 | 尊敬語文型 | 例子 | 中譯 |
|---|---|---|---|---|
| V る / V ます | 1 級：極度尊敬 | （Ⅰ，Ⅱ 類動詞，下同）**お V-stem なさる→**（Ⅲ 類動詞，下同）**ご Ⅲ 類動詞名詞化なさる→** | **お話しなさる****ご説明なさる** | 客人 / 老闆發表超級偉論，在下洗耳恭聽 |
| | | **お V-stem いただく→****ご Ⅲ 類動詞名詞化いただく→** | **お話しいただく****ご説明いただく** | |
| | | **お V-stem くださる→****ご Ⅲ 類動詞名詞化くださる→** | **お話しくださる****ご説明くださる** | |
| | 2 級：非常尊敬 | **お V-stem になる→****ご Ⅲ 類動詞名詞化になる→** | **お話しになる****ご説明になる** | 客人 / 老闆發表偉論，小弟細心聆聽 |
| | 3 級：一般尊敬 | **V られる（受身）** | **話される****説明される** | 客人 / 老闆發表言論，我願意聽 |

| 普通型 / 丁寧型 | 尊敬程度 | 尊敬語文型 | 例子 | 中譯 |
|---|---|---|---|---|
| V ている / V ています | - | **V て**いらっしゃる<br>*** 上述的 1-3 級，理論上均可將語尾轉「V ている」以表示進行式，以「話します」為例，有：<br>**お話し**なさっている<br>**お話し**いただいている<br>**お話し**くださっている<br>**お話し**になっている<br>**話され**ている<br>惟一般使用「**V て**いらっしゃる」，故此處不詳談其他形態。 | **話して**いらっしゃる<br>**説明して**いらっしゃる | 客人 / 老闆正在發表偉論 |

*** 「中譯」這個部分嘗試用意譯，帶出不同尊敬程度。

# 謙遜語轉換表

所需動詞類型： **V-stem（飲み / 食べ / 来）**
　　　　　　**III 類動詞名詞化（散歩、結婚）**
　　　　　　**V て（飲んで / 食べて / 散歩して）**

| 普通型 / 丁寧型 | 謙遜程度 | 謙遜語文型 | 例子 | 中譯 *** |
|---|---|---|---|---|
| V る / V ます | 1 級： 極度謙遜 | （I，II 類動詞，下同） **お V-stem 申し上げる→** （III 類動詞，下同） **ご III 類動詞名詞化申し上げる→** | **お話し申し上げる** **ご説明申し上げる** | 我說的話可能一塌糊塗，不知所云，敬請別見怪 |
| | 2 級： 非常謙遜 | **お V-stem いたす→** **ご III 類動詞名詞化いたす→** | **お話しいたす** **ご説明いたす** | 我說的話可能不知輕重，請勿見怪 |
| | 3 級： 一般謙遜 | **お V-stem する→** **ご III 類動詞名詞化する→** | **お話しする** **ご説明する** | 我說的話可能很無聊，不要見怪 |
| V ている / V ています | | **V ておる→** *** 上述的 1-3 級，理論上均可將語尾轉「V ている」以表示進行式，以「話します」為例，有： **お話し申し上げている** **お話しいたしている** **お話している** 惟一般使用「V ておる」，故此處不詳談其他形態。 | **話しておる** **説明しておる** | 我正在說無聊的話 |

**「中譯」這個部分嘗試用意譯，帶出不同尊敬程度。

題1 先生は 毎日 参考書を お読みに＿＿＿＿＿＿＿。

1 います

2 なります

3 いらっしゃいます

4 おります

題2 先生の お嬢さんが 来月 ＿＿＿＿＿＿＿ので、先生に おめでとうございま

すと ＿＿＿＿＿＿＿。

1 結婚される / お話しなさいました

2 ご結婚いただく / お話し申し上げました

3 ご結婚なさる / お話いたしました

4 ご結婚いたす / 話されました

題3 いつも 先生に ご指導＿＿＿＿＿＿＿ 本当に 感謝して＿＿＿＿＿＿＿。

1 くださって / くれます

2 いただいて / あげます

3 くださって / います

4 いただいて / おります

題4 先生は 昨日 何時ごろに 大学に ＿＿＿＿＿＿＿んですか。

1 きされた

2 こされた

3 きられた

4 こられた

題5 **しゃちょうの　むすこさんは　こうこうに　かよって　いらっしゃいます。**

1　しゃちょうの　むすこさんは　がくせいです。

2　しゃちょうの　むすこさんは　しゃいんです。

3　しゃちょうの　むすこさんは　きょうしです。

4　しゃちょうの　むすこさんは　しゃちょうです。

題6 **やまだは　ただいま　せきを　はずして　おります。**

1　やまだは　かぜを　ひいています。

2　やまだは　わらっています。

3　やまだは　でかけています。

4　やまだは　かいしゃを　やすんでいます。

題7 **ちちは　るすして　おります。**

1　ちちは　ねています。

2　ちちは　はたらいています。

3　ちちは　でかけています。

4　ちちは　おふろに　はいっています。

田中商社の田中三郎様

はじめまして、鈴木株式会社の　鈴木一郎と　申します。弊社は　主に
味噌を　製造して　**1**、現在は　日本だけでなく　アメリカでも　ビジネ
スを　行って　**2**。**3** は　醤油などを　販売して　いらっしゃると　聞い
て　おりますが、もし　お互いに　支えながら　サポートすることができ
れば　きっと　**3** も　弊社も　これから　成長して　行けると　信じて　お
ります。一度　この件　について　お話ししたいと　思って　おりますが、
ご連絡　**4**　幸いです。それでは、ご返事を　お待ちして　おります。

鈴木株式会社の鈴木一郎より

**1**

1　おり 　　　　　　　　　　　2　いらっしゃって

3　みえて 　　　　　　　　　　4　くださって

**2**

1　おります 　　　　　　　　　2　いらっしゃいます

3　みえます 　　　　　　　　　4　くださいます

**3**

1　崇司 　　　　　　　　　　　2　尊社

3　貴司 　　　　　　　　　　　4　御社

**4**

1　いただければ 　　　　　　　2　さしあげれば

3　もうしあげれば 　　　　　　4　いたしておれば

# A 讓／命令 B 做 C 的 A は B に C を V させる VS A 被 B 做 C 的 A は B に C を V られる

本書 **69** 與 **70** 的「使役」、「受身」「使役受け」需要互相比較，故 **69** 的練習會合併在 **70** 之後。

所需動詞類型： **V させる（使役）**：（飲ませる／食べさせる／散歩させる、来させる）

　　　　　　　**V られる（受身）**：（飲まれる／食べられる／散歩される、来られる）

## 1. V 是不及物動詞（只有 A 和 B，沒有 C）：

A は B を V させる（使役）VS A は B に V られる（受身）

I 私（A）は彼（B）を笑わせた。（我讓他笑了＝我逗他笑了。）✓

II 私（A）は彼（B）に笑われた。（我被他笑了。）✓

III 神様（A）は雨（B）を降らせた。（神讓雨下了。）✓

IV 神様（A）は雨（B）に降られた。（神被雨下了＝神被雨淋濕了。）✓

V 私（A）は彼（B）を立たせた。（我命令他站起來。）✓

VI 私（A）は彼（B）に立たれた。（我被他站起來。）✗

\*\*\* 並非每一個不及物動詞都能同時套用在使役和受身上。

## 2. V 是及物動詞：

A は B に C を V させる（使役）VS A は B に C を V られる（受身）

I 私（A）は父（B）にケーキ（C）を食べさせた。（我讓／命令爸爸吃了蛋糕。）✓

I 私（A）は父（B）にケーキ（C）を食べられた。（我被爸爸吃了蛋糕。）✓

II 私（A）は恋人（B）に記念日（C）を忘れさせた。（我讓／命令戀人忘記了紀念日。）✓

V 私（A）は恋人（B）に記念日（C）を忘れられた。（我被戀人忘記了紀念日。）✓

V 母（A）は兄（B）にマンガ（C）を捨てさせた。（媽媽命令哥哥扔掉了漫畫。）✓

VI 母（A）は兄（B）にマンガ（C）を捨てられた。（媽媽被哥哥扔掉了漫畫。）✓

\*\*\* 以 2. VI 為例，一般而言，日語受身的話，A は B に C を V られる（媽媽被哥哥扔掉了漫畫）會比 A の C は B に V られる（媽媽的漫畫被哥哥扔掉了）普遍。然而，如果當 C 成為了一個主要討論對象時，如：

お母さん：私のマンガはどこにある？（我的漫畫在哪裏啊？）

私：　　　お母さんのマンガはお兄ちゃんに捨てられたよ。（媽媽的漫畫被哥哥扔掉了！）

很明顯這個時候，所有的焦點都放在漫畫上，所以用 A の C は B に V られる表達也是可以的。

---

**3. V 是涉及移動的動詞，C 是涉及地方的名詞：**

A は B を C に V させる（使役） VS A は B に C に V られる（受身）

I 両親（A）は弟（B）をアメリカ（C）に行かせた。（父母讓 / 命令弟弟去了美國。）✓

II 両親（A）は弟（B）にアメリカ（C）に行かれた。（父母被弟弟去了美國＝弟弟擅自去了美國，為父母帶來煩惱。）✓

III 彼女（A）は恋人（B）を彼女の家（C）に来させた。（她讓戀人來了她家。）✓

IV 彼女（A）は恋人（B）に彼女の家（C）に来られた。（她被戀人來了她家＝戀人擅自來了她家，為她帶來煩惱。）✓

V 先生（A）は奥さん（B）をご実家（C）に帰らせた。（老師讓師母回了老家。）✓

VI 先生（A）は奥さん（B）にご実家（C）に帰られた。（老師被師母回了老家＝師母擅自回了老家，為老師帶來煩惱。）✓

\*\*\* 日語受身中有「迷惑受身」（「迷惑」有「帶來麻煩 / 不幸」的意思）一項，以上的 II，IV 和 VI 均是。除了通過受身如「被 B 來」，「被 B 回家」之外，還有「被 B 哭＝以致心緒不寧，睡不好」，甚至「被 B 先死＝白頭人送黑頭人」來表示動作為 A 帶來煩惱。

# A 被 B 強迫做 C 的 A は B に C を（に、まで etc.）V させられる VS 可否讓 B 做 C 的 B に（を）C を（に）V させていただけませんか

所需動詞類型：**V させられる**（使役受身）：（<ruby>飲<rt>の</rt></ruby>ませられる / <ruby>食<rt>た</rt></ruby>べさせられる / させられる、<ruby>来<rt>こ</rt></ruby>させられる）

　　　　　　**V させ**：（<ruby>飲<rt>の</rt></ruby>ませ / <ruby>食<rt>た</rt></ruby>べさせ / させ、<ruby>来<rt>こ</rt></ruby>させ）

\*\*\*V させられる，如果 V 是 I 類動詞（但「〜す」如「<ruby>話<rt>はな</rt></ruby>す」或「<ruby>貸<rt>か</rt></ruby>す」的 I 類動詞也不行），則有另外一個形態，稱為「er 脱落」，如：

<ruby>飲<rt>の</rt></ruby>ませられる（nomaserareru）→ er 脱落→<ruby>飲<rt>の</rt></ruby>まされる（nomasareru）

<ruby>買<rt>か</rt></ruby>わさせられる（kawaserareru）→ er 脱落→<ruby>買<rt>か</rt></ruby>わされる（kawasareru）

記着，這只限於不是以「〜す」結束的 I 類動詞，如「<ruby>話<rt>はな</rt></ruby>す」或「<ruby>貸<rt>か</rt></ruby>す」則不可。

---

**1.**

I <ruby>私<rt>わたし</rt></ruby>（A）**は**<ruby>毎日<rt>まいにち</rt></ruby><ruby>母<rt>はは</rt></ruby>（B）**に**<ruby>英語<rt>えいご</rt></ruby>（C）**を**<ruby>習<rt>なら</rt></ruby>わせられる。（我每日被媽媽強迫讀英語。）

II <ruby>私<rt>わたし</rt></ruby>（A）**は**<ruby>毎日<rt>まいにち</rt></ruby><ruby>母<rt>はは</rt></ruby>（B）**に**<ruby>英語<rt>えいご</rt></ruby>（C）**を**<ruby>習<rt>なら</rt></ruby>わされる。（我每日被媽媽強迫讀英語。）

III <ruby>先生<rt>せんせい</rt></ruby>、<ruby>子供<rt>こども</rt></ruby>（B）**に**<ruby>英語<rt>えいご</rt></ruby>（C）**を**<ruby>習<rt>なら</rt></ruby>わせ**て**<ruby>頂<rt>いただ</rt></ruby>けませんか。（老師，可否讓我兒子學英語？）

**2.**

I <ruby>議員<rt>ぎいん</rt></ruby>（A）**は**<ruby>議長<rt>ぎちょう</rt></ruby>（B）**に**<ruby>席<rt>せき</rt></ruby>（C）**に**<ruby>戻<rt>もど</rt></ruby>らせられた。（議員被議長強迫返回了座位。）

II <ruby>議員<rt>ぎいん</rt></ruby>（A）**は**<ruby>議長<rt>ぎちょう</rt></ruby>（B）**に**<ruby>席<rt>せき</rt></ruby>（C）**に**<ruby>戻<rt>もど</rt></ruby>らされた。（議員被議長強迫返回了座位。）

III <ruby>議長<rt>ぎちょう</rt></ruby>、その<ruby>議員<rt>ぎいん</rt></ruby>（B）**を**<ruby>席<rt>せき</rt></ruby>（C）**に**<ruby>戻<rt>もど</rt></ruby>らせ**て**いただけませんか？（議長，可否讓那個議員返回座位？）

\*\*\*B に C を 還是 B を C に，可參考本書 **65** 的 2. 和 3.

**題1** きのう 雨_____降られた せいか、今日は 少し 熱があった。

1 から          2 を          3 が          4 に

**題2** つまらない意見 かもしれませんが、私_____ シェアさせていただけ
ませんか。

1 にも          2 をも          3 とも          4 がも

**題3** 課長、まだ 経験の 少ない私に この仕事を _____いただいたこと
に 心より 感謝しています。

1 担当されて                    2 担当させて

3 担当して                      4 担当させられて

**題4** 去年の 忘年会で 部長に お酒を _____ので、今日の 飲み会では
たくさん _____ つもりです。

1 飲ませられた / 飲まれる        2 飲まれさせた / 飲まられる

3 飲まされた / 飲ませる          4 飲ませされた / 飲ませれる

**題5** 君、_____ _____。 _____★_____ _____ はずがないから……

1 俺を                          2 勝てる

3 笑わせるな                    4 俺に

**題6** あのお母さんは 子どもに 先に 死なれた。

1 あのお母さんは 子供より 先に 亡くなった。

2 あのお母さんの子供は お母さんより 先に 亡くなった。

3 あのお母さんと子供は 一緒に 亡くなった。

4 誰が先に亡くなったかが 分からない。

題7 **社長が きのう 犬を 噛まれたと 鈴木さんから 聞きました。**

1 社長の犬は 鈴木さんを 噛んだ。

2 鈴木さんの犬は 社長を 噛んだ。

3 社長は 鈴木さんの犬を 噛んだ。

4 鈴木さんと犬は 社長を 噛んだ。

題8 皆さんは 「デイ・アフター・トゥモロー」という 映画を 知っていますか？私は この映画が 大好きで 　1　 見たことが あります。今日 少し 感想を 　2　て いただきます。ニューヨークには もうすぐ とても 大きな 津波が やってきますが、一人の父親が そこにいる 愛する息子を 助けに行くことに 決意しました。父親は たくさんの 困難に 　3　 やっと 息子と 再会できて 感動的でした。しかし、私の一番 好きなのは ラストシーンです。それは 画面いっぱいに 映し出される 青くて丸い 地球で 本当に 美しかったです。これを見ると、いつも泣き出したくなりますね。我々の 地球は 我々によって 破壊されていて、日に日に 調子が 悪く なってきています。この映画を 見終わると、必ず 地球のために 何か できないかと 　4　。0.000001の 努力では 何も 変わらないでしょうが、もし 1,000,000 人いるなら、つまり、それが 1,000,000 倍もあれば、1 になりますよね。ですから、0.000001だけ でも 前進する 小さな 一歩だと 思いませんか？

**1** 1 三回まで 2 二回しか 3 一回だけ 4 何回も

**2** 1 述べされ 2 述べれ 3 述べし 4 述べさせ

**3** 1 有って 2 会って 3 遭って 4 合って

**4** 1 考えられます 2 考えさせます

3 考えさせられます 4 考えられさせます

首先要說的是「ために」的漢字是「為に」，既可以是「為了」，也可以是「因為」，如：

- 医者になるために、一生懸命勉強している。（為了當上醫生，非常用功的讀書。）
- 医者になったため（に）、パーティーを開いた。（因為當上了醫生，所以開派對慶祝。）

故需要靈活運用，通過文脈判斷哪個是「為了」，哪個是「因為」，此章只談「為了」。

所需動詞類型： **意志動詞 V る：** （**飲む / 食べる / する、来る**）

**非意志動詞 V る： 1. 自動詞（上がる / 下がる / 起きる / 落ちる）**

**2. 動詞可能型（飲める / 食べられる / できる、来られる）**

**V ない：** （**飲まない / 食べられない / しない、来ない**）

*** 大部分的他動詞同時也是意志動詞，但也有例外。如「来る」是意志動詞，但不是他動詞（沒有 O），而是移動動詞；「生きる」是意志動詞，但也不是他動詞（沒有 O），而是自動詞。

*** 有關自他動詞，可參閱本書 **20** 及 **21** 自（不及物）他（及物）動詞表①②

1.

I お酒を**飲む**ために、先に白ご飯を食べておいた。（為了喝酒，先吃了點白飯墊胃。）

II お酒が**飲める**ように、毎日練習している。（為了能學會喝酒，每天都在練習。）

III お酒を**飲まないように**、いつも飲めないとうそをつく。（為了不喝酒，總撒謊說不會喝。）

2.

医者に**なるために**、一生懸命勉強している。（為了當上醫生，非常用功的讀書。）

I 医者に**なれるように**、一生懸命勉強している。（為了能當上醫生，非常用功的讀書。）

II 医者に**ならないように**、理系の科目を選らばないことにした。（為了不當醫生，決定不選理科的科目。）

題1 明日　9時3分の　電車に　＿＿＿＿＿＿、寝る前に　目覚まし時計を　セットしておいた。

　　1　間に合わないように

　　2　乗るように

　　3　間に合うために

　　4　乗るために

題2 留学先で　一人でも　＿＿＿＿＿＿、いま　一生懸命　お金を　貯めています。

　　1　死なないために

　　2　生きられるように

　　3　死ぬためではなく

　　4　生きられるために

題3 中国に 帰っても、日本語を ＿＿＿＿＿＿ 日本語の 本を 全部 持って 帰ることにした。

1 忘れるために

2 忘れさせないために

3 忘れないように

4 忘れるはずがなく

題4 皆さんは 「初心に返るべし」 という日本語を **1** ことが あります か？僕は **2** 意味の深い 言葉だと 思いますよ。それは 物事が始 まった 最初の頃の 気持ちを 思い出すべきだ という 意味です。例 えば、あるスポーツの チームが 試合で ほかの チームに 負けてし まったときに、コーチは よく 「初心に 返って 練習しよう」と 言 ったり しますよね。では、どうして 最初の頃の 気持ちを 取り**3** 必要が あるか というと、おそらく 最初の頃の 自分が 一番 ピュ アで 最も 自分らしく 生きられたが、なぜか 途中から その自分ら しい 自分が いなくなって、再び 自分らしく **4** ように 初心に 返 らなければ ならなくなるの ではないでしょうか？

**1**

1 聞く 　　2 聞かない 　　3 聞いて 　　4 聞いた

**2**

1 ぜんぜん 　　2 なかなか 　　3 それぞれ 　　4 わざわざ

**3**

1 かえる 　　2 もどす 　　3 あえず 　　4 くる

**4**

1 する 　　2 しない 　　3 している 　　4 できる

# 第五部分

# 閱讀理解

| 出題範圍 | | 出題頻率 |
|---|---|---|
| **甲類：言語知識（文字・語彙）** | | |
| 問題 1 | 漢字音讀訓讀 | |
| 問題 2 | 平假片假標記 | |
| 問題 3 | 前後文脈判斷 | |
| 問題 4 | 同義異語演繹 | |
| 問題 5 | 單詞正確運用 | |
| **乙類：言語知識（文法）・讀解** | | |
| 問題 1 | 文法形式應用 | |
| 問題 2 | 正確句子排列 | |
| 問題 3 | 文章前後呼應 | |
| 問題 4 | 短文內容理解 | ✓ |
| 問題 5 | 長文內容理解 | ✓ |
| 問題 6 | 圖片情報搜索 | ✓ |
| **丙類：聽解** | | |
| 問題 1 | 圖畫情景對答 | |
| 問題 2 | 即時情景對答 | |
| 問題 3 | 圖畫綜合題 | |
| 問題 4 | 文字綜合題 | |

短文
1

## 中村花鳥園（なかむらかちょうえん）からのご案内（あんない）

- 鳥（とり）に食（た）べ物（もの）などをやらないでください。

- 鳥（とり）が驚（おどろ）きますので、撮影（さつえい）する場合（ばあい）は、フラッシュを使（つか）わないでください。

- ゴミは家（いえ）に持（も）って帰（かえ）ってください。

- 園内（えんない）ではタバコを吸（す）ってはいけません。

- 犬（いぬ）や猫（ねこ）などのペットを連（つ）れて、入（はい）ることはできません。

- 滑（すべ）りやすいので、園内（えんない）では走（はし）らないでください。

- 鳥（とり）を捕（つか）まえるなどの行為（こうい）はしないでください。

- 園内（えんない）の動植物（どうしょくぶつ）は持（も）って帰（かえ）ることができません。

題1 この案内（あんない）から、中村花鳥園（なかむらかちょうえん）についてわかることは何（なん）ですか？

1 ペットの兎（うさぎ）と一緒（いっしょ）に入（はい）ってもかまわない。

2 ゴミは園内（えんない）のゴミ箱（ばこ）に捨（す）ててもいい。

3 フラッシュを使（つか）わなければカメラで写真（しゃしん）を撮（と）ってもいい。

4 小（ちい）さい花（はな）を家（いえ）に持（も）って帰（かえ）ってもよい。

短文
2

私（わたし）の国（くに）はマレーシアですが、日本（にほん）のような分（わ）かりやすい四季（しき）がありません。一年中暑（いちねんじゅうあつ）いところなので、まだ雪（ゆき）を一度（いちど）も見（み）たことがありません。日本（にほん）に来（き）たら、雪（ゆき）が見（み）られると思（おも）っていたのに、私（わたし）が住（す）んでいる鹿児島（かごしま）では冬（ふゆ）になってもあまり雪（ゆき）は降（ふ）りません。友達（ともだち）に雪（ゆき）が見（み）たいなら北海道（ほっかいどう）が一番（いちばん）いいよと教（おし）えてもらったので、冬休（ふゆやす）みに行（い）こうと思（おも）っています。

**正しいものはどれですか？**

1 「私」は日本に来てすぐ雪を見ることができました。

2 「私」は今北海道に来ています。

3 「私」は雪を見に北海道へ行ってみようと考えています。

4 「私」は前一回雪を見ました。

---

短文 3

最近在宅勤務が忙しすぎて、いくら寝ても疲れが取れないので、今週末にどこか温泉旅行に出かけてゆっくり休もうと考えています。江戸温泉は電車で 30 分で行けるので、行きやすいのですが、ちょっと値段が高いです。富士温泉は無料で温泉に入ることもできるし、景色もいいですが、車で 2 時間もかかります。高いところと、遠いところと、どちらにす（る）べきか、なかなか選べなくてまた疲れてしまいそうです。

---

題 1 **ゆっくり休もうと考える理由は何ですか？**

1 最近そとで旅行しすぎて、いくら寝ても疲れが取れないからです。

2 最近家で勉強しすぎて、いくら寝ても疲れが取れないからです。

3 最近家で働きすぎて、いくら寝ても疲れが取れないからです。

4 最近そとで働きすぎて、いくら寝ても疲れが取れないからです。

題 2 **富士温泉より江戸温泉のほうがどうだと思いますか？**

1 景色がいいと思っています。

2 交通が不便だと思っています。

3 値段が安いと思っています。

4 行きやすいと思っています。

スーザンさんの携帯電話に友達から次のようなメッセージが来ました。

短文4

スーザンさん

明日村上さんの誕生日パーティーですが、ミラーさんと福士さんが急に風邪を引いたので、来られなくなったそうです。かわりに松本さんが友達をふたり連れてくるらしくて、レストランの予約人数はそのままでいいです。

では、村上さんに渡す誕生日ケーキを忘れずに持ってきてくださいね。よろしくお願いします。

本田

題1　スーザンさんは　何をしますか？

1　ミラーさんの家にお見舞いに行きます。

2　レストランの予約を二人多くします。

3　レストランの予約を二人少なくします。

4　ケーキを持って、パーティーに行きます。

題2　「忘れずに」と同じ意味の言葉はどれですか？

1　忘れては　　　　2　忘れないで　　　3　忘れれば　　　4　忘れなくて

短文5

安くておいしい宇治茶が飲みたいというあなたに、便利なお店を紹介します。名店「田村宇治茶」では、インターネットでおいしいお茶を注文することができます。お茶をご自宅まで送ってもらうには、送料は普通400円かかりますが、3つ以上頼むと、ただになります。そして、4つ以上買うと、買上金額から300円安くなります。大変使いやすいので、外に出たくなくても、仕事で忙しいときでも、いつでもご利用いただけます。

ネットで、「田村宇治茶」というお店から 1,000 円のお茶を 5 つ買いたいですが、合計でいくらですか？

1　4,300 円

2　4,500 円

3　4,700 円

4　5,100 円

短文 6

長い間会っていない友達と会って、一緒に食事をしました。しかし、食事中、彼女は「今、ダイエットしているから」と言って、野菜ばかり食べていました。

最近、「野菜だけ食べるダイエット」や「ご飯なしでダイエット」や「肉を食べないダイエット」などは、結構人気があります。また、車を辞めて自転車に乗って、通勤するという人も以前に比べて多くなったようです。

元々「ダイエット」は、健康のために行われることだったのですが、今では、「痩せたい」という目標を様々な方法で達成させようとすることに変化したらしいです。

題 1　今のダイエットは主に何のために行われていますか？

1　健康のために

2　節約するために

3　自転車に乗らないで、会社へ行くために

4　ただ痩せるために

わたしは昨日、彼氏にあげるプレゼントを買いに行きました。家から駅まで自転車で 15 分かかって、それから、駅から電車に 20 分乗り、行こうとするデパートの近くにある渋谷駅で降りました。

前から新しい財布が欲しいと彼氏に何度も言われたので、デパートに入ったら、すぐ財布を探しました。しかし、財布の売り場がなかなか見つかりませんでした。店員さんに「財布売り場は何階ですか」と聞いたら、「地下 1 階にあります。そちらのエスカレーターを使ってください」と教えてもらいました。

財布売り場にはいろいろな財布が置いてありました。高いもの、安いもの、おしゃれなもの、とても丈夫そうなものなど、たくさんあってどれを選べばいいか迷っていました。ある店員さんに「どんな財布をお探しですか」と聞かれたので、「男らしい色で、丈夫な革財布がほしいです」と答えました。

すると、その店員さんがある革財布を持ってきてくれて、「これはいかがですか」と。ちょっと高かったですが、とても丈夫そうで、色もすてきだったので、「 (a) 」と決めました。買った財布を手に取って、「これなら、喜んでくれるだろう」と思いながら、家に帰りました。

題 1  「私」の家からデパートまで、どのくらいかかりましたか？

1  15分

2  20分

3  30分

4  35分

題 2  「私」は、どうして財布を探しましたか？

1  なくしてしまいましたから

2  恋人が財布が欲しいと言っていましたから

3  前の財布が壊れましたから

4  丈夫な革財布が好きですから

題 3  (a) の中に入れるのに最も適切なものはどれですか？

1  これにしよう

2  これになろう

3  これにしたら

4  これになるなら

私は2人兄弟で、妹が1人います。小さい頃から、父は大変厳しかったです。その父によく掃除させられたり、買い物に行かせられたりしていました。何回か「どうしていつも私だけなの」と (1) 、いつも<u>怒られて</u><u>ばかりいました。</u>

父は大学の教授で、さくら大学というところで歴史を教えていました。本を読むことにあまり興味がなかった私にたくさんの本を読ませるのもまた父でした。自分の子供を歴史の先生にしたがった父は、特に歴史の本をたくさん買ってくれました。しかし、私は歴史が苦手で、読んでもよく理解できませんでした。

父は仕事でいつも忙しかったですが、週末になると私を連れて、野球の試合を見に行くのが好きでした。私も見ていくうちにだんだん野球に興味を持つようになりました。中学生になってから、野球部に入って<u>将来は野球選手になろうと初めて思いました。このことを父に話てみたら、父は少しがっかりした様子</u>だったけれど、「がんばれ！応援するよ」と言ってくれました。

私は、プロの野球選手になって、もうすぐ3年になります。家内と子供のほか、両親もよく試合を見に来てくれます。父はいつも「よくやったぞ」と言ってくれます。応援してくれる人がいますから、これからもがんばれると思います。そして、父は今でも「お酒を買ってきてくれ」と買い物に行かせます。私は、喜んでおいしいお酒を買ってきて、父と一緒に飲むのが今の一番幸せだと思っています。

題1 **(1) の答えとして、正しくないものはどれですか？**

1 尋ねると

2 聞くと

3 お伺いすると

4 答えを求めると

題2 **だれがだれに「怒られてばかりいました」か？**

1 父が祖父に

2 私が父に

3 妹が私に

4 妹が私と父に

題3 **父はどうして「少しがっかりした様子」になりましたか？**

1 「私」が本を読まなかったから

2 「私」が歴史の先生になりたくなかったから

3 「私」が歴史を理解できなかったから

4 「私」が遊んでばかりいたから

題4 **今の「私」は何をするときが一番楽しいですか？**

1 父が買ってくれた本を読むとき

2 ファンと野球をやるとき

3 父がお酒を買いに行かせるとき

4 母といっしょにお酒を飲むとき

今、世界的に流行している新しいウイルスがうつらないように、自分の家などで仕事（自宅勤務）する人が増えています。

筑波大学大学院などのグループは、健康に問題がないか知るため、家で仕事をするようになった人が1日にどのくらい歩いているかを調査しました。

東京にオフィスがある大きな会社のひとつで働いている100人を調べると、会社に行っていたときは、平均で1日に1万1,500歩ぐらい歩いていたことに比べて、家などで仕事をするようになってからは座っている時間が長くなり、1日あたりの歩数は30％ぐらい少なくなったこと、最大70％ぐらい少なくなって、つまり1日に3,000歩ほどしか歩かない人もいたなどのことがわかりました。。

厚生労働省は健康のために1日最低でも8,000歩歩くように言っていますが、それよりずっと少なくなっていました。

筑波大学大学院の久野譜也教授は「**(1)このまま**では運動が足りなくなるので、血圧が高くなることなど体の具合に気を付けなければなりませんね」と話しています。

（NHK ニュースより　一部改）

筑波大学大学院などのグループは、何の目的で調査を行いましたか。

1 ウイルスが流行っている原因を知るため

2 人が最近自分の家などで仕事するようになった理由を知るため

3 人が自分の家などで仕事して、健康に悪い影響があるかどうかを知る

ため

4 血圧が高くなることなどの病気になる原因を知るため

題 2 **(1) 「このまま」とありますが、何を指しますか。**

1 1日 8,000 歩よりずっと少なく歩くこと

2 会社に歩いていくこと

3 ウイルスが流行っていること

4 体が悪くなること

題 3 家で仕事をするようになった人は、一日最大何歩歩かなくなりましたか？

1 3,000 歩

2 3,500 歩

3 8,000 歩

4 8,500 歩

## 「杉並体育館　利用案内」

1. 利用時間：午前 7 時から午後 9 時まで

2. 休み：毎月第 3 水曜日・年末年始（12 月 28 日から 1 月 3 日）

3. 利用できる人：① 杉並区に住んでいる人

　　　　　　　　② 杉並区にある会社・学校などに通っている人

4. 予約：各施設を予約するには、利用者カードが必要です。

カードを作るためには、健康保険証など住所がわかるもの、または、学生証や定期券など勤め先や学校の住所がわかるものを持ってきてください。

| 施設 | | 料金（お 1 人様あたり） | | 備考 |
|---|---|---|---|---|
| | | 9 時 ~17 時 | 17 時 ~21 時 | |
| バトミントン | 平日 | 700 円 / 時間 | 1000 円 / 時間 | ＊ 高校生以下 → 200 円割引 ＊ 70 歳以上 → 300 円割引 ＊ 各施設 1 日 1 回だけ予約できます。1 回の予約で最大 2 時間まで利用できます。 |
| バトミントン | 土・日・祝日 | 900 円 / 時間 | 1200 円 / 時間 | |
| 卓球台 | 平日 | 400 円 / 時間 | 600 円 / 時間 | |
| 卓球台 | 土・日・祝日 | 500 円 / 時間 | 700 円 / 時間 | |

題1 ネルソンさんは、杉並区に住んでいます。同僚のダニエルさんは、その隣の中野区に住んでいます。二人とも、杉並区にある会社に通っています。杉並体育館は、だれが利用できますか。

1 ネルソンさんだけ利用できます

2 ダニエルさんだけ利用できます

3 ネルソンさんもダニエルさんも利用できます

4 どちらも利用できません

題2 今日は金曜日です。中村さんは、明後日小学生の子供を2人連れて、家族3人で杉並体育館へバトミントンと卓球をしに行きます。午後2時の予約で、バトミントンと卓球を各1時間する予定です。料金はいくらかかりますか。

1 2,500 円

2 3,400 円

3 4,300 円

4 4,900 円

題3 次の内容、どれが正しいですか？

1 杉並体育館はだれでも利用できます。

2 杉並体育館では、平日でも週末でも料金が同じです。

3 予約するためには、まず学生証か健康保険証など住所がわかるものが必要です。

4 同じ日に同時にバトミントンと卓球をすることができません。

# 圖片情報搜索②

## 「夏フェス　ご案内」

さくら市では、今年も7月と8月に食事会、音楽会など、いろいろなイベントを開催します。

| イベント名 | 内容 | 日時・場所 | 料金 |
|---|---|---|---|
| Ⓐ 洋食の食事会 | 料理の先生をお招きし、パスタなど洋食の作り方を教えていただきます。作った後、みんなで食べます。 | 7月12日（日）12:00~15:00 レストラン　山 | 1,000円 |
| Ⓑ 伝統踊り体験 | 着物を着て、踊りを踊ってみませんか。先生をお呼びして伝統的な踊りを教えていただきます。 | 7月18日（土）16:00~17:30 さくら市民会館 | 1,200円（着物を借りることができます） |
| Ⓒ 花火大会 | 毎年行われる花火大会です。浴衣を着て、音楽を聞きながら、美しい花火を楽しみましょう。 | 8月9日（土）19:00~21:30 さくら公園広場 | 無料（300円で浴衣を借りられます） |
| Ⓓ 夏の小旅行 | バスで江戸川に行って、涼しい川遊びとバーベキューを楽しみましょう。 | 8月16日（日）9:00~18:30 江戸川 | 2,500円（さくら市住民なら200円引き） |
| Ⓔ 和の食事会 | 夏の体にやさしい和食を作って、一緒に食べます。 | 8月23日（日）18:00~21:00 レストラン　遊 | 700円 |

題1 ミューさんとクリスさんはアメリカからの留学生で、夏イベントに行こうと思っているみたいです。夜に行われるイベントで、日本の伝統的な服を試してみることができたらいいと言ったミューさんたちが選べるのは、どれですか。

1 A

2 B

3 C

4 E

題2 志村さんは大学生で、夏のイベントに行こうと思っているようです。日曜日に行きたがりますが、午後7時からアルバイトがあるので、午後7時から行われるものには参加できません。志村さんが選べるのは、どれですか。

1 AとD

2 BとE

3 AとE

4 BとD

題3 坂本さんはさくら市に住んでいます。隣のうめ市に住んでいる彼女と花火大会と夏の小旅行に行くことになりましたが、2人とも浴衣を持っていないので、現場で借りることにしたそうです。夏イベントに行くのに、合わせていくらかかりますか。

1 5,400円

2 5,600円

3 5,800円

4 6,000円

JPLT

N4

# 第六部分

# 聽解

| 出題範圍 | 出題頻率 |
|---|---|
| 甲類：言語知識（文字・語彙） | |
| 問題 1　漢字音讀訓讀 | |
| 問題 2　平假片假標記 | |
| 問題 3　前後文脈判斷 | |
| 問題 4　同義異語演繹 | |
| 問題 5　單詞正確運用 | |
| 乙類：言語知識（文法）・讀解 | |
| 問題 1　文法形式應用 | |
| 問題 2　正確句子排列 | |
| 問題 3　文章前後呼應 | |
| 問題 4　短文內容理解 | |
| 問題 5　長文內容理解 | |
| 問題 6　圖片情報搜索 | |
| 丙類：聽解 | |
| 問題 1　圖畫情景對答 | ✓ |
| 問題 2　即時情景對答 | ✓ |
| 問題 3　圖畫綜合題 | ✓ |
| 問題 4　文字綜合題 | ✓ |

請一邊看着圖畫一邊聆聽問題，圖畫中的人（複數的人的話，則→所指的人）會說甚麼？請從 1-3 中選出最適當的答案。

題 2

| 1 | 2 | 3 |

題 3

| 1 | 2 | 3 |

題 4

| 1 | 2 | 3 |

# 圖畫情景對答②

請一邊看着圖畫一邊聆聽問題，圖畫中的人（複數的人的話，則→所指的人）會說甚麼？請從 1-3 中選出最適當的答案。

題 5

| 1 | 2 | 3 |

題 6

| 1 | 2 | 3 |

題 7

| 1 | 2 | 3 |

題 8

| 1 | 2 | 3 |

這部分沒有圖畫,首先聆聽一句說話,接着再聆聽回應
這句說話的回答,最後從 1-3 中選出最適當的答案。

題 1

| 1 | 2 | 3 |

題 2

| 1 | 2 | 3 |

題 3

| 1 | 2 | 3 |

題 4

| 1 | 2 | 3 |

# 即時情景對答②

這部分沒有圖畫，首先聆聽一句說話，接着再聆聽回應
這句說話的回答，最後從 1-3 中選出最適當的答案。

題 5

| 1 | 2 | 3 |
|---|---|---|

題 6

| 1 | 2 | 3 |
|---|---|---|

題 7

| 1 | 2 | 3 |
|---|---|---|

題 8

| 1 | 2 | 3 |
|---|---|---|

首先聆聽問題，然後再從 1-4 的圖畫中選出最適當的答案。

題1

題2

| 1 | 20XX |
|---|------|

| 2 | 20XX |
|---|------|

| 3 | 20XX |
|---|------|

| 4 | 20XX |
|---|------|

題 3

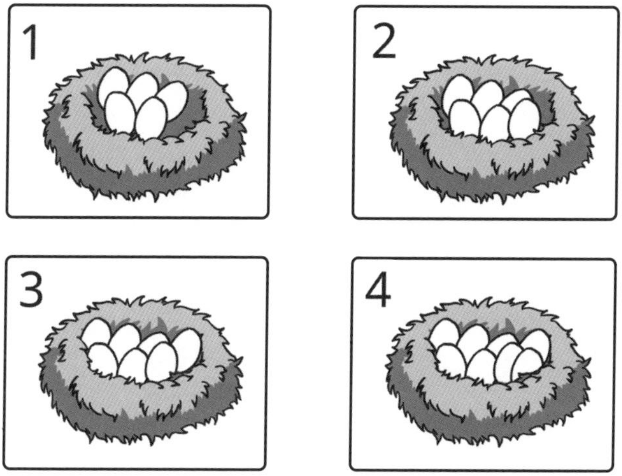

首先聆聽問題，然後再從 1-4 的圖畫中選出最適當的
答案。

題 4

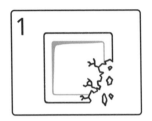

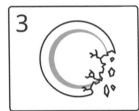 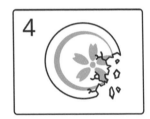

題 5

1

2

3

4

首先聆聽問題，然後再從 1-4 的圖畫中選出最適當的答案。

題 7

題 8

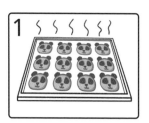

首先聆聽問題，接着閱讀 1-4 的文字選擇，最後再選出最適當的答案。

題 1

1 郵便局→デパート→山本さんの家→酒屋

2 山本さんの家→郵便局→デパート→酒屋

3 郵便局→デパート→酒屋→山本さんの家

4 デパート→山本さんの家→郵便局→酒屋

題 2

1 他の先生に連絡します

2 論文のテーマを決めます

3 参考書を探します

4 先輩たちの意見を聞きます

題 3

1 看護師になりたかった

2 教師になりたかった

3 警察になりたかった

4 会社員になりたかった

# 文字綜合題②

首先聆聽問題，接着閱讀 1-4 的文字選擇，最後再選出
最適當的答案。

題 4

1 ごみを捨てること

2 掃除すること

3 洗濯すること

4 お弁当を作ること

題 5

1 カギ

2 財布

3 カバン

4 携帯電話

題 6

1 99歳

2 100歳

3 101歳

4 110歳

# 文字綜合題③

首先聆聽問題，接着閱讀 1-4 的文字選擇，最後再選出最適當的答案。

題 7

1 2:1 でイングランドの勝<sub>か</sub>ち
2 2:2 で引<sub>ひ</sub>き分<sub>わ</sub>け
3 3:2 でブラジルの勝<sub>か</sub>ち
4 3:2 でイングランドの勝<sub>か</sub>ち

題 8

1 晴<sub>は</sub>れのち風<sub>かぜ</sub>
2 雨<sub>あめ</sub>のち晴<sub>は</sub>れ
3 曇<sub>くも</sub>りのち雨<sub>あめ</sub>
4 曇<sub>くも</sub>りのち風<sub>かぜ</sub>

題 9

1 12:50 pm
2 1:00 pm
3 1:20 pm
4 1:50 pm

# N4 模擬試験

もんだい1 ＿＿＿＿の ことばは ひらがなで どう かきますか。
1・2・3・4から いちばん いい もの をひとつ えらんで
ください。

（れい） しゃしんは かばんの下に ありました。

1 ちだ　　　 2 しだ　　　 3 ちた　　　 ④ した

題1 うちに だれも いないので、なんとなく 寂しい きもちに なった。

1 さびしい　　 2 きびしい　　 3 せわしい　　 4 くるしい

題2 このきかいは 故障 しているみたい。

1 こしょ　　 2 こしょう　　 3 こうしょ　　 4 こうしょう

題3 このデパートは 品物が 豊富です。

1 ひんぶつ / ほうふ　　　　 2 ひんぶつ / ほうふう

3 しなもの / ほうふ　　　　 4 しなもの / ほうふう

題4 あのひとは、にんげんとして まったく 失格です。

1 しっかく　　 2 しつかく　　 3 しっかつ　　 4 しつかつ

題5 あのおかあさんは 教育に ねっしん だそうです。

1 きょいく　　 2 きょういく　　 3 きょよく　　 4 きょうよく

題6 らいしゅうから 低気圧なので、天気が くずれそうです。

1 ていきあし　 2 ていきあつ　 3 だいきあし　 4 だいきあつ

題7 うまれて すぐに おやと 離別した。

1 れいべつ　　2 れいべち　　3 りべつ　　4 りべち

題8 きゅうきゅうしゃで びょういんまで 搬送された ことが あります。

1 うんそん　　2 うんそう　　3 はんそん　　4 はんそう

題9 かれは 罪をおかしていないことを 訴えた。

1 つむ / うったえた　　　　2 つみ / うしなえた
3 つむ / うしなえた　　　　4 つみ / うったえた

---

もんだい2 　　　　の ことばは ひらがなで どう かきますか。
1・2・3・4から いちばん いい もの をひとつ えらんで
ください。

(れい)　　このみちは くるまが おおいです。

1 運　　2 里　　3 軍　　[4] 車

---

題10 ようじがあるので、あしたの じゅぎょうを けっせきします。

1 排斥　　2 缺席　　3 欠席　　4 結石

題11 わたしは かおより あいしょうがいい ひとと つきあいたい。

1 愛情 / 月逢いたい　　　　2 相性 / 月逢いたい
3 愛情 / 付き合いたい　　　4 相性 / 付き合いたい

題12 きょうは はやめに きたくさせて いただけませんか。

1 帰宅　　2 帰宇　　3 掃宅　　4 掃宇

題13 ひがいしゃの みぶんは もう わかりましたか？

1 被害者　　2 火階舎　　3 非外車　　4 日会社

題14 | あの　つよい　すもうせんしゅを　たおしたのは　だれですか？

1　汚した　　　　2　勝した　　　　3　破した　　　　4　倒した

題15 | うちの　チームは　ぜんこくいちを　めざしている。

1　芽挿して　　　2　目注して　　　3　目標して　　　4　目指して

題16 | どのくらいの　じかんが　かかるか　はかってくれませんか？

1　諮る　　　　　2　測る　　　　　3　計る　　　　　4　量る

もんだい3　（　　）に　なにが　はいりますか。
　　　　　1・2・3・4から　いちばん　いい　もの　をひとつ　えらんで
　　　　　ください。

（れい）　　　　けさ　パンを　（　　　）。
　　　　　1　かえりました　　　　　　2　きました
　　　　　3　のりました　　　　　4　たべました

題17 | だいじなはなしがあるので、しゃいんを　ここに　（　　）ください。

1　やめて　　　　2　はじめて　　　3　あたためて　　　4　あつめて

題18 | あしたの　あさ　しごとが　あるので、ろくじに　（　　）ほしいんですが……

1　ふやして　　　2　ひやして　　　3　おとして　　　4　おこして

題19 | あなた、かみのけが　（　　）から、はやく　とこやに　いきなさい。

1　のびた　　　　2　とじた　　　　3　いきた　　　　4　おちた

題20 | いえにかえったら、あかちゃんが　（　　　）ねていた。

1　ぐっすり　　　2　さっぱり　　　3　はっきり　　　4　びっくり

JPLT

N4

まちがいでんわを（　　）ばあい、まず　「ごめんなさい」を（or と）いうべきでしょう。

1　かかった　　　　2　かかる　　　　3　かけた　　　　4　かける

題 22　A：いい（　　）が　していますね、なにをつくっていまか？

B：きょうは　からあげよ。

1　けしき　　　　2　におい　　　　3　あじ　　　　4　こえ

題 23　A：このまちの　じんこうは　じゅうねんまえより　（　　）　ふえましたね。

B：やっぱり　せいさくが　よかったから　じゃないですか？

1　だいぶ　　　　2　おなじ　　　　3　まったく　　　　4　にぎやかに

題 24　よのなかの　（　　）が　かぎられているので、だいじに　つかわないと。

1　チャレンジ　　2　エネルギー　　3　ビジネス　　　　4　アルコール

題 25　あのホテルは　あさの　（　　）もついていて　たったの　5000 えんだなんて　しんじられない。

1　ハイキング　　　2　インタビュー　　3　バイキング　　　4　インターネット

---

**もんだい 4**　＿＿＿＿のぶんと　だいたい　おなじ　いみの　ぶんが　あります。
1・2・3・4 から　いちばん　いい　ものを　ひとつ　えらんで
ください。

（れい）　　あのふたりは　わたしの　りょうしんです。

1　あのふたりは　わたしの　そふ　と　そぼです。

2　あのふたりは　わたしの　おとうと　と　いもうとです。

3　あのふたりは　わたしの　せんせい　と　クラスメイトです。

4　あのふたりは　わたしの　ちち　と　ははです。

題 26 | ふわふわの（or な）　ふとんですね。

1　たかい　ふとんですね。

2　やわらかい　ふとんですね。

3　あたたかい　ふとんですね。

4　ふるい　ふとんですね。

題 27 | ふくは　バルコニーに　あるよ。

1　ふくは　ひきだしの　なかに　ある。

2　ふくは　はこの　なかに　ある。

3　ふくは　へやの　そとに　ある。

4　ふくは　ビルの　いちばん　うえのかいに　ある。

題 28 | へやの　なかでは　さつえいするなと　かいてあります。

1　なかで　たべてもいいです。

2　なかで　はなすことが　できない。

3　なかで　しゃしんを　とってはいけない。

4　なかで　おみやげが　かえます。

題 29 | あのひとに　あやまりました。

1　あのひとに　「おだいじに」と　いいました。

2　あのひとに　「ひどいね」と　いいました。

3　あのひとに　「すごい」と　いいました。

4　あのひとに　「もうしわけない」と　いいました。

題30 **たなかしゃちょうは　それを　ごらんになっています。**

   1　たなかしゃちょうは　おさけを　のんでいます。

   2　たなかしゃちょうは　おんがくを　きいています。

   3　たなかしゃちょうは　いけんを　はなしています。

   4　たなかしゃちょうは　メニューを　みています。

---

**もんだい5**　つぎの　ことばの　つかいかたで　いちばん　いい　ものを　1・2・3・4から　ひとつ　えらんで　ください。

（れい）　　　すてる

   1　へやを　ぜんぶ　すてて　ください。

   2　ひどい　ことを　するのは　すてて　ください。

   3　ここに　いらない　ものを　すてて　ください。

   4　がっこうのほんを　かばんに　すてて　ください。

---

題31 **ふう**

   1　かみのけは　どんなふうに　なさいますか？

   2　こんやから　あしたまで　つよいふうが　ふくそうです。

   3　ねねね、おかしい　ふうが　していませんか？

   4　これから　ひとりぐらしが　はじまるから、なんでも　ふうを　つけて　ください。

---

題32 **ほど**

   1　わたしは　やまだくんほど　つよいです。

   2　わたしより　やまだくんのほど　つよいです。

   3　わたしは　やまだくんほど　つよくなりたいです。

   4　わたしは　やまだくんほど　つよくないです。

題 33 **なるほど**

1 なるほど、せんせいの おっしゃった とおりですね。

2 らいしゅうは なるほど あそびに きてください。

3 わしょくが だいすきです。なるほど、てんぷらや おさしみなど よく
たべます。

4 しんぱいしないで、こんどこそ なるほど うまく いくよ。

題 34 **できる**

1 なまの コンサートを できたことが ありますか?

2 もしもし、やまだは せきを できています。3じに もどると おも
います。

3 らいねん やっと だいがくを できて しゃかいじんに なる。

4 あなた、やっと こどもが できたよ。

題 35 **ぐあい**

1 このふくは ぐあいも すてきだし、ねだんも やすいから、かうこと
にした。

2 あしたの イタリア たい ドイツの サッカーぐあいを たのしみに
している。

3 からだの ぐあいは どう?むりしないで くださいね。

4 かじの ぐあい、なにも かんがえないで まず にげなさい。

# N4模擬試験

もんだい1　（　　）に　なにが　はいりますか。
　　　　　1・2・3・4から　いちばん　いい　もの　をひとつ　えらんで
　　　　　ください。

（れい）　　これ（　　）　かさです。
　　　　　1　に　　　　　2　で　　　　　3　を　　　　　4　は

題1　A：バス（　　）　いつも　九時（くじ）ぐらいに　来る（く）けど、今日（きょう）は　なかなか
　　　　　来（こ）ないね。
　　　B：いま　一台（いちだい）の　バス（　　）　こっちに　来る（く）けど、その　バスのこと？
　　　1　は / は　　　　2　が / が　　　　3　は / が　　　　4　が / は

題2　A：コーヒーは　どう？
　　　B：コーヒー（　　）いいわ。さっき　飲（の）んできたから。
　　　1　は　　　　　2　で　　　　　3　が　　　　　4　でも

題3　親切（しんせつ）に　してあげた（　　）、バカだと　言（い）われて　悲（かな）しくなりました。
　　　1　と　　　　　2　のに　　　　　3　んで　　　　　4　ので

題4　あのう、社会（しゃかい）の窓（まど）（or チャック）が　（　　）よ。
　　　1　あいています　　　　　　　　2　あけています
　　　3　あいてあります　　　　　　　4　あけてあります

題5　肺炎（はいえん）が流行（はや）っているとき、医者（いしゃ）が　テレビの番組（ばんぐみ）で　市民（しみん）に　どこに
　　　行（い）かない（　　）　アドバイスしました。
　　　1　ところと　　　　2　ほうと　　　　3　ために　　　　4　ように

題6 詳しいことが分からなかったので、責任者の方に 事情を 説明（　　）。

1　できました　　　　　　　　2　してくれました

3　させました　　　　　　　　4　してあげました

題7 今から しばらく 寝るんですが、3時に（　　） 起こして ください

ませんか。

1　なると　　　　2　なっても　　　　3　なるなら　　　　4　なったら

題8 学生：これは 香港ハンセン大学の 学生証ですが……

店員：なるほど、学生さん（　　）、じゃあ 学生割り引きが ございます。

1　なんですが　　　2　なんですよ　　　3　なんですね　　　4　なんですか

題9 若者：（　　）、会社に （　　）……

1　やびい / 遅れじゃう　　　　　　2　やべえ / 遅れじゃう

3　やびい / 遅れちゃう　　　　　　4　やべえ / 遅れちゃう

題10 （　　）ばかりいないで、家事を 手伝って！！！

1　寝る　　　　　2　寝て　　　　　3　寝ない　　　　4　寝た

題11 先生が おっしゃるには、期末テストは 簡単だ（　　）ですよ。

1　よう　　　　2　みたい　　　　3　そう　　　　4　らしい

題12 子供も 今日の パーティーに（　　）んですが、留守番を させました。

1　来たがった　　　　　　　　2　来てほしかった

3　来てしまった　　　　　　　　4　来たかった

題 13 　学生：先生は　（　　）兄弟は　いらっしゃいますか。

　　　　先生：ええ、弟と　妹が　います。

1　お 　　　　　　　　　　　　2　ご

3　み 　　　　　　　　　　　　4　おん

題 14 　父親：お前ら、うるさいよ。静か（　　）！！！

　　　　子供：ごめんなさい！

1　くしろ 　　　　　　　　　　2　くせろ

3　にしろ 　　　　　　　　　　4　にせろ

題 15 　子供の数が　少しずつ　減ってきているので、これからの日本は　大変に

　　　　（　　）でしょう。

1　なってくる 　　　　　　　　2　なってきた

3　なっていく 　　　　　　　　4　なっていった

---

もんだい2 　___★___に　はいる　ものは　どれですか。

　　　　　1・2・3・4から　いちばん　いい　もの　をひとつ　えらんで

　　　　　ください。

（れい）　　あの　_____　_____　___★___　_____。鈴木さんです。

　　　　　1　山田さん　2　ひと　3　は　4　じゃありません

こたえかた　（ただしい　文を　つくります）

　　　　　あの　_____　_____　___★___　_____。鈴木さんです。

　　　　　2　ひと　　3　は　　1　山田さん　4　じゃありません

こたえが　1　山田さん　です。

**題 16** かちょうから _____ _____ ★ _____を おうかがいしました。

1 という
2 おしらせ

3 たいしょくなさる
4 らいげつ

**題 17** はじめは スイッチ（ゲーム機<ruby>機<rt>き</rt></ruby>）を _____ _____ ★ _____した。

1 やっぱり
2 PS4 に

3 かおうと
4 おもっていたが

**題 18** きょうは きりが _____ _____ ★ _____。

1 はずがない
2 とおくのやまを

3 こくて
4 みえる

**題 19** _____ _____ ★ _____ やめなさい！

1 ひとを
2 わらうのは

3 せいせきがよくない
4 じぶんほど

**題 20** うちの かいしゃでは 6じまでに _____ _____ ★ _____。

1 おわらせないと
2 いけないこと

3 しごとを
4 になっている

JPLT

N4

1

現代では、1日の　食事のうち、晩御飯が　一番　豪華になると　思いますが、**21** 江戸時代の　人々は　昼ご飯が　メインだったようです。夜は　現代より　早く寝る習慣が　あったからです。

江戸っ子 **22** 江戸（いまの東京）に　住んでいる　ひとびとの　一番の　自慢は　白米、つまり　白いお米が　たくさん　食べられる **23** だったそうです。ところが、それには　大きな　デメリットが　ありました。

それは　「脚気」　という病気です。ビタミンB1の　不足によって　起きる病気で　足の痺れなどの　問題が　出ました。

江戸の　人々には　脚気に　苦しむ人が　多かったのですが、しかも普通の人　だけでなく　徳川将軍 **24** 15人のうち　3人が　脚気で死亡したので、実に　恐ろしい病気でした。一方、江戸を離れた　田舎のところでは　主食が　白米 **25** 玄米や　麦、雑穀だったので、脚気に　なった人は　少なかったそうです。

| **21** | 1 どうも | 2 どうぞ | 3 どうして | 4 どうか |
|---|---|---|---|---|
| **22** | 1 にされた | 2 について | 3 とよばれた | 4 あるいは |
| **23** | 1 と | 2 のに | 3 こと | 4 ところ |
| **24** | 1 に | 2 までに | 3 まで | 4 にまで |
| **25** | 1 ほど | 2 のほうが | 3 より | 4 しか |

1 みなさんは「あいうえお作文」という遊びを聞いたことがありますか？それは同じ行のひらがなを使って、五つの文を作る言葉遊びです。出来上がったら、五つ（四つ〜六つでも可）の文はそれぞれの意味もあるし、上から下へ、同じ行のひらがなが揃っていることはお分かりになるのでしょうか？もちろん「あ行」だけではなく、「か行〜わ行」、とにかく好きな行を選んで作ることもできるし、あるいは、好きな日本語を一つ選んで、例えば、「ありがとう」や「きむらたくや」などでも構わないです。しかし、「すみません」や「ロンドン」のような言葉はもちろん良くないですよ。

題26 つぎの　どれが　「あいうえお作文」ですか？

1　ありがとう
　　りょこうのとき
　　がいこくじんのわたし
　　といっしょに
　　うなぎをたべたこと

2　かかかかか
　　かいしゃで
　　かちょうと
　　かいぎしたあと
　　かにをたべた

3　さようなら
　　たなかぶちょう
　　ないしょしたが
　　はっきりいうね
　　まじうるさい

4　しゃないりょこうは
　　しゅうりょうしたが
　　しょうちゅうのんだり
　　チャーシューたべたり
　　ちょううれしかった

題 27 どうして「『すみません』や『ロンドン』のような言葉はもちろん良くない」

ですか？

1　使えない仮名がありますから

2　カナが5つじゃありませんから

3　丁寧な言葉じゃありませんから

4　ひらがなじゃありませんから

2　キムさんが日本ハンセン大学のウェブサイトで次の情報を見ました。

---

日本ハンセン大学　選考方法について

① 書類審査

② 基礎能力測定（2科目）

③ 面接　時間：15分程度

　　　　　形式：受験者1名に対し、教員1名

・　面接が行なわれる2週間前までに、書類審査に合格した者のみに受験票が送られます。

・　基礎能力測定は日本語の小論文及び英語から構成されています。小論文は1400字〜1800字程度の文章を読み、要旨を200字以内、意見を1000字以内の日本語で書くことです。なお、英語は読解、文法、聴解の3つの分野に分けられて4択形式で行われます。

・　試験当日に基礎能力測定を受けていない場合、どんな理由であっても、面接を受けることはできません。万が一、受験票を自宅に忘れた場合、撮った受験票の写真を提示できれば、受験できます。

・　面接を欠席した場合、当日の試験結果はすべて無効となります。

---

題28 次のだれが一番合格しそうですか？

1 面接の時に教員と熱く議論し、「日本人はみんなバカヤロ」と言ってしまった李君

2 基礎能力測定を受けたが、面接に行くのを忘れてしまった王君

3 明日は面接なのに、まだ受験票が自宅に届いていないことに気づいた張君

4 日本語が下手ですから、得意な英語で小論文を書いたクリス君

---

3 テレビ番組で次のコメントを聞きました：

夫婦の会話に敬語が出てくると深刻だと言われています。「おめえ、バカじゃない？こっちは忙しいんだよ」や「何と言った？もう一度言ってみろ」など、確かにこんな言い方もいいわけじゃありませんが、それが「あなた、今なんとおっしゃいました」とか「お考えをお聞かせ願えませんか」のような敬語になってくるとちょっと……。ですから、私は夫婦だったら、敬語でしゃべるとか、何もしゃべらなくなるなんかよりは、壁のないしゃべり方のほうがまだいいと思いますが……

---

題29 次のどれが「壁のないしゃべり方」ですか？

1 You are so lazy, aren't you?

2 これは美しゅうございますね。

3 これ、美味しくない？

4 昨日は遅いでしたが、明日も遅かったですか？

このコメントを言った人は、どんな考え方を持っていますか？

1 夫婦は必ず敬語で話さなければなりません。

2 夫婦は絶対に敬語で話してはいけません。

3 夫婦は毎日しゃべらないと、だんだんしゃべらなくなります。

4 「バカ」も敬語も良い言葉じゃありませんから、使うべきじゃないです。

---

**もんだい5** つぎの ぶんしょうを 読んで、しつもんに こたえてください。こたえは1・2・3・4から いちばん いい もの をひとつ えらんでください。

歌舞伎を見に行く前に、歌舞伎の特別な言葉についての記事を読みました

### タイトル：女形、花道と黒子について

歌舞伎では子役は別として、すべては男性が演じることになっているが、男性が演じる女性の役を女形といいます。はじめは女性の出演もありましたが、風俗を乱すという理由で禁じられ、男性が女性の役も演じるようになったそうです。

花道とは、歌舞伎の独特な建築ですが、メイン舞台に縦に取り付けられたこの細い道が客席の中を通っています。役者が一番重要な場面をお客様に見せる場合、何度も花道を渡りながら踊りなど素晴らしいパフォーマンスを見せます。

歌舞伎を観るときに、黒色のものは見えないものだと思って見てください。例えば、黒子と呼ばれる黒い服を着た人たちがいますが、お客様はもちろん彼らの体が見えるのですが、見えていても、見えない人間だと思わなければならないそうです。黒子の最も大きな仕事として、様々な道具が要らなくなったら、さっさと片付けることです。それから、時々役者の服も黒子に助けてもらって脱がせます。ほかにもありますが、とにかく、「何でも屋」とはそういうことですね。

題 31 「子役は別として」とありますが、どういうことでしょうか？

1 男性は子役以外、すべての役を演じることができます。

2 女性は子役以外、すべての役を演じることができません。

3 男性は、子役だけ演じられます。

4 男性も女性も、子役を演じられません。

題 32 どうして 役者が 花道に 立ちますか？

1 最初から 最後まで そこに 立たなければなりませんから。

2 黒子に 簡単に 服を 脱がせますから。

3 お客様に 自分が 見えないもの だということを 知らせますから。

4 物語の 最も素晴しい 部分を お客様に 見せますから。

題 33 「『何でも屋』とはそういうことですね」について、正しいのはどれですか？

1 黒子のすることはおおいですから。

2 黒子のすることはすくないですから。

3 黒子のすることはめずらしいですから。

4 黒子は仕事をしてもしなくてもいいですから。

JPLT N4

**もんだい6** 「消費税についての歴史」という図を見て、したの　しつもんに
こたえてください。こたえは 1・2・3・4 から　いちばん　いい
もの　をひとつ　えらんでください。

| 時期 | 消費税の歴史（1989年から2019年まで） | 時期 | 消費税の歴史（1989年から2019年まで） |
|---|---|---|---|
| 1989年4月 | 消費税は3%になりました。 | 2014年4月 | 消費税は8%になりました。 |
| 1997年4月 | 消費税は5%になりました。 | 2014年11月 | 10%の消費税は2015年10月には上げないが、2017年4月に上げる方針だと政府が発表しました。 |
| 2009年9月 | 消費税は4年間以内に上げない方針だと政府が言いました。 | 2016年6月 | 10%の消費税は2017年4月には上げないが、2019年10月に上げる方針だと政府が発表しました。 |
| 2012年6月 | 消費税を2014年に8%、そして2015年に10%にまで上げる方針だと政府が発表しました。 | 2019年10月 | 消費税は10%になりました。しかし、一部の商品、例えば食品（外食・お酒以外）は8%のままです。 |

題 34 **1997年のお正月に本体が100円の野菜を買いましたが、500円で払ったら、おつりはいくらもらいましたか？**

1 392円

2 395円

3 397円

4 400円

題 35 **2019年10月から、払うお金が一番少ないのはどれですか？**

1 コンビニで1,000円のワインを買って自宅で飲んだ場合

2 レストランで1,000円のうどんを食べた場合

3 温泉旅館で1,000円のビールを飲んだ場合

4 スーパーで1,000円の肉を買った場合

## 聴解（30 ぷん）

**もんだい1**
もんだい1では、はじめに しつもんを きいて ください。そ
れからはなしを きいて、もんだいようしの1から4の なかか
ら、いちばんいい ものを ひとつ えらんで ください。

題1

題2

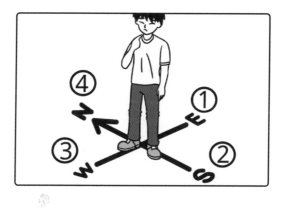

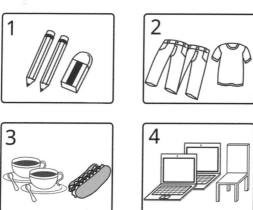

題6

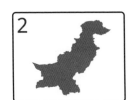

題7

題8

もんだい2では、はじめに しつもんを きいて ください。それからはなしを きいて、もんだいようしの 1 から 4 の なかから、いちばんいい ものを ひとつ えらんで ください。

題9

1  60,000 円     2  70,000 円     3  80,000 円     4  90,000 円

題10

1  残って欲しいと言われました

2  残って欲しくないと言われました

3  残って欲しいし、来月給料も上がると言われました

4  残って欲しいが、来月給料は下がると言われました

題11

1  10 羽     2  13 羽     3  14 羽     4  17 羽

題12

1  吉本イザベル              2  吉本いざべる

3  吉本胃挫邊漏              4  吉本 Isabel

題13

1  12 月 25 日              2  12 月 27 日

3  2 月 29 日               4  3 月 1 日

題14

1  1 本     2  1/2 本     3  1/4 本     4  1/8 本

題 15

  1 遅くまでゲームをしていましたから

  2 遅くまで携帯電話で遊んでいましたから

  3 遅くまでカラオケしていましたから

  4 遅くまでマージャンしていましたから

---

**もんだい３**

もんだい３では、えを みながら しつもんを きいて ください。

➡ （やじるし）の ひとは なんと いいますか。１から３の な

かから、いちばん いい ものを ひとつ えらんで ください。

題 16

| 1 | 2 | 3 |

題 17

| 1 | 2 | 3 |

題 18

| 1 | 2 | 3 |

題 19

| 1 | 2 | 3 |
|---|---|---|

題 20

| 1 | 2 | 3 |
|---|---|---|

**もんだい 4**

もんだい 4 は、えなどが ありません。ぶんを きいて、1 から 3 のなかから、いちばん いい ものを ひとつ えらんで ください。

題 21

| 1 | 2 | 3 |
|---|---|---|

題 24

| 1 | 2 | 3 |
|---|---|---|

題 27

| 1 | 2 | 3 |
|---|---|---|

題 22

| 1 | 2 | 3 |
|---|---|---|

題 25

| 1 | 2 | 3 |
|---|---|---|

題 28

| 1 | 2 | 3 |
|---|---|---|

題 23

| 1 | 2 | 3 |
|---|---|---|

題 26

| 1 | 2 | 3 |
|---|---|---|

題 29

| 1 | 2 | 3 |
|---|---|---|

JPLT

N4

# 答案、中譯與解說

## 1

**題 1** 　**答案**：4

　　　**中譯**：那個新聞已經被報道出來了。

　　　**解說**：從「報」（bou）和「道」（dou）的廣東話拼音可推斷，其日語音讀多有長音，而兩個都有長音的只有 4。

**題 2** 　**答案**：3

　　　**中譯**：你知道木村先生喜歡的東西是甚麼嗎？

　　　**解說**：從「好」（hou）的廣東話拼音可推斷，其日語音讀多有長音，故 1、2 可剔除。

**題 3** 　**答案**：2

　　　**中譯**：要看清楚左右才駕駛。

　　　**解說**：從「左」（jo）的廣東話可推斷，音讀多變成日語的 a 音，故 3、4 可剔除。另外從「右」（you）的普通話可推斷其音讀多有長音，因普通話 ao、iu 或 ou 兩個母音相連，日語長音機會大。可參照《3 天學完 N5　88 個合格關鍵技巧》 **10** 普通話與日語⑥～長音 I。

**題 4** 　**答案**：3

　　　**中譯**：你知道貨船是怎樣的船嗎？

## 2

**題 1** 　**答案**：2

　　　**中譯**：謝謝你讓我體會珍貴的經驗。

　　　**解說**：從「貴」（gwai）的廣東話拼音可推斷，日語尾音多是「い」，故 1、3、4 可剔除。

**題 2** 　**答案**：4

　　　**中譯**：有規定禁止非有關人員進出。

　　　**解說**：從「関」（gwaan）的廣東話拼音可推斷，日語尾音多有「ん」

則 1、2 可剔除。可參照《3 天學完 N5　88 個合格關鍵技巧》

　　**5** ▶ 普通話與日語①～撥音。

題 3 ｜答案：1

中譯：請在答題紙上寫上答案。

解說：從「解」(gaai) 的廣東話拼音可推斷，日語尾音多是 ai，故 3、4 可剔除。

題 4 ｜答案：3

中譯：我想如果用這台機械的話，（工作的）效率就會變好。

**3** ▶

題 1 ｜答案：3

中譯：我希望你能明白約會不能遲到這個基本常識。

解說：從「常」(seung) 的廣東話拼音可推斷，日語尾音多是「yo 行拗音＋u」，故 1、4 可剔除。

題 2 ｜答案：3

中譯：今年的新年因為生病了，哪裏都不能去，十分不甘心。

解說：「正」一般讀「せい」（如「正確」讀「せいかく」），但「正月」讀「しょうがつ」。

題 3 ｜答案：4

中譯：我對於「失敗乃成功之母」這句話十分有興趣。

題 4 ｜答案：4

中譯：偶然嘗試一個人閉目冥想，也會令心情放鬆。

解說：「瞑想」(ming seung)＝「めいそう」(mei sou)，典型的廣東話 ing 變成日語 ei 及 eung 變成 ou 的例子。

**4** ▶

題 1 ｜答案：3

中譯：請問更新的手續已經完成了嗎？

解說：從「更」(gang) 的廣東話拼音可推斷，日語尾音應該是 ou（延長音），故 2、4 可剔除。

**答案：4**

**中譯：** 因為我正在減肥，所以我盡量喝咖啡都不加糖。

**解說：** 從「糖」（tong）的廣東話拼音可推斷，尾音應該是 ou（延長音），故 1、3（撥音）和 2（tau）可剔除。順帶一提，如 2 般羅馬拼音為 au 的「音讀」，屬於古典日語，現代日語幾乎沒有。「訓読」的話，則有「<ruby>会<rt>あ</rt></ruby>う」、「<ruby>買<rt>か</rt></ruby>う」等。

題 3 **答案：3**

**中譯：** 聽說在廣東話中，黃先生和王先生的發音是一樣。

題 4 **答案：1**

**中譯：** 你有宗教信仰嗎？

**解說：**「宗教」（jung gaau）＝「しゅうきょう」（shuu kyou），典型的廣東話 ung 變成日語「yu 行拗音＋u」的例子。另外從「教」（jiao）的普通話可推斷其音讀多有長音，因普通話 ao、iu 或 ou 兩個母音相連，日語長音機會大。可參照《3 天學完 N5　88 個合格關鍵技巧》 **10** 普通話與日語⑥～長音 I。

---

**5**

題 1 **答案：2**

**中譯：** 不要捨棄希望，只要努力的話，就一定能實現夢想。

**解說：** 從「望」（mong）的廣東話拼音可推斷，日語尾音應該是 ou（延長音），故 3、4 可剔除。參閱本書 **4** 廣東話與日語⑧～母音 IV。另外，「希」的普通話是 xi，因部分普通話子音 h/x 會變成日語 k/g 行，故 2 機會最大。可參照《3 天學完 N5　88 個合格關鍵技巧》 **9** 普通話與日語⑤～子音 I。

題 2 **答案：2**

**中譯：** 請讓我聽一聽你上星期向公司請假的原因。

**解說：** 從「理」（lei）的廣東話拼音可推斷，日語尾音應該是 i，故 3、4 可剔除。

**答案：**3

**中譯：**如果可以的話，相比財產，我更想要才能。

**答案：**4

**中譯：**現在世界各地都發生人為的災害。

**解說：**「災害」（joi hoi）＝「さいがい」（sai gai），典型的廣東話 oi 變成日語 ai 的例子。

## 6

**答案：**4

**中譯：**最好不要過量進食鹽分高的食物。

**解說：**從「塩」（yim）的廣東話拼音可推斷，日語尾音應該是 en（え段＋ん），故 1、3 可剔除。另外，「分」（廣 fan 普 fen）為 n 字結束，日語有「ん」音，可參照《3 天學完 N5　88 個合格關鍵技巧》　**5**　普通話與日語①～撥音。

**答案：**4

**中譯：**因為日本的劍道在全世界都很出名，所以想學的外國人也很多。

**解說：**「道」的普通話為 dao，如普通話 ao、iu 或 ou 兩個母音相連，則日語長音機會大，故 1、2 可剔除。可參照《3 天學完 N5　88 個合格關鍵技巧》　**10**　普通話與日語⑥～長音 I。

**答案：**1

**中譯：**你應該於進餐前準備例如碗之類的餐具。

**解說：**「わん」字在日文中，可根據製造材料分為陶製的「碗」或木製的「椀」。

**答案：**3

**中譯：**在離開觀光點時，我們必須把垃圾帶走。

**解說：**「観光」（gun gwong）＝「かんこう」（kan kou），典型的廣東話 un 變成日語 an 的例子。另外，由於大部分廣東話的 ong 會變成日語的 ou（延長音），所以「光」有長音，可參照本書　**4**　廣東話與日語⑧～母音 IV。

題1 答案：1

中譯：「よろしくお願いいたします。( 請你多多指教 )」，這句中的「よろしく」會寫成甚麼數字？

解說：因為日語裏，4 可以唸成よ，6 會唸ろく（只取其ろ的音），4 也可以唸成し，最後 9 可以唸成く，所以就是 4649。

題2 答案：3

中譯：每月的 22 日是甚麼蛋糕之日？

解說：只要看一看月曆，22 號的上面都必定是 15 號，日語 1 讀「いち」、5 讀「ご」，「いちご」亦正是草莓的日文發音，所以 15 號就聯想到草莓，而他下面的 22 號就聯想到蛋糕，也代表這天是吃草莓蛋糕的日子。

## ショートケーキの日

| M | T | W | T | F | S | S |
|---|---|---|---|---|---|---|
|  | 1 | 2 | 3 | 4 | 5 | 6 |
| 7 | 8 | 9 | 10 | 11 | 12 | 13 |
| 14 | ⑮ | 16 | 17 | 18 | 19 | 20 |
| 21 | 22 | 23 | 24 | 25 | 26 | 27 |
| 28 | 29 | 30 | 31 |  |  |  |

題1 答案：2

中譯：因為不明白，所以我放棄了。

解說：原句為「分からなくて諦めてしまった（てしまった→ちゃった）。」

| 題2 | 答案：4 |
|---|---|

中譯：昨天沒有溫習，一整天都在玩耍。

解説：原句為「昨日勉強しないで一日中遊んでしまって（でしまって →じゃって）いた（いた→た）。」

| 題3 | 答案：2 |
|---|---|

中譯：那麼就今日下午 2 點恭候你的到來。

解説：原句為「それでは（では→じゃ）今日午後 2 時にお待ちしています。」

| 題4 | 答案：4213　★ =1 |
|---|---|

中譯：不如就去車站前那間叫「讚岐拉麵」的店吃午飯吧？

解説：原句為「昼ご飯は駅前にある讚岐ラーメンと（と→って）いうみせに食べに行かない？」

**9**

| 題1 | 答案：3 |
|---|---|

中譯：非你不可。

解説：原句為「君じゃなければ（なければ→なきゃ）だめ。」

| 題2 | 答案：1 |
|---|---|

中譯：不可以一句不說就離開座位。

解説：原句為「何も言わないで席を離れては（ては→ちゃ）いけないよ。」

| 題3 | 答案：4123　★ =2 |
|---|---|

中譯：有里為甚麼從傍晚開始就一直在哭？發生了甚麼事？

解説：原句為「ユリちゃんはどうしてゆうべからずっと泣いてる（てる→てん）の？何があった？」

| 題4 | 答案：2134　★ =3 |
|---|---|

中譯：因為一會兒女朋友會來我家遊玩，所以我事先把房間打掃乾淨。

解説：原句為「後で彼女が家に遊びに来るので、部屋をきれいに掃除してお（てお→と）いた。」

題1　答案：4

中譯：「これは（這個是）」→「こりゃ（這個是）」的羅馬拼音是？

題2　答案：3

中譯：「（雨が）降ってしまった（下雨了）」的省略寫法的羅馬拼音是？

題1　答案：2

中譯：「嘈吵」的江戶口音是甚麼？。

解說：uru**sai**（うるさい＝嘈吵）→ uru**see**（うるせえ）。

題2　答案：2

中譯：比起「はずかしい（害羞）」，較高雅的說法是哪個？

解說：hazukash**ii**（はずかしい＝害羞）→ hazukash**yuu**（はずかしゅう）

題1　答案：1

中譯：被誰偷了錢包？

解說：由於今天的「ふ」hu 從前唸 pu，所以「布」從前唸 pu，與普通話拼音 bu 比較接近。

題2　答案：2

中譯：可否替我暫時保管這個？

解說：由於今天的「ほ」ho 從前唸 po，所以「保」從前唸 po，相比 ho，po 與普通話拼音 bao 比較接近。

題3　答案：3

中譯：即將開車。敬請注意。

題4　答案：1

中譯：被不平等的條約束縛。

解說：由於今天的「ふ」hu 從前唸 pu，所以「不」從前唸 pu，與普通話拼音 bu 比較接近。

題1 **答案：**1

**中譯：**參加了學校的委員會。

**解說：**「委」音讀以前是「ゐ」wi，現代是「い」i，wi 比 i 更接近普通話拼音的 wei。

題2 **答案：**4

**中譯：**萬里長城真的是偉大的建築。

**解說：**「偉」音讀以前是「ゐ」wi，現代是「い」i，wi 比 i 更接近普通話拼音的 wei。

題3 **答案：**2

**中譯：**在池塘周圍散步。

**解說：**「囲」音讀以前是「ゐ」wi，現代是「い」i，wi 比 i 更接近普通話拼音的 wei。

題4 **答案：**3

**中譯：**想去遠足的人請舉手。

**解說：**「遠」音讀以前是「ゑん」wen，現代讀「えん」en，wen 比子音脫落的 en 更接近普通話拼音的 yuan。

題1 **答案：**3

**中譯：**穿着紅色衣服，大聲說話的人是誰？

**解說：**前後單字的關係可用【的】字串連，後者本來的清音變為濁音。「上着」可理解為上身（うわ）【的】衣着（き）＝「うわぎ」，「大声」可理解為大（おお）【的】聲音（こえ）＝「おおごえ」。

題2 **答案：**2

**中譯：**我想要戀人的信。

**解說：**前後單字的關係可用【的】字串連，後者本來的清音變為濁音。「恋人」可理解為恋（こい）【的】人（ひと）＝「こいびと」，「手紙」可理解為手上（て）【的】紙（かみ）＝「てがみ」。

　答案：1

中譯：世上有各式各樣的人。

解說：兩個重複漢字相連，後者的清音變為濁音。「樣」＝「さま」，故「樣々」＝「さまざま」。

題 4　答案：3

中譯：那個書架上面有煙灰缸。

解說：前後單字的關係可用【的】字串連，後者本來的清音變為濁音。「本棚」可理解為書（ほん）【的】架（たな）＝「ほんだな」，「灰皿」可理解為灰（はい）【的】盤子（さら）＝「はいざら」。

## 15

題 1　答案：4

中譯：親子和夫婦都是重要的關係。

解說：前後單字的關係可用【和】字串連，則後者的清音不變為濁音。「親子」和「夫婦」可理解為親（おや）【和】子（こ），夫（ふう）【和】婦（ふ），故後者不變濁音。

題 2　答案：1

中譯：昨天，一個人去旅行，並在公園吃了溫泉蛋。

解說：「一人旅」的「旅」（たび）和「溫泉玉子」的「玉子」（たまご），因後面已經有濁音，故前面兩個「た」均不變濁音。

題 3　答案：1

中譯：歲月流逝得真快呢。

解說：前後單字的關係可用【和】字串連，則後者的清音不變為濁音。雖然「年月」可理解為年（ねん）【和】月（げつ），但「月」的音讀本來就是「げつ」，故不涉及連濁的問題，亦不能改成「ねんけつ」。

題 4　答案：2

中譯：入口和出口在哪裏？

解說：出口（でぐち）雖前面是濁音，但後面也讀ぐち，屬於特別例子。

題1　答案：3

中譯：因為從前一直對都市有憧憬，所以在五年前從鄉下來到東京。

解說：「都会」的前後字皆為音讀，所以後者的清音一般不變為濁音，依然是「かい」。意思上，「都会」亦難以拆為「都的会」或「都和会」。

題2　答案：1

中譯：聽說他因為家事而放棄留學。

解說：「家庭」的前後字皆為音讀，所以後者的清音一般不變為濁音，依然是「てい」。意思上，「家庭」亦難以拆為「家的庭」或「家和庭」。

題3　答案：2

中譯：前輩在路邊攤請我吃關東煮。

解說：「屋台」的前字訓讀，後字音讀，所以後者的清音一般不變為濁音，依然是「たい」。

題4　答案：1

中譯：兩人看起來很合襯呢！

重點：「相性」的前字訓讀，後字音讀，所以後者的清音一般不變為濁音，讀作「あいしょう」。雖然「哀傷」一樣讀作「あいしょう」，但文意不符，故可剔除。

題1　答案：2

中譯：甚麼時候進行那架新直昇機的試飛呢？

解說：「テスト飛行」前面單詞包含片假名「テスト」，故後面清音不變為濁音，依然是「ひこう」。

　**答案**：4

**中譯**：煤氣爐發出奇怪的氣味。

**解說**：「瓦斯<ruby>コンロ<rt>ガス</rt></ruby>」前面單詞包含片假名，故「コンロ」（本為「焜炉<rt>こんろ</rt>」，但現代一般多用片假名）依然是「コンロ」，不會變「ゴンロ」。

題3　**答案**：2

**中譯**：是誰打破了玻璃窗？

**解說**：「窓硝子<rt>まどガラス</rt>」的「硝子<rt>ガラス</rt>」是荷蘭文 glas，即是英語 glass 的漢字，故此「ガラス」是本來的讀音，不涉及濁音問題。順帶一提，日語的「グラス」和「ガラス」均來自 glass，但前者多表示玻璃杯，而後者則表示玻璃。

題4　**答案**：1

**中譯**：你知道叫做「杏仁豆腐」的著名甜品嗎？

**解說**：「杏仁豆腐<rt>あんにんどうふ</rt>」雖源自漢語的音讀，但似乎杏仁豆腐已成為日本經典及受歡迎的甜品之一，日本人視之為他們發明的固有名詞，所以**4**.「前後字皆為音讀則清音較少變為濁音」的理論被打破，「杏仁豆腐」不讀「あんにん**と**うふ」，而是「あんにん**ど**うふ」。

## 18

**題 1** 　**答案：**1

**中譯：**泡溫泉的時候，不能穿着褲子。

**解說：**雖然 1、2 和 3 都讀作「はいた」，1 為「穿」，2 為「打掃」，3 為「嘔吐」，2 和 3 均不符合文意，故可剔除。4 為錯誤動詞變化，正確應為「入った」。

**題 2** 　**答案：**4

**中譯：**很久以前，河與河之間是沒有橋的，不過 3 年前被架上（橋）了。

**解說：**雖然 4 個選項都讀作「かけ」，但 1 為「欠缺」，2 為「懸掛」，3 為「賭博」，4 為「架設」，只有 4 符合文意。

**題 3** 　**答案：**1

**中譯：**今天炸了魚來吃。「咔嚓咔嚓」的鬆脆美味。

**解說：**雖然 1、2 和 4 都讀作「あげ」，但 1 為「炸」，2 為「舉起 / 提升」，4 為「例舉」，2 和 4 均不符合文意，故可剔除。3 的正確讀法是「さげ（る）」。

**題 4** 　**答案：**4

**中譯：**A：改天一起去遠足吧！

　　　　B：下個月 5 號如何呢？

**解說：**典型的語帶雙關。「いつか」是「改天」亦是「5 號」的意思。1 為「2 號」，2 為「3 號」，3 為「4 號」。

**題 5** 　**答案：**1

**中譯：**因為很熱，所以撐着傘。

**解說：**「さす」有「指す」（指着）/「刺す」（刺向）/「挿す」（插花）/「差す」（撐雨傘）」等不同的漢字和意思。故正解的 1 撐傘為「かさを差す」，2 舉手可用「を上げる」，3 掛到牆上可用「壁に掛ける」，4 戴手錶可用「時計ををつける / する」。

**題1** **答案：**2

**中譯：**那個人的專業是科學嗎？還是化學呢？

**解說：**「科学」和「化学」都讀作「かがく」，但現代有些人為了分別兩者，會將前者讀「かがく」而後者讀「ばけがく」。

**題2** **答案：**4

**中譯：**貴公司的記者坐車回公司。

**解說：**1 前半句「きしゃのきしゃ＝記者の汽車」雖合理，但後半句「きしゃできしゃする＝貴社で帰社する」，文句不合理。

　　　　2 前半句「きしゃのきしゃ＝帰社の貴社」文句已不合理。

　　　　3 前半句「きしゃのきしゃ＝汽車の帰社」文句已不合理。

**題3** **答案：**3

**中譯：**A：8月份洛杉磯的天氣是甚麼感覺呢？

　　　　B：我覺得沒有日本那麼熱。

**解說：**雖然1、2和4都讀作「かんじ」，但只有3符合文意。

**題4** **答案：**2

**中譯：**客人：上星期買了新的冷氣機，可以保證10年也不會壞嗎？

　　　　店員：那是不可能的，但如果1年內壞了的話，會作出賠償。

**解說：**2「ほしょう」的漢字可以是「保証（保證／擔保）」或是「補償（賠償）」。1「ほうしょう」＝褒賞；3「こうしょう」＝公証／口証／公称；4「こしょう」＝古称／呼称／故障。

**題5** **答案：**3

**中譯：**小時候很怕打針。

**解說：**「ちゅうしゃ」的漢字是「駐車」（泊車）或「注射」（打針），符合文意。1應為「注意」（當心／注意），2應為「注文」（點菜），4應為「忠告」（忠告）。

**題1** **答案：**4

**中譯：**把衣服弄髒的話，媽媽會生氣喔！

解說：1「外して」意思是「解開 / 脫掉」；2「倒して」意思是「推倒」；
　　　3「壊して」意思是「破壞」；4「汚して」意思是「弄髒」。

題 2 答案：4

中譯：請不要隨便折斷樹枝。因為即使是植物也有生命。

解說：1「乗らない」意思是「不坐」；2「登らない」意思是「不爬」；
　　　3「終わらない」意思是「不完結」；4「折らない」意思是「不
　　　折斷」。

題 3 答案：3

中譯：犯人為了不被警察找到而一直躲在黑暗的洞穴中。

解說：1「探す」和 3「見つかる」都有「找」的意思，但 1 是「尋找
　　　look for」，而 3 是「找到 find out」，「A が / は B にみつからない」
　　　為「A 不讓 B 找到」，符合原文。

題 4 答案：1

中譯：要關門了。請注意。

解說：1　門和門之間的空間變小了。

　　　2　門和門之間的空間變大了。

　　　3　窗和窗之間的空間變小了。

　　　4　窗和窗之間的空間變大了。

題 5 答案：4

中譯：一不留神，衣服破掉了。

解說：4 的「破れる」多配搭衣服、牆壁或紀錄等名詞，1、2 和 3 雖有
　　　東西破了 / 壞了的情景，但應用其他更適當的動詞。1 應為「折れ
　　　る」，2 應為「割れる」，3 應為「壊れる」。

21

題 1 答案：4

中譯：夜半裏起床是想做甚麼嗎？

題 2 答案：2

中譯：剛才在這裏的錢到哪裏去了呢？

題3 答案：1

中譯：這塊肉不能生食，先燒熟怎麼樣？

解說：1「やい」的漢字為「焼い」，意思是「燒」；2「おとし」的漢字為「落とし」，意思是「掉下」；3「ひやし」的漢字為「冷やし」，意思是「冷凍」；4「つけ」的漢字為「漬け」，意思是「腌」。

題4 答案：2

中譯：因為昨天沒怎麼睡，現在腦子不能轉動。

　　　1 想甚麼都馬上明白。
　　　2 想甚麼都完全不懂。
　　　3 喝了藥病就會好起來。
　　　4 喝了藥就會睏。

題5 答案：1

中譯：因為晚上要喝，請先把啤酒冷藏起來。

解說：「冷やす」的意思是把溫度降至常溫以下，因此答案是1。如果是從高溫冷卻到常溫則用「冷ます」。此外2應為「温める」（加熱），3應為「起こす」（叫某人起床），4應為「増やす」（增加）。

22

題1 答案：2

中譯：請暫時閉上眼。

題2 答案：1

中譯：俗語說爬樹熟練的猴子也會從樹上掉下，請小心。

解說：1「おちる」的漢字為「落ちる」，意思是「掉下」；2「おいる」的漢字為「老いる」，意思是「年老」；3「おりる」的漢字為「降りる」，意思是「下降」或「下車」；4「おきる」的漢字為「起きる」，意思是「起來」。

　　　***「猿も木から落ちる」是日語的熟語，意思類似中文「馬有失蹄」。

題3 答案：4

中譯：長得跟母親一模一樣。

1　母親上年紀了。

2　對母親說對不起。

3　母親哪裏都不想去。

4　像母親。

**解說：**「そっくり」的意思是「長得一模一樣」。

題 4 **答案：**3

**中譯：**咦！那不是煮太久，麵都變長了嗎？

1　麵變貴了。

2　麵變辣了。

3　麵變長了。

4　麵變冷了。

題 5 **答案：**1

**中譯：**為了生存，下了各式各樣的工夫。

**解說：**2 應為「切る」（切），3 應為「着る」（穿），4 應為「要る」（需要）。

## 23

題 1 **答案：**4

**中譯：**她從今早就笑容滿面。是發生甚麼好事了嗎？

題 2 **答案：**3

**中譯：**這個麵包軟綿綿的。

1　這個麵包很貴。

2　這個麵包很便宜。

3　這個麵包軟綿綿的。

4　這個麵包硬蹦蹦的。

題 3 **答案：**1

**中譯：**既興奮又緊張地等那個人。

1　一面緊張一面等那個人。

2　一面笑一面等那個人。

3　一面哭一面等那個人。

4　一面生氣一面等那個人。

　**答案**：2

**中譯**：怎樣才能把日語說得那麼流利？

**解說**：「ぺらぺら」解作「流暢」，多用於形容人說話流利。1 應為「ぺろ ぺろ / なめなめ」（舔），3 應為「ぺこぺこ / ぐうぐう」（肚子餓），4 應為「けらけら」（哈哈大笑）。

---

**24** ▶

題 1　**答案**：4

**中譯**：把和女友的約定完全忘記了。怎麼辦……

題 2　**答案**：4

**中譯**：我喜歡清淡的味道。

　　　　1 喜歡辣的食物。

　　　　2 喜歡酸的食物。

　　　　3 喜歡味道變化豐富的食物。

　　　　4 喜歡味道淡的食物。

題 3　**答案**：3

**中譯**：不好意思，請給我一杯咖啡。啊，還是要奶茶好了……

　　　　1 只點了咖啡。

　　　　2 點了咖啡和奶茶。

　　　　3 只點了奶茶。

　　　　4 咖啡和奶茶都沒點。

題 4　**答案**：1

**中譯**：為甚麼要作弊，請明確地解釋清楚。

**解說**：2 應為「ぐっすり」（睡得很香），3 應為「ゆっくり」（慢慢 / 好），4 應為「びっくり」（嚇了一跳）。

---

**25** ▶

題 1　**答案**：3

**中譯**：德蘭修女是位心靈美麗的女性。

**解說**：1「ひどい」的漢字是「酷い」，意思是「殘酷 / 過份」；2「はずかしい」的漢字是「恥ずかしい」，意思是「害羞」；3「うつくしい」的漢字是「美しい」，意思是「美麗」；4「あぶない」的漢字是「危ない」，意思是「危險」。

| 題 2 | 答案：4 |
| --- | --- |

中譯：每日肯定會有一些辛苦的事吧，但一定要努力活下去。

解説：1「やわらかい」的漢字是「柔らかい」，意思是「柔軟」；2「あさい」的漢字是「浅い」，意思是「淺 / 淺白」；3「ただしい」的漢字是「正しい」，意思是「正確」；4「つらい」的漢字是「辛い」，意思是「辛苦」。

| 題 3 | 答案：4 |
| --- | --- |

中譯：那個人很頑固。

　　　1　那個人因生病而發燒。

　　　2　那個人因沒錢而擔心。

　　　3　那個人頭腦好甚麼都能做到。

　　　4　那個人不聽他人意見。

解説：「あたまがかたい」的意思是「硬腦筋」，並非「頭很硬」。

| 題 4 | 答案：3 |
| --- | --- |

中譯：社長是嚴格的人。

　　　1　社長每天都在哭。

　　　2　社長每天都在笑。

　　　3　社長不怎麼笑。

　　　4　社長經常酒後駕駛。

| 題 5 | 答案：3 |
| --- | --- |

中譯：看着已離世的志村健先生的節目，感到十分懷念。

解説：1 應為「面白い」（有趣），2 應為「狭い」（小），4 應為「宜しかったら」（不介意的話）。

## 26

| 題 1 | 答案：3 |
| --- | --- |

中譯：你的身體剛病好，所以別勉強做事。

解説：1「せいかくな」的漢字為「正確な」，意思是「正確的」；2「しつれいな」的漢字為「失礼な」，意思是「失禮的」；3「むりな」的漢字為「無理な」，意思是「勉強 / 做不到的」；4「まじめな」的漢字為「真面目な」，意思是「認真的」。

**答案**：1

**中譯**：最重要的不是特別的事，而是每日活着這件事。

**解說**：1「とくべつ」的漢字是「特別」，意思是「特別」；2「たしか」的漢字是「確か」，意思是「確實」；3「きんべん」的漢字是「勤勉」，意思是「勤勉」；4「だめ」的漢字「駄目」，意思是「不行」。

題 3　**答案**：3

**中譯**：正在做困難的工作。

　　　1　正在做稀有的工作。

　　　2　正在做簡單的工作。

　　　3　正在做困難的工作。

　　　4　正在做熱心的工作。

**解說**：「ハード」來自英語 hard，有「困難」的意思。

題 4　**答案**：2

**中譯**：那不是必要的東西。

　　　1　那是不方便的東西。

　　　2　那是不需要的東西。

　　　3　那是必要的東西。

　　　4　那是危險的東西。

題 5　**答案**：4

**中譯**：不應對客人作出馬虎的回應。

**解說**：1 答案不一定，可以是「真面目な」（認真的）之類，2 應為「自由に」（自由自在地），3 應為「大切な / 大事な」（寶貴的）。

## 27

題 1　**答案**：3

**中譯**：坐飛機比坐電車去快得多喔！

**解說**：1「きゅうに」的漢字是「急に」，意思是「突然」；2「すべて」的漢字是「全て」，意思是「全部」；3「ずっと」用在形容詞前面，意思是「形容詞（快 / 好吃）得多」；4「やっと」的意思是「終於」。

**題2** **答案**：2

**中譯**：有時間的話，務必請你再來玩耍。

**解說**：1「けっこう」的漢字是「結構」，意思是「相當／不用了」；2「ぜひ」的漢字是「是非」，意思是「無論如何／務必」；3「たとえば」的漢字是「例えば」，意思是「例如」；4「きっと」的意思是「一定～吧！」，多用於預測。

**題3** **答案**：2

**中譯**：田中先生／小姐，有一陣子沒見了呢。

　　　　1　跟田中先生／小姐昨天見過面，今天都見了面。

　　　　2　雖然跟田中先生／小姐去年見面了，但是今年還沒見面。

　　　　3　跟田中先生／小姐已經10年沒見，這次都不知道何時可以見面。

　　　　4　沒有打算跟田中先生／小姐見面。

**解說**：「しばらく」漢字是「暫く」，解作「暫時」；但「しばらくです」是一句表示「很久不見／久違」的寒暄。

**題4** **答案**：2

**中譯**：偶爾會想吃糖果。

　　　　1　幾乎每天都想吃糖果。

　　　　2　有時候想吃糖果。

　　　　3　不太想吃糖果。

　　　　4　沒有一天不想吃糖果的。

**題5** **答案**：3

**中譯**：總覺得快要下雨了。

**解說**：「どうも……そうだ／ようだ」是一組表示預測的句子，有「似乎會……吧」的意思，符合3的文意。1應為「もう／そろそろ」（馬上），2應為「ぜひ」（務必）。4答案不一定，可以是「ほとんど」（幾乎）。

**28**

題1　答案：3

中譯：A：啊！庭院的櫻花盛開了。

　　　B：真的呢！

解說：因為眼前的景象是櫻花盛開，所以用「が」。

題2　答案：1

中譯：人類的血是紅色的。

解說：按一般恆常現象來說人類的血液都是紅色的，所以用「は」。

題3　答案：3

中譯：你聽聽，鳥兒不是在叫嗎？

解說：因為題目講述現在及使用了「が」，所以答案使用「V ている」來表示正在進行中的動作。「V ていない」是「V ている」的反問句，表示「不是在 V 嗎？」

題4　答案：4

中譯：她的頭腦很好，但是心地就⋯⋯

解說：句子具有「對比語氣」，一般會使用會在比較對象（ 頭 <ruby>頭<rt>あたま</rt></ruby> 和こころ）後用「は」，可參照《3 天學完 N5　88 個合格關鍵技巧》 **30** は用法①。

**29**

題1　中譯：我有一位叫田中的好友（初次登場），那田中（再次登場）昨天來我家告訴我他 / 她將快要移民到海外，暫時都不能見面了。嚇到我了。問問他 / 她，明明至今都沒有任何事前通知，為甚麼要突然移民呢？原來是他 / 她有一位婆婆住在法國（存在的地方），但是婆婆的身體最近開始變差，所以他 / 她要去照顧她（目的）。雖然好像很辛苦，但是請加油！田中。

題1-1　答案：1
題1-2　答案：2
題1-3　答案：4

答案：4

解說：助詞「に」有表示「存在」、「目的」等意思，可參照《3 天學完 N5　88 個合格關鍵技巧》 34 に用法①和 35 に用法②。

## 30

題 1 答案：3

中譯：A：明天是你生日誒。想要甚麼禮物呢？

　　　B：我最喜歡玩遊戲了，就要 Switch 吧！

解說：使用助語「が」，表示整句的重點在「が」的前面，強調遊戲機 Switch，意思是「我要遊戲機，遊戲機是最好的」。

題 2 答案：1

中譯：A：明天是你生日誒。想要甚麼禮物呢？

　　　B：我最討厭學習了，字典就不要好了……

解說：使用助語「は」，表示整句的重點在「は」的後面，強調「いい」的意思。「いい」帶有不要的含義，所以這裏表示「不要字典」。

題 3 答案：3

中譯：這次的旅行目的地只好選韓國了。

　　　1 一定要去韓國

　　　2 絕對不去韓國

　　　3 韓國比其他國家好

　　　4 旅遊？哪裏都不想去

解說：使用助語「で」，表示對主語的「妥協」。雖然並不是 100% 喜歡韓國，但沒有比她更好的選擇。

## 31

中譯：あの地平線　輝くのは（在閃閃發光的地平線彼端，）

　　　どこ 1 に君を　かくしているから（在那諸多令人懷念的燈火中，）

　　　たくさんの灯が　なつかしいのは（哪一個才是你的藏身之處？）

　　　あのどれかひとつに　君がいるから（不管了，你應該就在裏面的某處吧！）

さあ　でかけよう　ひときれのパン（好吧，讓麵包、）

ナイフ　ランプ　かばん **2** つめこんで（刀、油燈把袋子填滿後再出發吧！）

父<sub>とう</sub>さん **3** 残<sub>のこ</sub>した　熱<sub>あつ</sub>い想<sub>おも</sub>い（仍記起，父親留下的熱切期待；）

母<sub>かあ</sub>さん **3** くれた　あのまなざし（未能忘，母親給我的一抹眼神！）

……

《天空之城》主題曲「君<sub>きみ</sub>をのせて」歌詞節錄。

題 1-1 **答案**：2

　　**解說**：「か」有「未知」的意思，表示知道藏起來的事實，而不知道是藏在哪裏。

題 1-2 **答案**：4

　　**解說**：「A を B に」：把 A（麵包和刀等）放進 B（袋子）裏。但讀者可能在這裏找不到麵包和刀子後面的「を」，原因是有時爲了配合音樂旋律，日語會把一些助詞特別是「は」、「を」等省略掉。

題 1-3 **答案**：1

　　**解說**：屬於父親／母親的從屬節，把「父親**が**留下的熱切期待」和「母親**が**給我的一抹眼神」變成主題「**は**」。

## 32 & 33 ▶

題 1 **答案**：3

　　**中譯**：蜜柑啊、蘋果啊，請你選擇喜歡的水果來吃吧。

　　**解說**：涉及多種水果，所以用帶有「等等」意思的「～とか～とか」。發言者只是隨口說出來的意見，對方絕對有自由選擇發言者所提及以外的水果。

題 2 **答案**：1

　　**中譯**：那一家店有楊桃、榴槤等等稀有的水果。

　　**解說**：「なんか」是「など」的變音，與「など」一樣可放在最後列舉物的後面，以表示「等等」的意思。發言者想帶出店舖除了楊桃、榴槤等，還有很多稀有的水果。

| 題 3 | 答案：4 |
|---|---|

中譯：似乎有輕微發熱呢，不如吃點藥休息下吧。

解說：比起較絕對、讓人有命令感覺的「薬を」，因為對方只有輕微發熱，「薬でも」是一個比較輕度的建議。

| 題 4 | 答案：1 |
|---|---|

中譯：有關進行企劃的成員，田中先生的話如何呢？

　　　1　我覺得田中先生不錯，所以推薦了

　　　2　因為偶爾想起了田中先生，所以推薦了他

　　　3　比起田中先生有更好的人選，所以推薦了那個人

　　　4　我覺得田中先生不好，所以沒有推薦他

解說：「T はいかがですか」的話，在話者心中，T 佔着一定的地位，並非無的放矢。

| 題 5 | 答案：4 |
|---|---|

中譯：那時候涉谷、原宿甚麼的地方，沒有一天不去的。

　　　1　那時候完全沒有去過涉谷、原宿甚麼的地方

　　　2　那時候不常去涉谷、原宿甚麼的地方

　　　3　那時候有時會去涉谷、原宿甚麼的地方

　　　4　那時候常常去涉谷、原宿甚麼的地方

解說：「V ない N はない」（沒有不 V 的 N）屬於雙重否定，負負得正。

## 34 & 35

| 題 1 | 答案：1 |
|---|---|

中譯：會議三點開始，所以請別錯過火車。

解說：「電車に遅れる」＝某人個人的責任而錯過火車。

　　　「電車が遅れる」＝火車延誤 / 脫班 / 誤點。

| 題 2 | 答案：1 |
|---|---|

中譯：母親：又把家課遺留在學校了嗎？就這個星期已經第三次了吧。

　　　孩子：媽媽，對不起……

解說：O を P に置いてきた＝把 O 留在 P。

| 題 3 | 答案：4 |
|---|---|

**中譯：**學生Ａ：千惠子好像獲香港恒生大學錄取了。

學生Ｂ：咦，很厲害啊。真不愧是千惠子呢。

**解說：**「大学に合格する」＝獲大學錄取

「大学に勤める」＝任職於大學

題4 **答案：**1

**中譯：**木村先生，請你告訴橋本先生，叫他聯絡鈴木先生。

1 木村聯絡橋本，然後橋本聯絡鈴木。

2 木村聯絡鈴木，然後橋本聯絡鈴木。

3 木村聯絡鈴木，然後鈴木聯絡橋本。

4 鈴木聯絡橋本，然後橋本聯絡木村。

題5 **中譯：**這世上應該會有留意到女性細微變化，例如髮型或髮色改變、修剪了頭髮等的男性吧？明明其他男性都沒有注意到，唯獨那個男性察覺得到女性的細微變化，換言之他對那個女生感興趣。的確，如果是面對自己喜歡的對象，無論是多微小的變化都能夠洞悉得到的吧。不過這有時候都不一定是「愛意」使然，也會有單純對那個女生抱有「好感」的情況吧。到底是「愛意」還是「好感」呢？這方面稍微難以分辨也說不定。

題5-1 **答案：**2

題5-2 **答案：**4

**解說：**「その男性だけ」＝只有那位男性

題5-3 **答案：**2

**解說：** 1 屬於本篇「に気づく」的使用方法；3 的「女性に」有「對女性的意思，可參照《3天學完N5 88個合格關鍵技巧》 34 に用法①。

## 36

**題 1** 答案：2

中譯：打掃小狗的寢室令人感到很疲累。

解說：這裏可以嘗試用不同的助詞造一些滑稽的句子：

1「犬に寝る部屋を掃除させて疲れた」：命令小狗打掃（我的？牠的？）寢室，我感到很疲累。

2「犬が寝る部屋を掃除して疲れた」：打掃小狗的寢室，我感到很疲累。

3「犬で寝る部屋を掃除して疲れた」：用小狗（作為工具，例如鮑魚刷）打掃（我的？牠的？）寢室，我感到很疲累。

4「犬は寝る部屋を掃除して疲れた」：小狗自發打掃（我的？/牠的？）寢室，牠感到很疲累。

**題 2** 答案：1

中譯：王先生借了這本他讀過的書給我，真的非常感謝他。

解說：「誰替誰做了甚麼？」還有「用哪個助詞？」等問題，可參照本書 **66** V てあげる VS V てもらう VS V てくれる。

**題 3** 答案：1243 ★ ＝4

中譯：喜歡在沒有下雨的日子待在家中放鬆。

解說：ゴロゴロする ＝ Hea/ 悠閒度日。

**題 4** 中譯：我出生的家鄉是一個馳名的蘋果產地，那是在日本一個名為青森的地方。各位曾否去過青森呢？特別想推薦給沒有去過的人。我現居東京，但直至 10 歲之前都一直住在青森。老家周圍充滿蘋果樹，一邊為在該處工作的父親打氣、一邊仰望美麗藍天是我以前的興趣。偶爾與下班的家人一邊享用長得好的蘋果、一邊閒聊，亦很令人快樂。

**題 4-1** 答案：2

**題 4-2** 答案：1

題 4-3 **答案**：4

　　**解說**：V1 ながら V2 ＝一邊 V 1、一邊 V2，可參照《3 天學完 N5　88 個合格關鍵技巧》 **62** 一邊 V1 一邊 V2 的 V-stem ながら。

題 4-4 **答案**：4

　　**解說**：よくできたもの＝本來指製作精良的物品，這裏表示長得好的蘋果。

**37**

題 1 **答案**：2

　　**中譯**：以「故鄉」為題寫作一篇文章。

　　**解說**：ホームタウン ＝ Hometown 家鄉，テーマ ＝ Theme 主題，カントリー ＝ Country 國家，オブジェクト ＝ Object 物品 / 對象

題 2 **答案**：2

　　**中譯**：所謂「小確幸」，翻查辭典可找不着，意思是「微小但確確實實能獲得的幸福」的新日語詞彙。

　　**解說**：1　明明很微小但又不常獲得的幸福

　　　　　　2　微小但確確實實能獲得的幸福

　　　　　　3　巨大所以不常獲得的幸福

　　　　　　4　巨大又容易獲得的幸福。

題 3 **答案**：2431　★ =3

　　**中譯**：田中的父親據說死於名為「腦梗塞」的疾病。

題 4 **中譯**：有想過被稱為「怪人」的是怎樣的人嗎？我首先會聯想到「我行我素」的那種人。不怎麼考慮他人、總之就是設法在自己想做的時候做自己想做的事情，不就是「怪人」嗎？還有就是在不適當的場合講出失禮的說話，換言之就是不懂得察言觀色，凡此種種都是「怪人」的特徵吧。被稱為「怪人」的人會有各種個性，假使個性過於強勁 / 突出的話，總會惹旁人反感吧。

題 4-1 **答案**：2

題 4-2 **答案**：3

題 4-3 **答案**：1

題 4-4 答案：3

解說：在日文中的「空気を / が読めない」（Kuuki wo/ga Yomenai），以中文來說就是不會讀空氣。衍生的意思就是指搞不清楚狀況、不會察言觀色，總在不適當的場合做出 / 講出失禮的行為 / 說話。對日本人而言，「空気を / が読めない」，書寫還可以接受，口語就覺得太又長，所以日本人，乾脆抽出「空気を / が読めない」的羅馬音標 Kuuki wo/ga Yomenai 的 K 和 Y 代替原句。

## 38 & 39

題 1 答案：3

中譯：在海外留學的那一段日子，我不怎麼想吃蔬菜。

解說：1 食べたくない＝現在不想吃（現在式）
2 食べてほしくなかった＝以前不想讓你吃（過去式）
3 食べたくなかった＝以前不想吃（過去式）
4 食べてほしくない＝現在不想讓你吃（現在式）

題 2 答案：3

中譯：女兒怕打針，所以不想去醫院。

解說：1 行きたがる＝他人（女兒）想去
2 行きたくない＝自己不想去
3 行きたがらない＝他人（女兒）不想去
4 行ってほしくない＝不想讓他（女兒）去

題 3 答案：3142　★ =4

中譯：為了你的健康着想，我不想你吸煙了。

題 4 答案：4132　★ =3

中譯：阿健、美佐江，恭祝你們新婚快樂。我希望你們今後能組織一個幸福的家庭。

題 5 答案：3421　★ =2

中譯：她的智能手機壞了，所以好像想要一部新的。

題 6 答案：2143　★ =4

中譯：小時候鈴木先生不怎麼想喝牛奶。

中譯：今天我們被老師問及「目前最想得到甚麼」一事，首先是佐藤，他不加思索就回答說想擁有屬於自己的家。就着這個回應，木村也表示家很重要。不過木村說他現在最想得到的不是家，而是女朋友。嘗試聽聽箇中理由，他說這是因為上星期跟女朋友分手了，現在感到非常寂寞。因此才會說想得到新女朋友。

題 7-1　答案：4

題 7-2　答案：3

解說：「V ず」大致上相當於「V なくて」」（因爲不 V，所以…），而「V ずに」則相當於「V ないで」」（不 V 就…）。「何も考えずに…と答えました」就是「不用想就回答說＝不加思索」。「V なくて」和「V ないで」的比較，可參閱本書 **59** 10 大混肴て型一覽表①。

題 7-3　答案：4

題 7-4　答案：1

解說：這條比較 tricky，可能大家都會選「寂しがっている」，但後面有「と言いました」，由於「木村さんは寂しいと言いました＝木村さんは寂しがっている」，所以答案是 1。「木村さんは寂しがっていると言いました」的話，是「木村先生說其他人感到寂寞」的意思。話說回頭，如果沒有「と言いました」的話，「寂しがっている＝形容他人感到寂寞的狀態」。日本人深受莊子「子非魚，安知魚之樂」思維影響—你又不是我，又怎能知道我「寂しい」呢？除了寂寞外，認爲但凡涉及喜怒哀樂的形容詞都是主觀感受，我們是不能直接判斷他人的心情，除非他人親自說「と言いました」，又或者我們推斷「ようだ / そうだ」，否則不能直接用「寂しい / 欲しい / 嬉しい」等，需要將「い」→「がる」，以轉換爲客觀的轉述。

## 40

題 1　答案：4

中譯：雖然是聖誕節，卻沒有能陪我一起共度佳節的伴侶。

解說：「たけど」是虛構單詞，如果是「だけど」則爲正解。

題 2　答案：4

中譯：因為非常疲憊，所以一上床就馬上睡着了。

題 3　答案：2143　★ =4

中譯：A：「下週六打算去看歌舞伎，要不要和我一起去呢？」

B：「啊，是歌舞伎嗎？好啊！以前未曾去看過，所以真的很想去呢！」

題 4　中譯：上週大阪發生大地震導致多人死亡。根據專家所言，發生地震的時候，因為失火而身亡的人很多，所以首先將煤氣、明火等關掉尤為重要。接着還聽說應該一邊保護頭部，一邊盡量藏身書桌或餐桌之下。外出的話，玻璃碎片或招牌等物品可能會掉下來，請務必小心留意。因為無法知曉地震何時發生，所以應預早準備好（應急用的）清水、食物和金錢，這樣做的話似乎比較好。

題 4-1　答案：4

題 4-2　答案：3

解說：「N によると……（だ）そう」表示「聽 N 說，……」，是一組表示傳聞的句子，可參閱本書 42 傳聞的そう。

題 4-3　答案：4

解說：「V てくる」（落ちてくる）的「くる」表示 V 發生的方向轉移，相等中文的「V 下來」（掉下來），可參閱本書 47 移動方向或狀態變化由遠至近，由從前到現在的 V てくる。

題 4-4　答案：2

## 41

題 1　答案：2

中譯：A：結衣小姐還沒有來呢。

B：她說過會來的，所以應該會來。

解說：1　她說會來的，所以一定可能（かもしれない）來

2　她說會來的，所以應該（はず）會來

3　她說會來的，所以一定會來嗎？【應該不會來吧……】（でしょうか＝有反問的意思）

4　她說會來的，所以看來一定（よう）來

題 2　答案：3

中譯：現在才說已經太遲了，應該早點和老師商量。

解說：1　不允許（いけなかった）事先和老師商量

2　應該（はず）事先就跟老師商量了吧

3　應該（べき）事先和老師商量（可我沒有做）

4　剛剛才（たところ）事先和老師商量過

**答案**：4312　★=1

**中譯**：他從小就住在美國，所以應該擅長英語。

題 4　**中譯**：互聯網被稱為知識寶庫，有各種各樣的資訊。如果使用互聯網的話，應該能夠隨時隨地獲得需要的資訊。因為互聯網連接全球，所以能夠與世界各地的人們聯絡，即使不外出也能夠購物。而且，如果知道對方的電子郵件地址，更可以隨時發送電子郵件。由於手提電話也可以使用互聯網，所以即使那些沒有電腦但持有手提電話的人，也能夠享受各式各樣的資訊。

題 4-1　**答案**：2

**解說**：「利用するなら」和「利用すれば」很相似，但前者表示「如果打算使用的話」而後者是「如果使用的話」，根據文意，後者更為適合，可參閱本書 64 65 四大「如果」。

題 4-2　**答案**：1

題 4-3　**答案**：4

題 4-4　**答案**：3

**解說**：1　それじゃ＝就這樣

　　　　2　それでも＝就算這樣

　　　　3　それに＝而且

　　　　4　そうして＝結果

## 42

題 1　**答案**：3

**中譯**：A：你有去看過祇園祭嗎？

　　　　B：沒有，但是根據陳先生所說，這個節日非常有名，而且很熱鬧。

**解說**：1　似乎會很熱鬧

　　　　2　文法不對

　　　　3　聽說很熱鬧

　　　　4　文法不對

題 2　**答案**：2

**中譯**：A：欸，你的手提電話就快掉出來啦。

　　　　B：啊，謝謝你。

解說：1 聽說掉了下來

　　　2 就快掉出來

　　　3 之前掉在某處

　　　4 聽說會掉下來

**題3** 答案：3214　　★ =1

中譯：今日陽光猛烈，似乎很熱似的，所以我決定帶傘出去。

**題4** 中譯：昨日，一場強烈的颱風來襲我住的小鎮。早在前幾天，隔壁的木村先生就說：聽說這次來的颱風很厲害，所以為了讓室外的東西不會飛走，最好放回室內。還有，他給我的意見是外面會很危險，所以不可以出去。結果我把放在外面的盆栽拿回室內，然後一整天都待在家裏。到了晚上，開始又下暴雨，又吹強風。我的窗口玻璃似乎就要破裂似的，我感到非常害怕，久久無法入睡。

**題4-1** 答案：1

**題4-2** 答案：2

解說：「飛んでいかないように」中的「ないように」表示「為了不」，結合前面動詞，就是「為了不讓它（盆栽）飛走」，可參閱本書 **71** 為了 V 的非意志動詞 V る /V ないように。

**題4-3** 答案：2

**題4-4** 答案：3

## 43

**題1** 答案：2

中譯：A：井上先生今天沒有上班呢。

　　　B：剛剛收到他的聯絡，好像是得了感冒。

**題2** 答案：1

中譯：A：我把電腦都修理好了，怎麼樣？能用嗎？

　　　B：嗯，看起來沒問題，謝謝你。

解說：1 看起來沒問題

　　　2 文法不對，應該是「なはずだ」

　　　3 聽某人說沒問題

　　　4 文法不對，應該是「なようだ」

題 3 | 答案：2431　★ =3

中譯：因為聽說上週六在日本發生了大地震，所以讓我感到吃驚。

題 4 | 中譯：昨天我跟石原先生一起去吃了御好燒。聽石原先生說，那個御好燒非常好吃，好像有上過雜誌、電視節目似的。我非常喜歡御好燒，所以一直都很期待。當抵達餐廳時，已經有很多顧客在前面排隊，即使我等了 30 分鐘也無法進去。我一邊說「肚子好餓啊！」，一邊努力地等待着。45 分鐘後，終於能夠進入餐廳吃了。因為真的非常好吃，所以覺得幸好自己努力等待，沒有放棄。

題 4-1 | 答案：3

題 4-2 | 答案：4

解說：「N によると……（だ）そう / らしい」表示「聽 N 說，……」，是一組表示傳聞的句子。

題 4-3 | 答案：2

題 4-4 | 答案：3

解說：「V1 ながら V2」表示「一邊 V1 一邊 V2」，可參照《3 天學完 N5 88 個合格關鍵技巧》 **62** 一邊 V1 一邊 V2 的 V-stem ながら。

## 44

題 1 | 答案：3

中譯：請你看一下那座建築物。他呈現着雞蛋般的形狀。

解說：1　文法不對，應該是「のような」

　　　2　呈現着雞蛋應該有的形狀

　　　3　呈現着雞蛋般的形狀

　　　4　文法不對

題 2 | 答案：3

中譯：不要只顧着做兼職，應該做學生應做的事，努力讀書比較好。

解說：1（不是學生）像學生一樣

　　　2　文法不對

　　　3（當一個堂堂正正的學生）做學生應做的事

　　　4　不是學生）像學生一樣

　答案：2413　★ =1

中譯：欸？你的肩膀上附着像昆蟲的東西。

題 4　中譯：師走先生

好久不見，您好嗎？ 12 月了，終於慢慢呈現出冬天應有的天氣。你在冬季假期會不會有甚麼計劃呢？我今年聖誕節也是打算回美國。對於美國人來說，聖誕節是一個值得紀念的日子，所以每年我也會回國跟家人一起愉快地渡過。在日本，聖誕節一般是被認為跟愛人一起渡過的日子，但在美國卻是家人重聚的重要時刻，所以即使沒有愛人也能開心的渡過。那好吧，回到日本之後我們再見面吧！

邁克爾

題 4-1　答案：2

題 4-2　答案：3

解說：「なにか」表示「不知對方有沒有 N（計劃）」；對比之下「なにが」表示「知道對方有 N（計劃），但不知 N 是甚麼」，可參照《3 天學完 N5　88 個合格關鍵技巧》 53 Yes/No 答案的疑問詞 + か VS 自由答案的疑問詞 + を / が / へ。

題 4-3　答案：1

題 4-4　答案：3

## 45

題 1　答案：3

中譯：A：你已經調查到事故的原因嗎？

B：現在調查中。

解說：1　文法不對

2　我去檢查看看

3　現在調查中

4　文法不對

題 2　答案：2341　★ =4

中譯：田中：井上先生，你已經提交了報告嗎？

井上：沒有，現在還在書寫中。

| 題 3 | **答案**：3241　★ =4 |
| | **中譯**：櫻井：木村先生，現在去喝啤酒怎樣？ |
| | 　　　　木村：不好意思，我剛喝過。 |

| 題 4 | **中譯**：今天天氣很好，所以一個人出去散步了。到達公園之後，在板凳 |
| | 上稍微坐下，一邊休息，一邊眺望着海上的景色。在公園裏，我 |
| | 遇見了很多正在遊玩着的孩子、帶着狗一起在散步的老人家，還 |
| | 有在運動的年輕人。我感覺很舒服，所以竟然走了兩個小時。當 |
| | 到達海邊時，夕陽剛剛開始落在海面上。一邊看着日落，一邊喝 |
| | 着久違的啤酒。很寫意的一天。 |

| 題 4-1 | **答案**：2 |

| 題 4-2 | **答案**：4 |
| | **解說**：「ながめ」的漢字為「眺め」，表示「眺望」。 |

| 題 4-3 | **答案**：2 |
| | **解說**：「N（多涉及數字如金錢，時間或人數等）も」表示「竟然 V 這麼 |
| | 多的 N」，可參照《3 天學完 N5　88 個合格關鍵技巧》 **59** 竟 |
| | 然 N 的 N も。 |

| 題 4-4 | **答案**：4 |

## 46

| 題 1 | **答案**：2 |
| | **中譯**：不要老是看電視，去做作業。 |

| 題 2 | **答案**：4 |
| | **中譯**：A：新的工作怎麼樣呢？ |
| | 　　　　B：因為剛進公司，所以還不清楚。 |
| | **解說**：1　因為總是不斷進公司 |
| | 　　　　2　因為只是進公司 |
| | 　　　　3　因為正打算進公司 |
| | 　　　　4　因為剛進公司 |

| 題 3 | 答案：4321　　★ =2 |
|---|---|

**中譯：**前天去了水族館，看到了上星期才剛出生的海豚寶寶。

| 題 4 | **中譯：**真雲天先生 |
|---|---|

天氣仍然很冷，你還好嗎？

前些日子到高尾山遠足給您添麻煩了，真是十分感謝。能夠登山和吃到美味的食物，這個經驗實在很愉快。雖然從年輕時我已經很喜歡山，也常常跟朋友一起遠足，但這數年間一直在工作，其他事情則一點都做不到。雖然很久沒有遠足而覺得有點累，但真的很舒服。

跟大家拍的照片已經準備好了，我會另外發給您。我期待着下次跟大家再遠足。

山田伊須木

| 題 4-1 | 答案：4 |
|---|---|
| 題 4-2 | 答案：3 |
| 題 4-3 | 答案：1 |
| 題 4-4 | 答案：2 |

**解說：**根據「お V-stem する」轉變為謙遜語的原理，山田伊須木以「お送りします」紆尊降貴，從而表示對真雲天的敬意，可參考本書 **68** 謙遜語轉換表。

題外話，讀者可能覺得「真雲天」及「山田伊須木」是很特別的名字，好像從來都沒見過似的。的確，這是筆者作的名字。動機為何？其實「真雲天」的「真」的訓讀是「ま」；「雲天」的音讀是「うんてん」，加起來是「まうんてん→マウンテン」，即「山」mountain 的片假名。「山田伊須木」的「山田」訓讀是「やまだ」，「伊須木」音讀「いすき」，把兩組字加起來就是「やまだいすき→山大好き」，也就是「很喜歡山」的意思。這種通過不同排列，貌似暗語的語言遊戲，在日語裏實在普通不過。

| 題 1 | 答案：2 |
| --- | --- |

中譯：新的百貨公司建成後，街上變得熱鬧起來。

解說：1 為我變得熱鬧

　　　2 變得熱鬧起來

　　　3 請變得熱鬧

　　　4 為了讓他變得熱鬧而做

| 題 2 | 答案：4 |
| --- | --- |

中譯：（在教室裏）

　　　新垣： 坂本同學，上課的準備完成了嗎？讓我幫你好嗎？

　　　坂本： 謝謝你。因為椅子的數量不夠，可以請你從其他課室拿過
　　　　　　　來嗎？

　　　新垣： 好的，我知道了。

解說：1 我可以拿嗎

　　　2 一定要拿着嗎

　　　3 不如拿給你吧

　　　4 可以請你拿過來嗎

| 題 3 | 答案：2413　★ =1 |
| --- | --- |

中譯：在兩年之間，因為每天一直都在學習法文【直至今天】，所以進步
　　　了不少。

| 題 4 | 中譯：我擅長跳舞，經常被邀請去參加派對。我常常接到來自認識的人 |
| --- | --- |

　　　的電話。都是「想在派對上看到結衣有型的舞姿」，或者是「下星
　　　期日晚可以請你來國民公園嗎」之類的請求。因為我不太擅長回
　　　答「No」，所以一般都會出席。因此我總是非常忙碌。

| 題 4-1 | 答案：3 |
| --- | --- |
| 題 4-2 | 答案：4 |
| 題 4-3 | 答案：1 |

解說：「来てもらえませんか」是「V（来）てもらいます」的可能型（Can
　　　V），可參閱本書 **66** B 為 A（A 收到 B）而做的 A は B に V ても
　　　らう（敬語：V ていただく）。

| 題 4-4 | 答案：2 |
| --- | --- |

題1　答案：4

中譯：因為明天朋友會來我家玩，所以預先整理好房間。

解說：1　嘗試整理好

　　　2　遺憾的整理好

　　　3　還沒整理好

　　　4　預先整理好

題2　答案：3

中譯：（在教室裏）

　　　Ａ：姊姊在茶道教室教授茶道。

　　　Ｂ：茶道嗎，真好，我也想試一下。

解說：1　想預先做

　　　2　也可以做

　　　3　想試一下

　　　4　想你為我做

題3　答案：3142　　★ =4

中譯：Ａ：對不起，把你借我的漫畫弄髒了……

　　　Ｂ：不要緊，請不要在意。

題4　中譯：星期日夜晚，我跟哥哥一直在看電視劇，看了很多，真是十分有趣。但看得太多太久，熬夜到很晚，所以星期一早上不能起床。很遺憾因為平時乘坐的巴士已經開出，所以我只好走回學校。然後，因為遲了上課所以在同學們面前被老師訓話說「別再遲到」。真的非常丟臉。

題4-1　答案：3

題4-2　答案：1

題4-3　答案：2

題4-4　答案：2

解說：1的「遅刻しろ」是「我命令你遲到」；2的「遅刻するな」是「我命令你別遲到」，而4是「遅刻すべき」是「應該要遲到」，可分別參閱本書 41 有義務的「應該」的Ｖるべき和 51 活用下的①なさい・②な・③命令形・④意向型（よ）う。

題 1　**答案**：3

　　　**中譯**：期末考試的時間表已經貼好在課室的牆壁上。

　　　**解說**：1　正在貼

　　　　　　2　預先貼好

　　　　　　3　已經貼好

　　　　　　4　某人為我貼

題 2　**答案**：2

　　　**中譯**：A：請問有看到我的手機嗎？

　　　　　　B：啊，跌了在椅子下面喔。

　　　**解說**：1　往下扔

　　　　　　2　跌在下面

　　　　　　3　文法不對

　　　　　　4　正在往下扔

題 3　**答案**：2314　★ =1

　　　**中譯**：A：有誰在房間裏嗎？

　　　　　　B：雖然並不清楚，但因為電燈正開着，所以應該是有人在的。

題 4　**中譯**：我所居住的小鎮有垃圾扔棄方法的規矩。報章、膠瓶、鐵罐之類可以回收的垃圾要在星期一扔棄；廚餘要在星期二或星期四扔棄；扔棄大型垃圾前要先聯絡大型垃圾接收中心，否則不能隨便扔棄。在收集垃圾的場所寫着「請在早上 8 時半前扔棄垃圾」和「把小鎮變得乾淨吧」之類的字眼。今後也請大家一起遵守規矩，正確地扔棄垃圾吧！

題 4-1　**答案**：2

　　　**解說**：「出し方」指「扔的方法」，可參照《3 天學完 N5　88 個合格關鍵技巧》　62　V 的方法的 V-stem 方。

題 4-2　**答案**：2

題 4-3　**答案**：1

題 4-4　**答案**：3

解說：「まで」類似英語的 until，而「までに」則是 by/before，可參照
《3 天學完 N5．88 個合格關鍵技巧》 **56** 直至 V/N 的 V る /N ま
で VS V/N 之前的 V る /N までに。

**50**

題1 **答案：**3

**中譯：**北海道的寒冷程度比想像中還要厲害。

**解說：**寒冷程度可以通過溫度計測量的，故用「さ」。

題2 **答案：**1

**中譯：**這間店的班戟有着厚重感，十分美味。

**解說：**固然可以理解為「分量」，但更帶有製作者「獨有的配搭」、「所花
的心思」等一些無形之意，故用「み」。

題3 **答案：**2314 ★ =1

**中譯：**我試着把日文的困難程度分析了一下。

**解說：**可通過一些數據分析究竟有多難，故用「さ」。

題4 **中譯：**大家有試過乘坐電車去旅行嗎？我因為喜歡坐電車旅行，至今已
經乘電車去過很多地方。然而，我不會坐特急或者急行列車，只
會坐普通列車。那是因為我享受每個站都停下來，慢慢地旅行。
在那裏有着具有美麗景色的車站，也有售賣罕見紀念品的車站。
而且體驗不同小鎮的文化也很愉快。對於乘坐新幹線或者特急列
車的人而言，這份樂趣是不能理解的吧。

題4-1 **答案：**4

題4-2 **答案：**3

題4-3 **答案：**2

**解說：**「N（普通列車）しかV否定（乗りません）」表示「只V（乘坐）N（普
通列車）」的意思。可參照《3 天學完 N5　88 個合格關鍵技巧》
**59** 只 N 的 N しか V 否定。

題4-4 **答案：**1

**解說：**日語的「楽しさ」表示「樂趣」，而「楽しみ」有「希望 / 期待」
的意思。常常說的「楽しみにしています」是一句表示「一直期
待着」的寒暄說話。

**題 1**　　答案：4

中譯：天空已經黑得很，差不多該回家了吧。

解說：1　正在回家

　　　2　別回家

　　　3　不回家

　　　4　回家吧

**題 2**　　答案：2

中譯：已經是深夜 2 點了，快點去睡吧。

解說：1　別睡

　　　2　睡吧

　　　3　正在睡

　　　4　不睡

**題 3**　　答案：4132　　★ =3

中譯：刮颱風的日子千萬不要到海邊遊玩。因為那是非常危險的。

**題 4**　　中譯：現在，我跟男朋友來到了被稱為水果天國的泰國旅行。有很多在日本吃不到的水果在泰國都可以買到。當中特別有名的是榴槤。大家有沒有吃過榴槤呢？雖然榴槤在東南亞是很普通的食物，但在日本能吃到的機會則不多。剛剛男朋友說了一句「一起吃這個吧」，就從膠袋裏拿出榴槤和我一起吃了。這是我第一次吃到榴槤，比想像中甜而且美味。

**題 4-1**　答案：2

解說：各種副詞的用法可參照本書 **27** 20 個重要副詞。

**題 4-2**　答案：3

**題 4-3**　答案：1

解說：「なかなか adj（少ない）」表示「挺 adj（少）」的意思。可參照《3天學完N5　88個合格關鍵技巧》**51** 怎麼也不 / 挺的なかなか

**題 4-4**　答案：3

**題 1** 　**答案**：4

　　**中譯**：為了愛兒，所以他決定從鄉村搬到城市。

　　**解說**：為了愛兒，所以基於「個人意志」，決定搬家這個「結果」。

**題 2** 　**答案**：4

　　**中譯**：由於被醫生規勸，即使不喜歡喝牛奶，但是每天早上仍然要喝。

　　**解說**：因為不喜歡喝牛奶，所以並非基於個人意志，而是被醫生規勸（「外在因素」）「變得」喝牛奶，並成為每天早上持續做的「習慣」。

**題 3** 　**答案**：3421　　★ =2

　　**中譯**：不久一定能學會的，所以不必擔心。

　　**解說**：「そのうち」有「不久將來」的意思。

**題 4** 　**中譯**：快到暑假了，我現在開始已經十分期待。在這個暑假裏，我有許多想做的事情。首先，我想學打高爾夫球。從高中開始，我就想學了，但是要集中溫習測驗，總是沒有機會 / 時間學會。如果學成了，我認為既可以做運動，健康又會變得好。另外，在這個夏天裏，日本的朋友決定來我的國家遊玩。所以我非常期待與他們能見上面。

**題 4-1** 　**答案**：3

**題 4-2** 　**答案**：1

**題 4-3** 　**答案**：1

**題 4-4** 　**答案**：4

　　**解說**：留意「くれた」的存在，表示這是一個人為的決定，所以比起「ことになって」，「ことにして」更顯得朋友「千里迢迢為我而來」的美意。可參照本書 **66** A 為我（或我的家人）而做的 A は私に V てくれる（敬語：V てくださる）。

**題 1** **答案：**2

**中譯：**我教訓了那位社員之後，他自此變得不再抱怨了。

**解說：**基於「外在因素」（我的教訓），他變得不再抱怨並持續下來，成為「習慣」。

**題 2** **答案：**4

**中譯：**為了健康，每日盡量不使用升降機。

**解說：**基於「個人意志」，為了健康，不使用升降機，並成為每日都做的「習慣」。

**題 3** **答案：**4123 ★ =2

**中譯：**從小時候開始，我就受到的父母教育，學會不應該對他人說三道四。

**題 4** **中譯：**在家裏附近的社區中心，有一個系統，就是收集舊了或是人們不再需要的東西，再送給想要的人。今天，我在社區中心那裏發現了一樣好東西並拿了回家，那就是我以前一直都想買的一本書。其實，自從小朋友出生後，自己的時間變少，亦逐漸變得不看書了。每當我想起這件事，總是覺得後悔。由於得到了一樣好東西，所以我想從今天起再次看書，養成習慣。正好現在孩子在睡覺，該要看書了！

**題 4-1** **答案：**2

**解說：**日語裏，「それ」表示話者或聽者「單方面知道」的「那個」，而「あれ」則是「雙方都知道」的「那個」。文中，作者覺得他所說「那個系統」是讀者不知道的，所以用「それ」。

**題 4-2** **答案：**1

**題 4-3** **答案：**3

**題 4-4** **答案：**3

**題 1** **答案：**3

**中譯：**想變得能流利地說日語。

**解說：**只有「しゃべれる」是「能說」。

**題 2** **答案：**1

**中譯：**已經是深夜 12 時，所以會場裏已經變得誰也不在了。

**解說：**1 已經【變得】誰也不在了

2 已經【變得】甚麼也不在了

3 已經【變得】誰也不下車了

4 已經【變得】誰也不需要了

**題 3** **答案：**2431 　★ =3

**中譯：**我家的孩子慢慢地變得能夠使用筷子了。

**題 4** **中譯：**林先生

自從去年夏天開始，可能是大家都忙了的關係吧，我們變得不能見面，你好嗎？這個時候，大阪漸漸變得熱起來。說回主題，今天有一件事必須趕快告訴你，所以我寫這封電子郵件發給你。其實是關於下個月十日林先生您將會來大阪遊玩一事。那天，我得去東京工作到當日黃昏，所以不能去機場接你。我的妹妹良子會替我去迎接你，所以很抱歉，請乘坐我妹妹的車來到我家。你們到家的時候，我應該也可以回來了。那麼，在十日的晚上，我們慢慢聊天吧！

芙美子

**題 4-1** **答案：**2

**題 4-2** **答案：**1

**題 4-3** **答案：**2

**題 4-4** **答案：**4

**解說：**「はず」表示預測的「應該」，參考本書 **41** 推測的「應該」的普はず。

**題 1** 答案：3

中譯：A：請問要點甚麼餐呢？

B：那決定選擇午餐 B 吧。

**題 2** 答案：2

中譯：如果出生的是男生，就把他的名字取為申佑（しんのすけ）吧！

**題 3** 答案：2314 ★ =1

中譯：自從把變得古舊的學校改成酒店之後，來小鎮探訪的客人比以前多了。

解說：「てから」有「自從 / 之後」之意，可參照《3 天學完 N5 88 個合格關鍵技巧》 **49** V 之後的 V てから。

**題 4** 中譯：說起日本的大都會的話，首先，應該不少人想到東京和大阪吧。由於旅行、工作等原因，來往東京與大阪之間的人有很多，故除了飛機之外，亦相繼出現了新幹線、通宵巴士等各式各樣的交通工具。其實，400 年前的東京（當時被稱為江戶）沒有現在那麼熱鬧繁華，但是由於當時的政治家們決定了選擇東京作為日本的新中心，東京才漸漸發展成為大都會。以前，從東京到大阪步行大約 2 星期。不過現在，新幹線只需要 2 個半小時，真的變得非常方便呢！

**題 4-1** 答案：4

解說：「A といえば B」表示「說起 A（日本的大都會）就是 B（東京和大阪）」。

**題 4-2** 答案：3

解說：「で」可以表示前面是原因。可參照《3 天學完 N5 88 個合格關鍵技巧》 **38** で用法②

**題 4-3** 答案：4

解說：「A は B ほど＋否定」表示「A（400 年前的東京）不如 B（今天熱鬧」。

**題 4-4** 答案：2

**題1** 答案：2

中譯：女朋友：現在在哪？電影已經開始了！

男朋友：對不起，即將到達電影院。

解說：電影開始（始まる）播放後並處於一個播放中（始まっている）
的狀態。

**題2** 答案：3

中譯：爸爸：我家孩兒是男嗎？還是女？

護士：恭喜！是男孩。在 2 月 18 日晚上 8:45 出生。

解說：男孩出生於 2 月 18 日晚上 8:45，由於「出生」是一個特定（瞬間）
動詞，不會長期持續，所以用過去式。

**題3** 答案：2

中譯：我一直愛着他。

1 我以前喜歡他

2 我現在喜歡他

3 我將會變得喜歡他

4 我將會變得喜歡他吧

**題4** 答案：1

中譯：如果你不知道的話，會吃虧。

1 不能不知道

2 不知道也可以

3 知道的話會吃虧

4 不可以知道

**題1** 答案：3

中譯：A：這個時間還未去睡覺？

B：正打算差不多要睡了……。

解說：問者抱着好奇的心態，希望得到答者的回答說明。初學者經常弄
錯「まだ」和「また」的用法，可參考可參照《3 天學完 N5　88

個合格關鍵技巧》 55 仍然 / 還 V 的まだ V 肯定 VS 再次 / 又 V 的また V 肯定。

題 2　**答案**：2314　★ =1

　　　**中譯**：A：發生了甚麼事啊？

　　　　　　B：今天早上喝完牛奶之後，身體就變得不舒服，不能夠走路了。

　　　**解說**：答者回答問者涉及 why，what happened 等疑問，為說話追加理由（んです）。

題 3　**答案**：1243　★ =4

　　　**中譯**：那個小孩真的又對老師說謊了嗎？

　　　**解說**：問者有點難以置信，問對方小孩是不是「真的」又對老師說謊。

題 4　**中譯**：今天非常寒冷。而且，這是非一般的嚴寒。明明還只是十月，但今天早上的溫度竟然只有 3 度。根據天氣預報，明天將可能進一步降低至 0 度。我十分擔心，擔心得想問神，在沖繩這個南國的土地上正在發生甚麼事呢？我也想知道我們人類究竟犯了甚麼錯誤，令到神這樣生氣。有沒有人能告訴我呢？

題 4-1　**答案**：1

　　　**解說**：因為測量到只有「3 度」，故用「さ」。「さ」和「み」的不同，可參照本書 50 さ名詞化 VS み名詞化。

題 4-2　**答案**：3

　　　**解說**：可參照本書 40 明明……卻的のに。

題 4-3　**答案**：4

　　　**解說**：「一体」有「究竟」的意思。

題 4-4　**答案**：4

## 58

題 1　**答案**：2

　　　**中譯**：A：明白工作的內容了嗎？如果已經明白的話，還不快點去工作！

　　　**解說**：話者「命令」（んだ）聽者快點去工作。

題 2　**答案**：4

　　　**中譯**：A：這個車廂只能讓女性乘搭……

　　　　　　B：亦即是說，男人的我是不能夠乘搭的吧……我明白了。

**解說：**「ということは」和「つまり」等均是「んですね」與經常拍檔的副詞，表示「亦即是說」的意思。

| 題 3 | **答案：** 2413　★ =1 |

**中譯：** 我想知道詳細的內容，能不能請你發送資料給我呢？

| 題 4 | **中譯：** 史密斯：啊！瑪莉亞小姐，已經寫好了報告嗎？ |

瑪莉亞：不，還沒有……

史密斯：還沒有？那你打算甚麼時候才寫？

瑪莉亞：其實，家父昨天身體狀況有點不好，我在午夜時分叫了救護車，叫人把他送入醫院。

史密斯：你父親沒問題吧？

瑪莉亞：托您的福，現在沒問題。但是，原本心臟已很弱，以前接受過手術，這次應該是那個原因吧。昨天，一直都在忙着，到了清晨時分，終於能夠回家了。

史密斯：就是因為這件事情，你才沒有時間寫報告，我現在完全明白了。

| 題 4-1 | **答案：** 1 |

| 題 4-2 | **答案：** 2 |

**解說：**「AにBをV使役」表示「讓A（救護車）把B（父親）V（送進醫院）」的意思。使役的用法，可參照本書 **69** A 讓／命令 B 做 C 的 A 是 B に C を V させる。

| 題 4-3 | **答案：** 3 |

| 題 4-4 | **答案：** 1 |

## 59

| 題 1 | **答案：** 4 |

**中譯：** 女朋友：為甚麼早上經常不洗澡就去大學呢？

男朋友：因為總是睡過頭……

**解說：**「浴びないで」表示「不洗澡就……」，「浴びなくて」則表示「因為不洗澡」。

| 題 2 | **答案：** 2413　★ =1 |

**中譯：** 因為那個時候沒有認真地考慮，直至現在一直後悔着。

解說：由於句子意思含有因果關係，而「いまでも」和「している」表
示現在發生的狀態（後果），所以句子結構上會先說明前因，再提
及後果。另外，「いなくて」的「て」是源自いない（い→くて）。

題3 答案：3

中譯：因為不想見到你，所以來了……

　　　1 因為想見到你，所以來了這裏

　　　2 因為想見到你，所以去了那裏

　　　3 因為不想見到你，所以來了這裏

　　　4 因為不想見到你，所以去了那裏

題4 答案：3

中譯：因為不想聽那些流言蜚語，所以

　　　1 坐在更加前面的座位吧

　　　2 在用心的聽著

　　　3 決定了馬上離開房間

　　　4 請用更加大的聲量（＝再大聲地）說話

解說：「ききたくなくて＝聴きたくなくて＝不想聽」，而「たくなくて
＝たくない的い→くて」。

## 60

題1 答案：3

中譯：A：昨天在日本發生了海嘯，你知道現在變成怎樣的情況嗎？

　　　B：不，詳細的狀況我也不太了解。

解說：「ないている」源自「泣く」，表示「正在哭泣」；「なしている」
源自「成す」，表示「正在把 A 改成 B」；「なっている」源自
「成る」，表示「改變後的狀態」。

題2 答案：2

中譯：A：神父先生從事怎樣的工作呢？

　　　B：這個問題嘛，教育壞人，把他變成好人……

解說：參考題 1 解說。另外，日語的「そうですね」除了表示「我同意
你的看法」之外，還有一種「請給我一點時間思考你的問題」的
語感，多用於回答涉及「怎樣」的問題，以表示回答是經過一番
深思熟慮，而不是衝口而出，敷衍對方。

| 題 3 | 答案：4123　★ =2 |
| --- | --- |

中譯：昨天聽到的話並不是真的，好像是謊話呢。

| 題 4 | 答案：3 |
| --- | --- |

中譯：昨晚我沒睡覺，一直在哭。

1　昨晚我起床後便沒有哭

2　昨晚我起床後就哭

3　昨晚我沒睡覺而在哭

4　昨晚我沒睡覺而沒在哭

## 61

| 題 1 | 答案：2 |
| --- | --- |

中譯：從 1952 年至 1972 年，大約 20 年之間，日本的經濟一直在增長。

| 題 2 | 答案：2431　★ =3 |
| --- | --- |

中譯：因為昨天一直加班到 11 時，在 11 時半左右終於吃到晚餐。

| 題 3 | 答案：4231　★ =3 |
| --- | --- |

中譯：還是十幾歲的時候，經常因一些無聊的事情和父母吵架，甚至曾
　　　經離家出走過。

| 題 4 | 中譯：我在大學二年級的夏天下了決心去紐約。在此之前，雖然有過各 |
| --- | --- |

　　　種的迷惘，但是父親的去世給予我勇氣。在大學二年級的春天時
　　　節，父親突然去世，由於事發突然所以沒來得及跟他好好聊天，
　　　令我後悔至今。因為是我最愛的父親，他不在了，也再沒有留在
　　　家鄉的理由，我亦因此決定了前往紐約。也可以說，重要之人的
　　　去世令我前進吧。大家，無論是誰都只有一次人生，所以希望大
　　　家一邊珍惜「小確幸」，亦即是「雖然渺小，卻確確實實的幸福」，
　　　一邊有意義的過好每一天吧。

| 題 4-1 | 答案：2 |
| --- | --- |
| 題 4-2 | 答案：1 |
| 題 4-3 | 答案：4 |
| 題 4-4 | 答案：2 |

解說：「それで」表示「因此」的意思，可參照《3 天學完 N5　88 個合
　　　格關鍵技巧》 52 因此的それで。

題1 **答案**：2

**中譯**：教練的工作是發掘並培育出色的選手。

題2 **答案**：2

**中譯**：現在全球蔓延着令人畏懼的病，所以建議大家不要外出旅行。

**解說**：某程度上「P（旅／会社）にでる」＝「Pに行く」，因為「に」有表示「移動空間」，即是「到旅行目的地」的意思。相反「を」則有「離開原來點」的意思，可參照《3 天學完 N5　88 個合格關鍵技巧》 33 を用法①及 35 に用法②。

題3 **答案**：3

**中譯**：小時候，我的夢想是成為歌手。

題4 **答案**： 4132　 ★ =3

**中譯**：難道盡力地保護國民的生命不是政府的基本義務嗎？

題1 **答案**：3

**中譯**：他的目標是在索尼工作。

**解說**：T（目標）は O（ソニーで働くこと）です。

題2 **答案**：1

**中譯**：去年在香港買的物件是那件旗袍。

**解說**：「の」＝「もの」。

題3 **答案**：2431　 ★ =3

**中譯**：明明誰都不在，難道沒試過感覺到有誰在旁邊嗎？

**解說**：「感じる」＝涉及五官和具體行為的動詞，故前面一般使用「の」

題4 **中譯**：昨天，我看到穿着白色衣服的男人們向着神社的人跑去。因為好像很有趣，所以跟在那些人後面。雖然是後來才知道的事，最快到達神社的人會被認為是最強的男人。而當最後的人到達神社，大家就會喝酒和吃特別的食物，這是這個區域的祭祀習慣。雖然日本有各式各樣的祭典，但因熱鬧地舉行祭典是向神明大人表達感謝之故，所以聽說一到這個時候，大家開心地載歌載舞一事，是舉國一致的。

| 題 4-1 | 答案：2 |

解說：「きた」是「着る」的過去式。

| 題 4-2 | 答案：4 |

解說：「見る」＝涉及五官和具體行為的動詞，故前面一般使用「の」。

| 題 4-3 | 答案：4 |

| 題 4-4 | 答案：3 |

解說：S（お祭りを行うこと）が O（神様への感謝）です。

## 64 & 65

| 題 1 | 答案：1 |

中譯：休息一天的話，就能恢復精神。

| 題 2 | 答案：1 |

中譯：明天朋友就要移居去韓國，如果還來得及的話，希望今天能見一面。

解說：因為後面是「会いたい」這個表示意志的語句，所以答案一定不
　　　會是「如果 / 一發生前面的話，就會 100% 發生後面」、強調結果
　　　的「間に合うと」。

| 題 3 | 答案：3 |

中譯：一直往前走，就能看見自動販賣機。

| 題 4 | 答案：2431　★ =3 |

中譯：說到汽車的話，毫無疑問就是豐田，價錢既便宜又有時尚的設
　　　計，值得推薦。

解說：「N（汽車）なら」有「說到 N 的話，毫無疑問就～」的意思。

| 題 5 | 答案：4123　★ =2 |

中譯：打開電視後，看見正播放臨時英語的節目，嚇了一跳。

| 題 6 | 答案：4 |

中譯：要是你當上了醫生，現在就可以和你結婚。

　　　1　來年你會成為醫生

　　　2　去年你成為了醫生

　　　3　現在你還沒成為醫生

　　　4　還不知道你有沒有成為醫生

| 題 7 | 中譯：如果我是一隻鳥，我希望能在空中到處自由自在地飛翔。以前因為沒有飛機，人們應該試過一邊思念遠方的戀人，一邊幻想自己變成鳥兒，然後飛到戀人的身邊吧。那就假設神實現了這個願望，我真的變成了一隻鳥。飛去戀人身邊，真的能享受愉快的時間嗎？首先必須從其他雀鳥（例如鷹）的攻擊當中保護好自己。要做到一定很吃力吧。想到這裏，我放棄了「想成為鳥」的夢想，定下了「保持人類原有的狀態再加上翅膀就好」這個新夢想。不認為這樣更美好嗎？ |

| 題 7-1 | 答案：1 |

解說：「N だったら」表示「如果是 N（鳥）的話」，類似的意思有「N になったら」，表示「如果變成 N（鳥）的話」，但後者的 N 後需要有助詞「に」。

| 題 7-2 | 答案：3 |

解說：「を」有「橫過／到處移動」的意思，可參照《3 天學完 N5　88 個合格關鍵技巧》 **33** 　を用法①。

| 題 7-3 | 答案：4 |

解說：「N になれば」＝「N になったら」。

| 題 7-4 | 答案：4 |

## 66

| 題 1 | 答案：1 |

中譯：鈴木先生應該還不知道這件事，不快點告訴他的話！＝得馬上告訴他！

| 題 2 | 答案：4 |

中譯：昨天佐佐木同學得到老師的稱讚後表示很高興。

| 題 3 | 答案：4321　★ =2 |

中譯：上月被解雇了，我想能不能給我介紹一份工作……

| 題 4 | 中譯：因為下周便是日語學校的畢業禮，我把用日語寫的給老師的感謝信交給日本人朋友替我修改，現在把這封信分享大家看： |

「給木武地老師

老師，感謝你到一直以來教我許多有趣的日語！最初只是學習平假名、片假名和漢字，由半年前開始學習敬語，雖然現在還是覺得很困難，但開始逐漸學會怎樣運用了。真覺得幸虧學了日語。還有，非常感謝你在大學考試前為我寫了推薦書。為了繼續學習自己喜歡的日本文化，我將會到紅葉大學升學，未來的四年我必定會竭盡全力學習的。偶爾會回來學校玩的，到時候再好好聊天吧。老師也要注意身體。真的非常感謝你！

學生雜菜敬上」

題 4-1 | 答案：4

題 4-2 | 答案：1
解說：「いままで」表示「到今天為止」；「これから」表示「從現在開始」；「こちらこそ」表示「（倒是）我才要【向你請教】……」；「そのうち」表示「改天 / 將來」。

題 4-3 | 答案：4

題 4-4 | 答案：2

## 67 & 68

題 1 | 答案：2
中譯：老師每天都會閱讀參考書。

題 2 | 答案：3
中譯：下個月老師的女兒就結婚了，所以跟老師說了句恭喜。

題 3 | 答案：4
中譯：一直得到老師的指導，真的非常感激。
解說：「先生にご指導いただいて」＝「先生がご指導くださって」。

題 4 | 答案：4
中譯：老師昨天是甚麼時候來到大學呢？

題 5 | 答案：1
中譯：社長的兒子現正就讀高中。

　　1　社長的兒子是學生
　　2　社長的兒子是公司職員

　　　　　　3　社長的兒子是教師

　　　　　　4　社長的兒子是社長

題6　答案：3

　　中譯：山田剛好離開了座位。

　　　　　　1　山田患了感冒

　　　　　　2　山田正在笑

　　　　　　3　山田外出中

　　　　　　4　山田請了病假

　　解說：一般日本企業形容「離開了座位」是代表職員當天有上班，只是暫時離開了，很快便會回來，所以答案是3。

題7　答案：3

　　中譯：父親現在不在家中。

　　　　　　1　父親正在睡覺

　　　　　　2　父親正在工作

　　　　　　3　父親外出中

　　　　　　4　父親正在洗澡

　　解說：問題只描述了父親不在家中，所以答案是3。

題8　中譯：田中商社的田中三郎先生

　　　　　您好，本人是鈴木有限公司的鈴木一郎。敝公司主要生產麵豉，現在不單日本，就連美國也有業務往來。聽聞 貴公司有銷售醬油等業務，如果彼此能互相支援的話，相信敝公司和 貴公司也必定有所成長。現希望就此事進行一次對話，如能夠得到您的回應實在不勝榮幸。那麼，敝公司將靜候您的回覆。

　　　　　　　　　　　　　　　　　鈴木有限公司的鈴木一郎　謹啟

題8-1　答案：1

題8-2　答案：1

題4-3　答案：4

題8-4　答案：1

　　解說：「ご連絡いただければ」＝「ご連絡くだされば」，兩者均表示「如果能得到您的聯絡的話」之意。

**題1** **答案**：4

**中譯**：不知是不是因為昨天被雨淋了，今天有點發燒。

**題2** **答案**：1

**中譯**：也許只是一些淺陋的見解，但也能容許我分享一下嗎？

**題3** **答案**：2

**中譯**：課長，我衷心感激您願意讓經驗尚淺的我負責這份工作。

**題4** **答案**：3

**中譯**：去年的忘年會上被部長灌了酒，今天的酒會打算強迫他喝。

**題5** **答案**：1342　★=4

**中譯**：你別讓我發笑了。你沒可能打敗我的⋯⋯

**解說**：兩組不同助詞的用法。「N（俺）を笑わせる」表示「讓我發笑」，而「N（俺）に勝つ」表示「打敗我」。

**題6** **答案**：2

**中譯**：那位母親的孩子比她先離世了。

　　　　1　那位母親比孩子先離世

　　　　2　那位母親的孩子比那位母親先離世

　　　　3　那位母親與孩子一起離世

　　　　4　不知道誰比誰先離世

**解說**：「迷惑受身」。本來是「あのお母さんは/の子どもが先に死んだ」但通過「迷惑受身」，把主語，即「お母さん」塑造成一個受害人，因自己的孩子比自己先離世而難過，符合對主詞而言是不好的事情的「迷惑受身」特性。

**題7** **答案**：3

**中譯**：我從鈴木先生那裏得知，社長昨天咬了狗一口。

　　　　1　社長的狗咬了鈴木先生一口

　　　　2　鈴木先生的狗咬了社長一口

　　　　3　社長咬了鈴木先生的狗一口

　　　　4　鈴木先生和狗咬了社長一口

**解說**：由於受身兼具「被動」和「尊敬語」兩個功能，關鍵在於助詞的使用。

A（社長）は / が B（犬）に V られる（噛まれる）＝社長被狗咬了。

A（社長）は / が B（犬）を V られる（噛まれる）＝社長咬了狗。

題 8　**中譯**：大家知道 *The Day After Tomorrow* 這部電影嗎？我很喜歡這部電影，也重看了很多次。今天就讓我說一下感想。很快就會有巨大的海嘯侵襲紐約，一個父親為了心愛的兒子而決定前往救助。父親經歷無數困難最終能與兒子重逢，令人十分感動。不過我最喜歡的是最後一幕。藍色而且圓圓的地球佔據整個畫面，真的十分漂亮。每次看到這一幕都有哭出來的衝動。我們的地球每天都被我們破壞，情況日復一日地變差。每一次看完這部電影後，我都一定不由自主地去思考自己能夠為地球做甚麼？僅僅是 0.000001 的努力的話，當然無法改變甚麼吧，但如果有 1,000,000 人，換言之有 1,000,000 倍的話，就會變成 1 吧。所以儘管只是 0.000001，不覺得也是一個前進的小步嗎？

題 8-1　**答案**：4

題 8-1　**答案**：4

題 8-3　**答案**：3

**解說**：同一個「あい」有超過一個以上的漢字，可參閱本書　18 ▶ 同音異義語①。

題 8-4　**答案**：3

**解說**：「考(かんが)えさせられる」一詞，通過使役受身的組合，表示「並非源自個人意志，而是不由自主地（被強迫？）去思考」的意思。

**題 1** **答案：**4

**中譯：**為了乘搭明天 9 時 3 分的電車，睡覺前特地調校了鬧鐘。

**解說：**「間に合う」不是意志動詞，不能連接「ために」，一般只能是「間に合えるよに」。

**題 2** **答案：**2

**中譯：**為了留學時一個人也能好好活下去，現在正努力存錢。

**解說：**「生きられる」是動詞可能型，不能連接「ために」；另外如果把「死なないために」改為「死なないように」也可變成正解。

**題 3** **答案：**3

**中譯：**為了回到中國後也不忘記日語，決定把日語的書全部一起帶回去。

**題 4** **中譯：**大家有聽說過「莫忘初衷」這句日語嗎？我認為這句話背後有很深的意思。它是指要回想起事情剛開始時自己的初衷。例如某個運動隊伍在比賽中敗給對手時，教練常說「回到初心再練習」這句說話吧。那麼，要說起為甚麼需要回想起初衷，找回自己，大概是因為最初的自己是最純粹和最能活出自我，但不知為何途中就迷失了自我，因此為了能再次做回自己，就必須回到初心吧！不是嗎？

**題 4-1** **答案：**4

**題 4-2** **答案：**2

**解說：**「なかなか」後接着形容詞時有「挺 / 頗」的意思，可參照《3 天學完 N5　88 個合格關鍵技巧》 **51** 怎麼也不 / 挺的なかなか。

**題 4-3** **答案：**2

**解說：**「取り」可通過與不同的單詞連接，衍生各種意思。如「取り替える」有「交換」；「取り戻す」有「找回 / 取回」；而「取り合えず」有「首先 / 姑且」等不同的意思。由於這些詞是源自不同的成分複合在一次，一般稱為「複合詞」。

**題 4-4** **答案：**4

## 72 短文讀解 ①

短文 1

**中譯：**

### 中村花鳥園指引

· 請不要餵食雀鳥。

· 因為雀鳥會受到驚嚇，攝影時請不要使用閃光燈。

· 垃圾請帶回家。

· 園內不可以吸煙。

· 不能帶同狗及貓等寵物入園。

· 因為容易滑倒，請不要在園內奔跑。

· 請不要有捕捉雀鳥等行為。

· 不能帶同園內的動植物回去。

---

題1　**答案：** 3

**中譯：** 從這個指引中得知，中村花鳥園的規則是甚麼？

　　　　1　帶同寵物兔子一同入園也沒有關係。

　　　　2　垃圾放到在園內的垃圾箱也可以。

　　　　3　只要不使用閃光燈，使用相機拍攝照片也可以。

　　　　4　把細小的花朵帶回家也可以。

**解說：** 因為禁止了攝影時使用閃光燈，但攝影沒有禁止，所以是 3。

短文 2

**中譯：** 我的國籍是馬來西亞，當地沒有像日本那樣分明的四季。由於一整年都是炎熱的地方，一次都沒看過雪。原本想着只要來到日本就可以看得到雪，但我所住的鹿兒島就算到了冬天也不怎麼會下雪。因為朋友告訴我想要看雪的話北海道是最好的，所以寒假打算去一趟。

---

題1　**答案：** 3

**中譯：** 以下哪個是正確的？

1 「我」一來到日本就看到了雪。

2 「我」現在正在北海道。

3 「我」為了看雪正在考慮前往北海道。

4 「我」以前見過一次雪。

解說：因為「我」到現在為止還沒看過雪，而且打算寒假才去一趟北海道，所以是 3。另外日語的「来ています」並非表示「正在來的途中」/is coming，反而類似「います」/here，所以「今北海道に来ています」可理解為「今北海道にいます」。

中譯：最近居家工作（home office）太忙了，而且不管睡多久還是感到很疲累，所以這週末想要去溫泉旅行好好休息一下。江戶溫泉只需要坐電車 30 分鐘就能到達，交通方便，但是價錢比較貴。富士溫泉的話可以免費泡溫泉，景色也很美，但是要駕車兩個小時。一個昂貴，一個遙遠，要決定去哪一個，很難做選擇的我似乎又會覺得很疲累了。

題 1　答案：3

中譯：想要好好休息一下的理由是甚麼呢？

1 最近在外面去太多旅行，所以不管睡多久都覺得很疲憊。

2 最近在家太專注唸書學習，所以不管睡多久都覺得很疲憊。

3 最近在家工作太忙，所以不管睡多久都覺得很疲憊。

4 最近在外工作太忙，所以不管睡多久都覺得很疲憊。

解說：「在宅勤務」一詞可拆分為「居家」的「在宅」和「工作」的「勤務」，所以答案是 3。

題 2　答案：4

中譯：相比富士溫泉，作者覺得江戶溫泉怎樣？

1 覺得景色很好　　　　　2 覺得交通不方便

3 覺得價錢較便宜　　　　4 覺得容易去

解說：文中提及「江戶溫泉只需要坐電車 30 分鐘就能到達，交通方便」，所以是 4。

蘇珊小姐的手機收到友人傳來以下的訊息：

短文4

中譯：蘇珊小姐

明天是村上先生 / 小姐的生日派對，但是米勒先生和福士先生 / 小姐突然感冒，【變得】不能來了。取而代之松本先生 / 小姐會帶兩位朋友出席，所以餐廳的預約人數按原定安排。

那麼，送給村上先生 / 小姐的生日蛋糕，請記得帶來哦。麻煩你了。

本田

題 1 答案：4

中譯：蘇珊小姐需要做甚麼呢？

1 去米勒先生的家探病
2 跟餐廳增加兩位預約人數
3 跟餐廳減少兩位預約人數
4 帶上蛋糕去派對

解說：因為餐廳的預約人數按原定安排，而且本田先生 / 小姐在訊息未提醒了蘇珊小姐記得帶蛋糕，所以是 4。

題 2 答案：2

中譯：和「忘れずに」有同樣意思的詞語是哪一個？

解說：「V ないで」＝「沒 / 不 V 就」，而「V なくて」＝「因為沒 / 不所以」，且「ない」變「ず」的時候，「V なくて→V ず」，而「ないで→V ず or V ずに」，所以答案是 2，可參照本書 59 10 大混淆て型一覽表①。

**中譯**：想喝既便宜又美味的宇治茶的您，今天為您介紹一間很方便的店舖。著名商店「田村宇治茶」可以透過網站訂購美味的茶。將茶直送到府上，一般運費是 400 円，但選購 3 項貨品以上即可享有免運費優惠。而選購 4 項貨品以上更可享有全單減 300 円優惠。實在是太方便了，所以不想外出也好，工作忙碌也好，總之甚麼時候，您都能利用這個「田村宇治茶」的網上訂購。

題1 **答案**：3

**中譯**：在「田村宇治茶」網站上訂購 5 項各 1,000 円的貨品，總共要付多少円？

| | | | |
|---|---|---|---|
| 1 | 4,300 円 | 2 | 4,500 円 |
| 3 | 4,700 円 | 4 | 5,100 円 |

**解說**：選購 4 項貨品以上更可享有全單減 300 円優惠同時可享免運費，因此要付 5 × 1,000-300 = 4,700 円。

**中譯**：和一個很久沒見的朋友會面，並吃了餐飯。不過，用餐時她說：「我最近都在節食啊」，之後光吃了蔬菜【其他則一口不沾】。

最近，甚麼「蔬菜節食」啊、「無飯節食」啊、「無肉節食」等節食方法也頗受歡迎。另外，以單車代替汽車作為上班的交通工具的人也好像比以往多。

原本「節食」這行為是為健康而做，但今時今日好像大家各施其法都只是為了「變瘦」。

題1 **答案**：4

**中譯**：現今的節食，是為了甚麼原因而進行的？

| | | | |
|---|---|---|---|
| 1 | 為了健康 | 2 | 為了節約 |
| 3 | 為了不乘單車上班 | 4 | 只是為了變瘦 |

**解說**：文中明言「但今時今日好像大家各施其法都只是為了『變瘦』。」

**長文1**

**中譯：** 我昨天去了買送給男朋友的禮物。騎自行車從家到車站需要花 15 分鐘，然後從車站坐 20 分鐘電車，在打算去的百貨公司附近的涉谷站下車。

由於早前多次被男朋友纏繞，說想要新的錢包，進入百貨公司後便馬上尋找錢包。但是，一直找不到錢包的售賣處。當詢問店員「錢包售賣處在第幾層？」，便得到店員「在地下一層，請使用那邊的升降機」的指引。

錢包售賣處擺放了各式各樣的錢包。昂貴的、便宜的、時尚的、似乎十分耐用的等等，有很多款式令我困惑應該選哪一款。因為被某位店員問及「請問在尋找甚麼樣的錢包呢？」，我便回答了「想要有男子氣概的顏色、耐用的皮革錢包」。

接着，店員便為我拿來了某個皮革錢包，問了我「這個怎麼樣？」雖然稍微有點貴，但看上去十分耐用，而且顏色也十分好看，所以決定買那個。用手拿着買了的錢包，一邊想着「這個的話，他應該會很高興吧」，回到了家中。

---

**題1** **答案：** 4

**中譯：** 由「我」的家出發到百貨公司花費了多少時間？

1  15 分鐘　　　　　　　　　　2  20 分鐘

3  30 分鐘　　　　　　　　　　4  35 分鐘

**解說：** 因為騎自行車到車站需要 15 分鐘，加上坐 20 分鐘電車到涉谷站，所以是 4。

**題2** **答案：** 2

**中譯：**「我」為何在尋找錢包？

1  因為丟失了　　　　　　　　2  因為戀人說了想要新的錢包

3  因為上一個錢包壞掉了　　　4  因為喜歡耐用的皮革錢包

解說：因為這是送給男朋友的禮物，而早前男朋友就說過想要新的錢包，所以是 2。

題 4-3　**答案**：1

中譯：（a）填入甚麼句子最為合適？

1　決定買這個吧

2　變成這個吧

3　你要不買這個吧

4　如果變成這個的話

解說：「N（これ）にします」表示「決定要選擇 N」，可參照本書 **55** 決定要選擇 A 的 A にする。

---

**75** 　**長文讀解 ②**

中譯：我的家是兩兄妹：我和一個妹妹。從小父親就非常嚴厲。他以前常常命令我去打掃，或者去做跑腿買東西。有幾次我問父親「為甚麼每次總是我？」，但總是被他罵個狗血淋頭。

父親是大學教授，在一間叫櫻花大學的地方教歷史科。強迫我這個沒有太大興趣唸書的人唸了很多書的人也是他。想自己兒子也成為歷史老師的他，買了很多歷史書本給我。但是，我實在不擅長讀歷史，就算讀了也不太明白。

雖然父親的工作很忙碌，但是他很喜歡在週末帶我去看棒球比賽。我也在觀看比賽的過程中，慢慢對棒球產生了興趣。初中的時候我加入了學校棒球隊，並第一次萌生將來成為棒球選手的想法。當我告訴他後，父親露出少許失望的樣子，但仍然對我說「加油！我會為你打氣的！」

我成為職業棒球選手已經 3 年了。除了太太和兒子之外，父母也經常來觀看我的比賽，父親還會讚我：「幹得好！」。因為有為自己打氣的人，所以我覺得能一直加油下去。父親直到現在也會叫我「去買點酒回來」。不過現在我是抱着喜悅的心情去買酒，因為我覺得和父親一起喝美味的酒就是最幸福的時光。

題1　**答案：**3

**中譯：**以下哪一個為不適合（1）的答案？

1　問
2　問
3　問（下級向上級，但不適合用於家人）
4　尋求答案

**解說：**雖然答案 1-4 都是有「問」的意思，但 3「お伺<sub>うかが</sub>いする」是一句謙遜語。日語的謙遜語適合用於下級向上級，但不適合用於家人，故不適合用在文中「我問父親」的情況。可參照本書 **68** 謙遜語轉換表。

題2　**答案：**2

**中譯：**誰總是罵誰呢？

1　祖父罵父親　　　　　　　　2　父親罵我
3　我罵妹妹　　　　　　　　　4　我和父親罵妹妹

**解說：**句子以作者為中心，提及父親讓自己做跑腿買東西，然後不忿氣反問父親。而且，「怒<sub>おこ</sub>られて」有「被人 / 惹人（父親）生氣」的意思，所以答案是 2。

題3　**答案：**2

**中譯：**為甚麼父親會露出「少許失望的樣子」？

1　因為「我」沒有看書　　　　2　因為「我」不想成為歷史老師
3　因為「我」未能理解歷史　　4　因為「我」只顧着玩耍

**解說：**因為文中提及父親想自己兒子也成為歷史老師，但最後兒子卻想成為棒球員，從而感到失望。所以是 2。

題4　**答案：**3

**中譯：**現在的「我」在做甚麼的時候最快樂呢？

1　讀父親給我買的書的時候
2　與喜歡自己的球迷打棒球的時候
3　父親讓我做跑腿去買酒的時候
4　跟母親一起喝酒的時候

**解說：**因為文中只提及作者父親讓作者買酒回家後兩人一起喝酒，沒有提及母親一起參與，所以是 3。

長文3

中譯：現時，為了不被新型病毒感染而留在家中工作的人愈來愈多。

筑波大學大學院等組織，為了研究到底在家中工作對健康有否影響，因此對家工作的人進行調查，調查他們平均每日步行多少步。

對象為在東京坐擁大型寫字樓的某家公司中的 100 名員工，調查發現平常到公司上班的日子大家平均每日步行 1 萬 1,500 步，但轉了在家工作模式後普遍坐着的時間變長，每日大概減少了 30% 步數，更甚有調查對象少了 70% 步數。換言之，從結果得知調查對象中有人甚至一日大概只步行 3,000 步。

厚生勞動省曾指出為了個人健康，每日最起碼要走 8,000 步，但以上結果遠比這個目標少。

筑波大學大學院的久野譜也教授指：「（1）再這樣下去的話會造成運動不足的問題，同時運動不足容易患上高血壓等疾病也必須小心留意。」

（NHK 新聞　有部分修改）

題 1　**答案：**3
中譯：筑波大學大學院等組織，為了調查甚麼而進行研究呢？
　　　1　為了得知病毒流行的原因
　　　2　為了得知大家為何開始在家工作
　　　3　為了得知在家工作等轉變會否對健康構成影響
　　　4　為了得知患上高血壓等病的原因

題 2　**答案：**1
中譯：文中（1）「再這樣下去」所指何事？
　　　1　每日步行數遠低於 8,000 步　　2　步行上班
　　　3　病毒大流行　　　　　　　　　4　身體變差

**答案**：4

**中譯**：開始在家工作後的調查對象中，最多一日減少步行多少步？

1　3,000 步　　　　　　　　　2　3,500 步

3　8,000 步　　　　　　　　　4　8,500 步

**解說**：首先注意問題為最多一日減少步行多少步而非只步行了多少步，從文中得知調查對象正常上班時平均一日步行 1 萬 1500 步。而轉為在家工作後有人一日只步行 3000 步，從而得知 11,500-3,000=8,500 步。

## 77　圖片情報搜索 ①

**中譯**：「杉並体育館使用指引」

1. 使用時間：上午 7 時至下午 9 時

2. 休息：每月第 3 個星期三及新年假期（12 月 28 日至 1 月 3 日）

3. 能夠使用的人：　①　住在杉並區的人

　　　　　　　　　②　在位於杉並區的公司上班或學校上課的人

4. 預約：預約各項設施均需要使用者卡。

如要製作使用者卡，請帶同健康保險證等住址證明，或學生證、定期券等能夠證明工作或學校地址的文件。

| 設施 | | 費用（每人） | | 備註 |
|---|---|---|---|---|
| | | 9 時 ~17 時 | 17 時 ~21 時 | |
| 羽毛球場 | 平日 | 700 円 / 小時 | 1,000 円 / 小時 | ＊高中生以下 → 200 円折扣 ＊ 70 歲以上 → 300 円折扣 ＊各項設施 1 日只能預約 1 次。每次預約最多只能使用 2 小時。 |
| | 週末及假日 | 900 円 / 小時 | 1,200 円 / 小時 | |
| 乒乓球桌 | 平日 | 400 円 / 小時 | 600 円 / 小時 | |
| | 週末及假日 | 500 円 / 小時 | 700 円 / 小時 | |

　**答案**：3

**中譯**：納爾遜先生住在杉並區。同僚的丹尼爾先生住在附近的中野區。
　　　　兩人都在杉並區的公司上班。誰能使用杉並体育館？

　　　　1　只有納爾遜先生能使用

　　　　2　只有丹尼爾先生能使用

　　　　3　納爾遜先生和丹尼爾先生都能使用

　　　　4　兩人都不能使用

**解說**：因為只要是在杉並區的公司上班的人都能使用杉並体育館，所以
　　　　是 3。

　**答案**：2

**中譯**：今天是星期五。後天中村先生將帶同 2 名小學生的孩子一家三人
　　　　在杉並体育館打羽毛球及乒乓球。在下午 2 時預約，預定羽毛球
　　　　及乒乓球各打一小時。費用將是多少？

　　　　1　2,500 円

　　　　2　3,400 円

　　　　3　4,300 円

　　　　4　4,900 円

**解說**：因為後天是週末，9 時至 17 時每項各用一小時是合共 1400 円，
　　　　三人是 4200 円，兩項活動兩名小學生可以獲得 800 円折扣，所以
　　　　是 2。

　**答案**：3

**中譯**：以下的內容哪個是正確的？

　　　　1　誰都能使用杉並体育館

　　　　2　杉並体育館平日及週末的收費相同

　　　　3　預約的時候，首先需要的是學生證或健康保險證等住址證明

　　　　4　同一天不能同時進行羽毛球和乒乓球

**解說**：因為預約需要製作使用者卡，而製作使用者卡首先使用到學生證
　　　　或健康保險證等住址證明，所以是 3。另外由於有兩個設施，每
　　　　一個都可以預約最多一次，所以一天可以同時進行羽毛球和乒乓
　　　　球，所以不是 4。

**中譯：** 「夏日祭通知」

櫻花市今年將同樣在 7 月和 8 月舉行美食聚會、音樂會等等，一連串的豐富節目。

| 活動名稱 | 內容 | 日期、時間·地點 | 費用 |
|---|---|---|---|
| Ⓐ 西式美食聚會 | 誠邀烹飪老師到現場教授意粉等等的西式美食的烹調方法，完成後再一起享用。 | 7 月 12 日（日）12:00~15:00 餐廳（山） | 1,000 円 |
| Ⓑ 傳統舞蹈體驗 | 要試一試穿着和服跳舞嗎？還可以讓老師教你跳傳統舞蹈喔。 | 7 月 18 日（六）16:00~17:30 櫻花市民會館 | 1,200 円（可租借和服） |
| Ⓒ 煙花大會 | 每年舉行的煙花大會，一起穿着浴衣一邊聽着音樂，一邊享受美麗的煙花吧。 | 8 月 9 日（六）19:00~21:30 櫻花公園廣場 | 免費（能以 300 円 價錢租借浴衣） |
| Ⓓ 夏日小旅行 | 坐巴士到江戶川後，一起在清涼的河邊玩耍，再享受燒烤。 | 8 月 16 日（日）9:00~18:30 江戶川 | 2,500 円（櫻花市市民可享有 200 円折扣） |
| Ⓔ 日式美食聚會 | 製作在夏日能保護身體機能的日式料理，再一起享用。 | 8 月 23 日（日）18:00~21:00 餐廳（遊） | 700 円 |

**答案**：3

**中譯**：繆先生和克里斯先生是美國來的留學生，他們似乎想去夏日活動。對曾經說過「最好是晚上舉行的活動，而且可以嘗試日本的傳統服裝」的繆先生他們而言，可以選的是哪一項活動？

　　1　A

　　2　B

　　3　C

　　4　E

**解說**：因為煙花大會在晚上舉行，還可以租借浴衣，所以答案是 3。

**答案**：1

**中譯**：志村先生是大學生。他看來想在星期日去夏日活動，但是因為晚上 7 時後需要做兼職，所以晚上 7 時後的活動都不能參加。他可以選哪一項活動？

　　1　A 和 D

　　2　B 和 E

　　3　A 和 E

　　4　B 和 D

**解說**：因為星期日舉行的活動只有 A、D、E，而 E 的活動時間是 18:00~21:00，所以答案是 1。

**答案**：1

**中譯**：坂本先生居住在櫻花市，他會跟居住在附近梅市的女朋友一起去煙花大會和夏日小旅行。由於兩人都沒有浴衣，所以聽他們說決定在活動場地租借。他們合共需要花費多少錢？

　　1　5,400 円

　　2　5,600 円

　　3　5,800 円

　　4　6,000 円

**解說**：因為兩人去夏日小旅行的費用 5,000 円，坂本先生是櫻花市居民有 200 円折扣，加上兩人租借浴衣共 600 円，所以是 1。

## 79 圖畫情景對答 ①

題1 答案：2

Q： 「デパートでスカーフを買いたいとき、何と言いますか？」（在百貨商店買披肩的時候，應該怎樣說呢？）

　　1 「あれをもらわないと！」（如果得不到那個的話就……）

　　2 「あれをもらえませんか？」（可以給我那個嗎？）

　　3 「あれをもらってください。」（請收下那個。）

解說：因為向對方要那個東西，所以是2。「あれをもらえませんか？」比「あれをください」更禮貌。

題2 答案：2

Q： 「先生が学生に質問するとき、何と言いますか？」（老師問學生回答問題的時候，應該怎樣說呢？）

　　1 「わかる人、頭を振ってください！」（知道答案的人，請搖頭。）

　　2 「わかる人、手を挙げてください！」（知道答案的人，請舉手。）

　　3 「わかる人、足で蹴ってください」（知道答案的人，請用腳踢。）

解說：因為要求對方舉手，所以是2。

題3 答案：1

Q： 「先生の声が小さすぎて聞こえないとき、何と言いますか？」（老師的聲音太小聽不到的時候，應該怎樣說呢？）

　　1 「すみません、よく聞こえませんが……」（不好意思，不太聽得到。）

　　2 「すみません、ちょっと聞きたいんですが……」（不好意思，有事情想問一問。）

　　3 「すみません、小さい声で聞いてください」（不好意思，請用細小的聲量問題。）

解說：「聞こえません」是聽不到（有關聽力的問題，相當於英語的can't hear）所以是1。

題4  答案：2

Q： 「友達を誘って一緒に映画を見に行きたいとき、何と言いますか？」（想邀請朋友一起去看電影的時候，應該怎樣說呢？）

1 「見てほしいなあ……」（我想你看。）

2 「見ようよ。」（去看吧。）

3 「見なさい！」（請看！）

解說：「見よう」是「見ましょう」較隨便的講法，用於同輩或後輩身上，所以是2。這種朋友式的「一起Ｖ吧！」，可參考本書 **51** 活用下的④意向型（よ）う

**80** 　**圖畫情景對答 ②**

題5  答案：1

Q： 「約束の時間に遅れたとき、何と言いますか？」（比約定時間來晚的時候，應該怎樣說呢？）

1 「お待たせいたしました！」（讓你久等了。）

2 「おまかせいたします！」（拜託你了。）

3 「遅くなってもいいかな……」（遲到了也沒所謂吧。）

解說：遲到時向對方道歉的一般講法，所以是1。1的「おまたせ」（讓你久等）「おまかせ」（拜託你＝＊＊＊近來多用於「廚師拍板」）容易混亂，要注意。

題6  答案：3

Q： 「友人が気分が悪そうなとき、何と言いますか？」（朋友看起來身體不太舒服的時候，應該怎樣說呢？）

1 「早めにお帰りになりました！」（尊敬語：【某人】早點回了去。）

2 「早めに帰らせていただきますね！」（請讓我早點回去。）

3 「早めに帰ったほうがいいですよ！」（早點回去比較好哦。）

解說：因為是給建議對方，所以是3。1和2可參閱本書 **67** 尊敬語轉換表和 **70** 可否讓B做C的Bに（を）Cを（に）Ｖさせていただけませんか。3的建議文，可參閱《3天學完N5　88個合格關鍵技巧》 **61** 比較好的ほうがいい。

**答案：1**

Q： 「友人のご家族が亡くなった（お亡くなりになった）とき、何と言いますか？」（朋友的親人去世的時候，應該怎樣說呢？）

　　1 「ご愁傷さまでした……」（節哀順變。）

　　2 「悪かったね……」（是我不好。）

　　3 「亡くされたんですね……」（失去了最愛的家人吧。）

解説：3 的話太過直接，不適合直接對對方說。對方家裏有白事的時候，一般說「ご愁傷さまでした」表示慰問，所以是 1。

題8　**答案：2**

Q： 「隣の席と同じ食べ物を注文したいとき、何と言いますか？」（想點跟隔壁桌同樣食物的時候，應該怎樣說呢？）

　　1 「あれと同じものを注文したがるんですが……」（【某人】想要點和那個一樣的食物哦……）

　　2 「あれと同じものが欲しいんですが……」（我想要和那個一樣的食物……）

　　3 「あれと同じものを注文してしまったんですが……」（不小心點了和那個一樣的食物……）

解説：「んですが」很多時候用於請求、拜托的場面，根據文意是 2。

## 81　即時情景對答 ①

題1　**答案：1**

A： 「お久しぶりです！」（很久不見。）

　　1 「ご無沙汰しております！」（很久不見。）

　　2 「そうですね、久しぶっていますね！」（沒有這種說法。）

　　3 「ずいぶん見えなかったんですね！」（我的眼睛很長時間都看不到。）

解説：「ご無沙汰しております」比「お久しぶりです」較古風但更有禮貌，屬於商業用語，所以是 1。

題2　**答案：3**

A： 「社長、田中さんが来られたんです！」（尊敬語：社長，田中先生 / 小姐來了。）

1 「田中さん、行ってきます！」（田中先生 / 小姐，我走了。）

2 「田中さん、行ってらっしゃい！」（田中先生 / 小姐，路上小心。）

3 「田中さん、よく来てくれましたね！」（田中先生 / 小姐，謝謝你來。）

解説：「来られた」是「来る」的尊敬語，根據文意答案是 3。動詞的「受身」（被動）＝「尊敬語」，可參閱本書 67 尊敬語轉換表。

題3 答案：3

A： 「婚約者と来年の三月に結婚することになりました！」（我與未婚夫 / 妻將在明年三月結婚。）

1 「それはめずらしいですね！」（那真的十分罕見 / 稀奇。）

2 「それはたいしたものですね！」（那真的十分了不起。）

3 「それはおめでたいですね！」（那可真是可喜可賀。）

解説：「たいしたもの」有一種了不起的語氣，但祝賀對方結婚，用「おめでたい」就已經足夠，答案是 3。

題4 答案：3

A： 「面接はどうだった？」（面試如何？）

1 「おかげさまで、落ちたよ！」（託您的福，失敗了。）

2 「残念ながら、うまくいったよ！」（雖然很可惜，但做得很好！）

3 「ドキドキしていたけど、なんとかなった！」（雖然很緊張但總算順利完成。）

解説：「なんとかなった」有一種「不是 100% 但總算順利完成」的意思，且 1 和 2 的前後呼應不對，所以答案是 3。「ドキドキ」可參閱本書 23 10 大重要 ABAB 擬聲擬態詞。

## 82　即時情景對答 ②

題5 答案：1

A： 「山本さんをご存じですか？」（你認識山本先生嗎？）

1 「いいえ、存じませんが……」（謙讓語：不，我不認識他。）

2 「はい、ご存じですね。」（尊敬語：是，【某人】認識他。）

3 「いいえ、存じじゃありませんよ。」（沒有這種說法。）

解說：2 的「ご存じ」用於表示對方知道，和 1 都屬於商業用語。3 則用法錯誤（正確答案是「存じております」），所以答案是 1。

**答案：**2

A：　「私の卒業式にいらっしゃいますか？」（您會光臨我的畢業禮嗎？）

　　　1 「いらっしゃる予定です。」（尊敬語：【某人】計劃會來的。）

　　　2 「必ず参ります。」（謙讓語：我一定會來。）

　　　3 「ぜひ、行かせられます。」（請一定要強迫我去。）

解說：1 是對方大駕光臨的尊敬語，和 2 都屬於商業用語。3 前後意思不符，所以答案是 2。

**答案：**1

A：　「今夜のパーティーのビールは、もう買っておきましたか？」（今晚的派對的啤酒已經預先買了吧？）

　　　1 「ええ、冷蔵庫に入れてありますよ。」（是，已經放進雪櫃了。）

　　　2 「ええ、冷蔵庫に入ってありますよ。」（是，已經放進雪櫃了。）

　　　3 「ええ、冷蔵庫に入ってみますね。」（是，會嘗試進入雪櫃。）

解說：「他動詞（入れて）V てあります」和「自動詞（入って）V ています」，可參照本書 **49** 處於 V 了的狀態的自動詞 V ている V 留下 V 了狀態的他動詞 V てある。正確配對是 1。

**答案：**3

A：　「予約していないんですが、今席が空いていますか？」（我沒有預約，現在有空的座位嗎？）

　　　1 「ご予約、ありがとうございます！」（謝謝你預約。）

　　　2 「それでは、お預かりいたします。」（那麼，我替您保管。）

　　　3 「申し訳ございませんが、ただいま満席でございます……」（十分抱歉，現在滿座。）

解說：「申し訳ございません」比「ごめんなさい」更加有禮貌及表示誠意，屬於商業用語，故答案是 3。

題1　答案：4

男の人が話しています。男の人は 60 歳になったら何をしますか？

男の人：私はそろそろ還暦、つまり 60 歳になりますが、なったら、今勤めている会社を辞めて、故郷に帰ることになります。友人の中には、この年になっても、まだ仕事をしたり、スポーツをやったり、山に登ったりする人がいますが、私はもともと体が弱いので、それらのことはできません。大学のとき、自分の目で山や海などの景色を確かめて描くのが好きだったのですが、社会人になってから時間がなくてだんだんできなくなりました。そう、退職したら、日本のあちこちを歩きながら、再びこれをしようと思います。

男の人は 60 歳になったら何をしますか？

男人正在說話。男人 60 歲時要做甚麼事？

男人：我快要到還暦，即是將快 60 歲了，我決定那時候將要辭官歸故里。在我認識的朋友當中有些人即使到了這個年紀，仍有繼續工作的，也有勤做運動的，也有到處登山的，可惜我身子弱，這些活動實在負荷不來。以前讀大學的時候，我很喜歡到處看山看海，將眼前景色畫下來，不過投身社會後由於沒有時間就漸漸無法再做了。對了，退休後，我要在日本四處遊走，再做這件事。

男人 60 歲時要做甚麼事？

題2　答案：3

男の人と女の人がカレンダーを見ながら話しています。2 人はいつしゃぶしゃぶを食べに行きますか？

男の人：だいぶ寒くなってきたね。一緒にしゃぶしゃぶ食べにいこうよ。

女の人：いいね、でもあたしは火金、仕事が終わってから英会話の授業があるの。

男の人：すごい、結構頑張ってるじゃん！僕も木曜日に習いに行ってるし、それから、なぜか毎週の最初の日は必ず会議があって、基本的にこの日は必ず遅くなるんだよね。

女の人：じゃ、この日しかないね。

男の人：そうね。じゃあ、この日にしよう。

2人はいつしゃぶしゃぶを食べに行きますか？

**男人和女人正在一邊看着月曆一邊談話。兩人會在哪天去吃涮涮鍋？**

**男人：** 最近涼了好多啊。我們一起去吃涮涮鍋吧。

**女人：** 好啊。不過我星期二、五下班後都要去上英語會話班。

**男人：** 很厲害哦，你真的很努力呢。我逢星期四也有課要上，加上不知為何每個星期的第一天也一定要開會，基本上一定不能準時下班。

**女人：** 那麼就只剩下那一天了。

**男人：** 是喔。那麼就那天去吧。

**兩人會在哪天去吃涮涮鍋？**

題3　答案：3

男の子と女の子が話しています。2人はどれを見ていますか？

女の子：お兄ちゃん、見て、ニワトリの卵、また3つ増えたよ。

男の子：本当だ。昨日は確か4つ入ってたと思うよ。あのうさ、本当は6つもあったけど、2つは近所の猫、「タマ」というやつに盗まれてしまったらしくて、お母さんが飼い主のところに探しに行ったけど結局見つからなくて……飼い主は何度も「ごめんなさい」と謝っていたけどね……

女の子：あいつ悪いやつだなぁ……

2人はどれを見ていますか？

**男孩和女孩正在談話。兩人到底在看哪一個？**

**女孩：** 哥哥，你看，多了三隻雞蛋啊。

**男孩：** 真的哦。沒記錯的話，昨天好像只有四隻。不過呢，本身其實有6隻的，有2隻被附近叫「阿玉」的貓偷走了。媽媽到「阿玉」主人家中找過，但最終也找不到……「阿玉」的主人多次向媽媽道歉了。

**女孩：** 那傢伙真壞……

**兩人到底在看哪一個？**

題4 | 答案：1

お母さんと男の子が話しています。どのお皿が割れてしまいましたか？

男の子： お母さん、ごめんなさい、お皿を落として割れちゃって……

お母さん：えっ、どれが割れたんの？丸いやつ？

男の子： じゃなくて、四角いやつだけど……

お母さん：もしかして花の模様がついてるやつ？

男の子： いや、絵が描いてなかったんですけど……

お母さん：よかった……花の模様がついている四角いお皿は父ちゃんが結婚記念日に買ってくれたものだから、まさかそれかと思ってドキドキしていたよ。しょうがないなぁ。今度から気をつけなさい。

どのお皿が割れてしまいましたか？

**男孩和母親正在談話。哪隻碟子打破了呢？**

男孩： 媽媽，對不起，我一滑手不小心打破了碟子……

母親： 哪隻碟子打破了？是圓形的那個嗎？

男孩： 不是，是四角形的……

母親： 莫非是有花紋圖案的那個？

男孩： 也不是，是沒有圖案的……

母親： 太好了……四角形有花紋圖案的碟子是你爸爸結婚週年紀念日送給我的禮物，剛才以為你打爛的是那個碟子害我擔心了一下。不過算了吧，下次要小心點。

**哪隻碟子打破了呢？**

題5 | 答案：4

男の人と女の人が話しています。男の人はどの割引券を探していますか？

女の人：何をバタバタして探してんの？

男の人：俺の割引券知らない？

女の人：割引券ならテーブルに置いてあるよ。「半額割引」と書いてあるやつ。

男の人：それじゃないけど……

女の人：じゃ、その割引券に何か書いてあるの？会社の名前とか。

男の人：いや、何も書いてなくてただ金額のみ。

女の人：ああ、あれか、ゴミだと思って、捨てちゃったよ。

男の人：何をしてくれたのよ！

**男の人はどの割引券を探していますか？**

**男人和女人正在談話。男人在找哪一張優惠券？**

女人：忙着找甚麼呢？

男人：你知道我的優惠券在哪裏嗎？

女人：優惠券的話放了在檯面上，寫着半價的那張。

男人：不是那張……

女人：那麼……優惠券上寫了些甚麼嗎？比如說公司名之類的。

男人：沒有啊，只是寫了金額而已。

女人：啊，是那張啊，我以為是垃圾所以掉了。

男人：你給我做了甚麼好事……

**男人在找哪一張優惠券？**

題6　**答案：4**

**男の人が話しています。昨日の料理の順番はどれでしたか？**

男の人：普通さ、レストランでご飯を食べるとき、肉とか魚とかとにかく食事の前に、まずはドリンクがあって、その次サラダが出てくることが多いでしょう？でも昨日行ったところはそ〔う〕じゃなくて、確かに最初はドリンクだったけど、その後は〔な〕んといきなりデザートだったよ。その理由を聞いたらね、〔キ〕ッチンのガスが止まっちゃって、しばらく料理ができない〔か〕らだと言われた。しょうがないから、ドリンクを飲みながら〔〕デザートを食べていた。その後、出された野菜サラダを食〔べ〕て、さらに30分待たされてやっと……

**昨日の料理の順番はどれでしたか？**

**男人在說話。昨日他在餐廳用餐的次序是？**

男人：平時在餐廳用餐時，在吃肉類魚類等正餐前，多數都是先上
　　　飲，之後再上沙律的吧。但是昨天去的餐廳時卻不是這樣，
　　　先的確是先上餐飲，不過緊隨其後的竟然是甜品。當我問他原

時，他說是廚房的煤氣失靈，暫時不能煮食。沒辦法了，只好喝着餐飲一邊品嘗甜品。吃了端上來的沙律之後再被迫多等 30 分鐘，終於……

**昨日他在餐廳用餐的次序是？**

## 85 圖畫綜合題 ③

題7  **答案：**3

おとこ ひと おんな ひと はな
**男の人と女の人が話しています。女の人はどうして本を送りますか？**

おとこ ひと
**男の人：** 大きい荷物ですね。何が入っているんですか？

おんな ひと
**女の人：** 読んだ本ですよ。アパートにスペースがないから、実家に送ることにしました。

おとこ ひと
**男の人：** そうですか、私なら古い本を買ってくれる本屋さんに売るか、図書館か老人ホームにあげるのがいいと思いますが……

おんな ひと
**女の人：** 私も最初はおじいちゃんおばあちゃんにあげようと思ってたんですけど、お母さんが妹にも本を読ませたいと言ったん*** ですから……

おとこ ひと
**男の人：** そういうことですね。お母さんはなかなかいいことを考えたんですね。

おんな ひと
**女の人はどうして本を送りますか？**

***「言う」基本上讀「いう iu」、但很多日本人會讀成「ゆう yuu」，希望透過這個練習，讓初學者記下這個極爲普遍的讀法。

**男人和女人在談話。女人為甚麼把書寄出呢？**

**男人：** 很大的箱子呢。裏面裝着甚麼？

**女人：** 都是看完了的書。因為現在住的單位實在不夠位，所以決定寄回老家。

**男人：** 是這樣啊？我的話就覺得或是賣給願意收買的二手書店，或是捐贈給圖書館或老人院等地方也是不錯的選擇啊……

**女人：** 我一開始也想送給公公婆婆的，但是媽媽說想讓妹妹也多看書……

**男人：** 原來是這樣。你媽媽想到的主意也不錯呢。

**女人為甚麼把書寄出呢？**

題8  **答案：**4

<ruby>男<rt>おとこ</rt></ruby>の<ruby>人<rt>ひと</rt></ruby>と<ruby>女<rt>おんな</rt></ruby>の<ruby>人<rt>ひと</rt></ruby>が<ruby>話<rt>はな</rt></ruby>しています。<ruby>女<rt>おんな</rt></ruby>の<ruby>人<rt>ひと</rt></ruby>は<ruby>友達<rt>ともだち</rt></ruby>にどんなプレゼントを あげますか？

<ruby>女<rt>おんな</rt></ruby>の<ruby>人<rt>ひと</rt></ruby>：ゆみちゃんはパンダが<ruby>好<rt>す</rt></ruby>きだから、パンダグッズをあげよう かなと<ruby>思<rt>おも</rt></ruby>ってさ。

<ruby>男<rt>おとこ</rt></ruby>の<ruby>人<rt>ひと</rt></ruby>：じゃあ、これどう？パンダもあるし、<ruby>食<rt>た</rt></ruby>べられるし……

<ruby>女<rt>おんな</rt></ruby>の<ruby>人<rt>ひと</rt></ruby>：でもさぁ、<ruby>前<rt>まえ</rt></ruby><ruby>買<rt>か</rt></ruby>ったスカートが<ruby>履<rt>は</rt></ruby>けるように<ruby>今<rt>いま</rt></ruby>ダイエットし てるって<ruby>言<rt>い</rt></ruby>ったじゃん？<ruby>美味<rt>おい</rt></ruby>しそうだけど、<ruby>食<rt>た</rt></ruby>べ<ruby>物<rt>もの</rt></ruby>はアウト だと<ruby>思<rt>おも</rt></ruby>うよ。

<ruby>男<rt>おとこ</rt></ruby>の<ruby>人<rt>ひと</rt></ruby>：<ruby>本当<rt>ほんとう</rt></ruby>は<ruby>食<rt>た</rt></ruby>べたいけど、<ruby>我慢<rt>がまん</rt></ruby>してるだけじゃない？

<ruby>女<rt>おんな</rt></ruby>の<ruby>人<rt>ひと</rt></ruby>：そうかもね。それよりこれどう？

<ruby>男<rt>おとこ</rt></ruby>の<ruby>人<rt>ひと</rt></ruby>：ゆみちゃん<ruby>結構<rt>けっこう</rt></ruby>ぬいぐるみを<ruby>持<rt>も</rt></ruby>ってるんじゃない？やめたら？

<ruby>女<rt>おんな</rt></ruby>の<ruby>人<rt>ひと</rt></ruby>：じゃ、これもダメか？あっ、そうだ。ゆみちゃん<ruby>最近<rt>さいきん</rt></ruby><ruby>引越<rt>ひっこ</rt></ruby>し したじゃん？もともと<ruby>座<rt>すわ</rt></ruby>っていたやつが<ruby>壊<rt>こわ</rt></ruby>れてるから、これ がいいと<ruby>思<rt>おも</rt></ruby>う。これにしよう。

<ruby>女<rt>おんな</rt></ruby>の<ruby>人<rt>ひと</rt></ruby>は<ruby>友達<rt>ともだち</rt></ruby>にどんなプレゼントをあげますか？

**男人和女人在談話。女人送了甚麼禮物給朋友？**

女人：知道祐美喜歡熊貓，所以我打算送她熊貓的禮物。

男人：那麼，這個如何？又有熊貓圖案又能吃的……

女人：不過呢，她不是說過為了能穿上之前買的裙子而正在節食嗎？雖 然這個看來很好吃，但我覺得食物似乎不是一個好選擇。

男人：其實她很想要吃的，應該只是在忍耐着吧？

女人：或者是吧。話說回頭，這個如何？

男人：祐美不是已經有很多毛公仔嗎？不如不要選這個？

女人：這個又不行啊？啊，對了。祐美最近不是搬家了嗎？她本來的座 椅好像爛了，這個就最適合她了。就選這個吧。

**女人送了甚麼禮物給朋友？**

題9 答案：1

<ruby>男<rt>おとこ</rt></ruby>の<ruby>人<rt>ひと</rt></ruby>と<ruby>女<rt>おんな</rt></ruby>の<ruby>人<rt>ひと</rt></ruby>が<ruby>話<rt>はな</rt></ruby>しています。<ruby>男<rt>おとこ</rt></ruby>の<ruby>人<rt>ひと</rt></ruby>は<ruby>女<rt>おんな</rt></ruby>の<ruby>人<rt>ひと</rt></ruby>にどんなクリスマ のプレゼントをもらいましたか？

<ruby>男<rt>おとこ</rt></ruby>の<ruby>人<rt>ひと</rt></ruby>：<ruby>田中<rt>たなか</rt></ruby>さん、<ruby>送<rt>おく</rt></ruby>ってくださったクリスマスのプレゼントはた

いま届いたところです。

女の人：それはよかったです。ぜひ召し上がって下さい。

男の人：そうですね。家内はアルコールが苦手ですから、贅沢ですが、私一人で いただくことにしました。温めて飲ませていただきますね。

女の人：それがいいと思いますよ。ぜひ感想を聞かせて下さい。

男の人は女の人にどんなクリスマスのプレゼントをもらいましたか？

男人和女人在談話。男人收到女人送的甚麼聖誕禮物？

男人：田中小姐，你送的聖誕禮物我剛剛收到了。

女人：太好了，不用客氣請慢用。

男人：好啊。我太太不太喝酒，雖然有點奢侈，但我決定一個人獨自享受。請允許我把它暖熱再喝。

女人：很好啊。請讓我洗耳恭聽您品嘗後的感想。

男人收到女人送的甚麼聖誕禮物？

## 86 文字綜合題 ①

題1 | 答案：1

お父さんと娘さんが話しています。娘さんの今日の行くところの順番はどれですか？

お父さん：葵、昼ご飯食べた？

娘さん：　うん、さっき食べたばっかりだよ。今から出かけるところ。

お父さん：どこ行くの？

娘さん：　郵便局に行って、それからデパートに買い物に行ってくるけど。

お父さん：悪いんだけど、買い物が終わったら、山本さんの家に傘を返しに行ってもらえる？この前雨の日に貸してもらっていまだに返してないからさ。

娘さん：　いいわよ。

お父さん：それにデパートに行く前に、いつもの酒屋さんでお酒を買っといてもらえる？

娘さん：　それは最後でいい？デパートのバーゲンセールは３時に終

わるそうなんで、急いで行かなくちゃ。山本さんのお家の
すぐ隣だから、買ったらすぐ帰ってこれる。

お父さん： もちろんいいよ、じゃあ、いってらっしゃい。

娘さん： 行ってくるね。

娘さんの今日の行くところの順番はどれですか？

父親： 小葵，吃了午飯沒有？

女兒： 嗯，剛剛吃完了。現在正準備外出。

父親： 要到哪裏去啊？

女兒： 先到郵局，再去百貨公司買點東西便回來。

父親： 麻煩你，買完東西後能替我把雨傘還到山本家嗎？早前下雨時借
他的但還沒有還給他。

女兒： 可以啊。

父親： 還有，到百貨公司前可否替我到一直光顧開的酒舖買枝酒回來？

女兒： 這個最後做行不行？聽說百貨公司的減價優惠三時就會完結，我
不快點趕到便會錯過了。酒舖就在山本家附近，買完酒也很快能
回到家。

父親： 當然沒有問題了。那麼，出門小心哦。

女兒： 我出門了。

**女兒今日到各地方的次序是甚麼呢？**

1　郵局→百貨公司→山本家→酒舖

2　山本家→郵局→百貨公司→酒舖

3　酒舖→百貨公司→郵局→山本家

4　百貨公司→山本家→郵局→酒舖

題2　**答案：2**

先生と学生が話しています。学生は初めに何をしなければなりませんか？

学生： 先生、卒業論文についてお聞きしたいことがあるんですが……

先生： いいですよ、何について書く予定ですか？

学生： それがね、まだ予定がはっきり決まっていなくて先生にお聞き
しようと思っていたところなんですが……

先生： それじゃ、良いか悪いかという意見もあげられないし、参考書

298

もオススメできないでしょう。他の先生に聞いても同じことを言われると思いますよ。

学生：じゃあ、まず先輩たちに聞いてみたほうがいいかな？

先生：それよりも何について書きたいかをしっかり決めてこないとダメでしょう。それに合う論文や参考書などをおススメしますから。

学生：はい、わかりました。またご連絡します。

**学生は初めに何をしなければなりませんか？**

**老師和學生在談話。學生首先要做甚麼呢？**

學生：老師，有關畢業論文的問題想向你請教一下……

老師：好啊，你打算寫的論文是關於甚麼的？

學生：其實就是還未想好論文要寫甚麼主題好，所以正想問老師你的意見……

老師：這樣的話，我又不能說你的方向是好是壞，也不能給你推薦參考書。即使你問其他老師他們也會這樣答你的。

學生：那麼，我問問師兄師姊的意見會比較好嗎？

老師：比起這個，如果不先決定好主題方向的話也不會有結果吧。【當決定好主題】我再給你推薦一些合適的參考書和參考論文。

學生：好的，明白了。有問題再向老師請教。

**學生首先要做甚麼呢？**

1 向其他老師請教

2 決定論文題目

3 探參考書

4 詢問師兄師姊的意見

**答案：1**

題3

**男の人と女の人が話しています。女の人は小さい頃何になりたかったですか？小さい頃です。**

男の人：卒業したら、何になりたい？会社で働きたいなら、友人の会社を紹介してあげるよ。

女の人：ありがとう。でも、正直、会社の仕事はつまらなさそうな感じがするから、あんまり好きじゃないよね。

男の人：そうなんだ。まあ確かに君は子供と一緒にいるのが好きだよ

ね、幼稚園の先生なんかになったら？

女の人：そうね、子供はかわいいからね。でもさぁ、思えば、昔は先生になるつもりはなかったよね。

男の人：そうなの、何になりたかったの？結構スポーツが好きだから、初めに会ったとき、警察官になるんじゃないかと思ってたよ。

女の人：えっ、そう思われてたの？ちょっとビックリするかも。実はおじいちゃんがちっちゃい頃になくなったんだけど、あたしはおじいちゃんが大好きだったから、その頃は病院で働けたらいいなあと思ってた。

男の人：なるほど……

女の人は小さい頃何になりたかったですか？小さい頃です。

男人和女人在談話。女人小時候曾想要做甚麼職業呢？注意是小時候。

男人：畢業後，你想做甚麼？如果是普通上班一族的話，我可以介紹你到朋友的公司啊。

女人：謝謝你。不過，說真的，普通寫字樓的工作好像很千篇一律，我其實不太喜歡。

男人：是這樣啊。的確你喜歡和小朋友玩耍吧，不如試試幼稚園老師之類的工作？

女人：是的，因為小朋友很可愛啊。不過呢，想又一下，以前都沒有想過要成為老師。

男人：是嗎？以前想過要做甚麼？你一向喜歡做運動，所以第一次見到你時，覺得你會成為警察哦。

女人：啊，竟然給你這樣的印象。真的出乎意料之外。其實我爺爺在我小時候就過身了，因為我很喜歡我爺爺的，所以那時曾經想做在醫院工作。

男人：原來如此……

女人小時候曾想要做甚麼職業呢？注意是小時候。

1　想成為護士

2　想成為老師

3　想成為警察

4　想成為打工一族

## 87　文字綜合題 ②

　答案：1

女の人が話しています。毎日する仕事じゃないことはなんですか？
毎日じゃないことです。

女の人：皆さん、主婦の仕事は大変だということ、ご存知ですか？例えば、私の場合は、朝は早くも６時に起きますが、その後 必ず掃除と洗濯をするから、すぐ疲れを感じます。まあ、年も年ですからね。また、週に何回かゴミ収集車が来るから、ゴミを出しに行くことも主婦の仕事です。それに、毎日通勤と通学の夫と子供のために、お弁当を作るのにも、結構時間がかかりますよ。ですから、主婦の仕事は楽だと思わないでくださいね。

毎日する仕事じゃないことはなんですか？毎日じゃないことです。

**女人在說話。哪一項不是主婦每日要做的事？注意不是每日要做的事。**

女人：　大家知道其實主婦每天都很忙碌的嗎？以我自己為例，每天都六時就要起床，之後一定要打掃和洗衣服，所以會馬上感到疲累。不過呢，也可能是因為開始年紀大吧。還有，把垃圾拿到一週只到來數日的垃圾車去扔掉，也是主婦的職責。再者，每天要為上班的丈夫和上學的孩子準備便當，也是很費時的啊。所以請不要以為家庭主婦是很輕鬆的。

**哪一項不是主婦每日要做的事？注意不是每日要做的事。**

1　掉垃圾

2　打掃

3　洗衣服

4　做便當

　答案：1

男の人と女の人が話しています。男の人は何を持って行かなければなりませんか？

男の人：おい、火事だ、早く逃げろ！

女の人：あたし財布持ってるから、大丈夫。あんた、財布と携帯は？

男の人：カバンの中。

女の人：じゃぁカバンは？

男の人：車の中だから安心だ。

女の人：じゃ早く逃げよう。

男の人：待て、これがないと、車が動かないから。

男の人は何を持って行かなければなりませんか？

男人和女人正在談話。男人必須要帶甚麼東西逃走呢？

男人： 喂，失火了！快點逃走！

女人： 我有帶銀包，沒問題。你呢，有帶銀包和電話嗎？

男人： 有，在背包。

女人： 你的背包呢？

男人： 放心，背包在車上。

女人： 那我們快點走吧。

男人： 等等，沒有這樣開不了車。

男人要必須要帶甚麼東西逃走呢？

1 鑰（車）匙

2 銀包

3 背包

4 電話

題6 答案：3

男の人がおじいちゃんにインタビューをしています。おじいちゃんは今年何歳ですか？

男の人： 今日はこの村で最も年配の方、丹羽おじいちゃんにインタビューをします。丹羽おじいちゃんはおいくつですか。

おじいちゃん：確か一昨年は最後の2桁だったけど、気づいたらもう

100 歳超えている。まあ、わしの夢は 110 歳まで生き
ることじゃ。

**おじいちゃんは今年何歳ですか？**

**男人正在訪問老爺爺。老爺爺今年貴庚？**

男人： 今天我們邀請到村中最年長的丹羽伯伯和我們做訪問。請問丹
羽伯伯今年貴庚？

老爺爺： 好像前年還是最後一次兩位數字的，到我回個神來的時候已經
過百歲了。不過老夫是想要活到 110 歲的啊。

**老爺爺今年貴庚？**

1 99 歲

2 100 歲

3 101 歲

4 110 歲

**文字綜合題 ③**

題7 | **答案：3**

**2 人の男が話しています。昨日のサッカー試合の結果は何対何でしたか？**

**男の人A：** 昨日のサッカー試合、見ましたか？

**男の人B：** ええ、見ましたよ！ブラジル対イングランド、両方とも強
かったですね。

**男の人A：** 1 対 0 でイングランドの勝ちだと予想していたんですけど、
まさか 2 対 2 になるとはね……。

**男の人B：** あれ、確かロスタイムにゴールを決められてしまったんで
すよ。ブラジルに。

**男の人A：** えっ、そうだったの？ 90 分まで見てて、確かその時はまだ
2 対 2 でしたけど、眠くなっやってついつい……

**男の人B：** 本当にサッカーは最後の一秒まで見ないと何が起こるか分
からないものですね。

**昨日のサッカー試合の結果は何対何でしたか？**

**兩個男人正在對話。昨天的足球比賽結果是幾多比幾多？**

男人A： 有沒有看昨天的足球比賽？

男人B： 看了！巴西對英格蘭，雙方都好強。

男人A： 我以為會是英格蘭贏巴西1比0，想不到是二比二。

男人B： 咦，在補時的時候決勝負了，被巴西進了一球。

男人A： 咦，是嗎，我只看了90分鐘前的部分，那時確實是二對二，
　　　　　但是漸漸想睡覺了，不知不覺就……

男人B： 果然足球不看到最後一秒，就不知道最後會發生甚麼事。

**昨天的足球比賽結果是幾多比幾多？**

1　2比1英格蘭贏　　　　　　　　2　2比2打和

3　3比2巴西贏　　　　　　　　4　3比2英格蘭贏

題8　**答案：2**

<ruby>男<rt>おとこ</rt></ruby>の<ruby>人<rt>ひと</rt></ruby>と<ruby>女<rt>おんな</rt></ruby>の<ruby>人<rt>ひと</rt></ruby>が<ruby>話<rt>はな</rt></ruby>しています。<ruby>明日<rt>あした</rt></ruby>の<ruby>午後<rt>ごご</rt></ruby>の<ruby>天気<rt>てんき</rt></ruby>はどうですか？
<ruby>午後<rt>ごご</rt></ruby>の<ruby>天気<rt>てんき</rt></ruby>です。

<ruby>男<rt>おとこ</rt></ruby>の<ruby>人<rt>ひと</rt></ruby>： このごろ、<ruby>毎日<rt>まいにち</rt></ruby>40<ruby>度<rt>ど</rt></ruby>超えていて、<ruby>暑<rt>あつ</rt></ruby>すぎるよ。

<ruby>女<rt>おんな</rt></ruby>の<ruby>人<rt>ひと</rt></ruby>： <ruby>天気予報<rt>てんきよほう</rt></ruby>によると、<ruby>明日<rt>あした</rt></ruby>も<ruby>暑<rt>あつ</rt></ruby>いそうだよ、<ruby>今日<rt>きょう</rt></ruby>ほどじゃない
　　　　　けど。

<ruby>男<rt>おとこ</rt></ruby>の<ruby>人<rt>ひと</rt></ruby>： <ruby>少<rt>すこ</rt></ruby>し<ruby>涼<rt>すず</rt></ruby>しくなるかなぁと<ruby>思<rt>おも</rt></ruby>っていたけど。

<ruby>女<rt>おんな</rt></ruby>の<ruby>人<rt>ひと</rt></ruby>： <ruby>確<rt>たし</rt></ruby>か<ruby>午前中<rt>ごぜんちゅう</rt></ruby>はずっと<ruby>晴<rt>は</rt></ruby>れるけど、1<ruby>時<rt>じ</rt></ruby>ぐらいからザーッと<ruby>雨<rt>あめ</rt></ruby>
　　　　　が<ruby>降<rt>ふ</rt></ruby>って、<ruby>止<rt>や</rt></ruby>んだらまた<ruby>晴<rt>は</rt></ruby>れたり<ruby>曇<rt>くも</rt></ruby>ったりするらしいよ。

<ruby>男<rt>おとこ</rt></ruby>の<ruby>人<rt>ひと</rt></ruby>： だから<ruby>妹<rt>いもうと</rt></ruby>が<ruby>涼<rt>すず</rt></ruby>しくなると<ruby>言<rt>い</rt></ruby>った<ruby>訳<rt>わけ</rt></ruby>か。

<ruby>女<rt>おんな</rt></ruby>の<ruby>人<rt>ひと</rt></ruby>： それにしても、<ruby>涼<rt>すず</rt></ruby>しい<ruby>風<rt>かぜ</rt></ruby>に<ruby>吹<rt>ふ</rt></ruby>かれたい。<ruby>早<rt>はや</rt></ruby>く<ruby>秋<rt>あき</rt></ruby>になってくれ
　　　　　ないのかな。

**<ruby>明日<rt>あした</rt></ruby>の<ruby>午後<rt>ごご</rt></ruby>の<ruby>天気<rt>てんき</rt></ruby>はどうですか？<ruby>午後<rt>ごご</rt></ruby>の<ruby>天気<rt>てんき</rt></ruby>です。**

**男人和女人正在對話。明天下午的天氣如何？是下午的天氣。**

男孩子： 這段日子，每日都超過40度，太熱了。

女孩子： 根據天氣預報，明天都會很熱，雖然不會像今天那麼熱。

男孩子： 還以為會涼快一點。

女孩子： 好像中午前一直都天晴，大約下午一時左右開始會有一陣雨，
　　　　　雨停了之後，好像時而天晴時而有雲。

男孩子： 所以因為這樣妹妹才說會變得涼快吧。

女孩子： 話雖如此，我真想被涼快的風吹着，秋天不能早點來嗎？

明天下午的天氣如何？是下午的天氣。

1　天晴之後颱風
2　下雨之後天晴
3　陰天之後下雨
4　陰天之後颱風

題 9

答案：3

男の人と女の人が話しています。今何時ですか。

女の人：あれっ、ミラーさんはいないですね。

男の人：ミラーなら、今外で食事をしていて、そろそろ戻ってくると思います。

女の人：会議に遅れるんじゃないですか？

男の人：大丈夫でしょう。あと 40 分もありますから。

女の人：いいえ、あと 10 分しかないですよ。

男の人：えっ、2 時からだったんじゃないですか？

女の人：今回はとても重要な会議ですから、いつもより 30 分早くなりましたよ。聞いてなかったんですか？

男の人：えええええ、今すぐミラさんに連絡します。

今何時ですか。

男人和女人正在對話。現在幾點？

女人：咦，米拿先生不在。

男人：米拿先生現在外出吃飯，我想應該差不多回來了。

女人：那麼米拿先生不是會遲到嗎？

男人：應該沒問題的，因為距離會議還有 40 分鐘。

女人：不是，只有 10 分鐘了。

男人：咦，會議不是 2 時開始嗎？

女人：這次是個十分重要的會議，所以比平常早了 30 分鐘，沒有聽說過嗎？

男人：啊啊啊啊（驚訝），我現在立刻聯絡米拿先生。

現在幾點？

1　下午 12 時 50 分
2　下午 1 時
3　下午 1 時 20 分
4　下午 1 時 50 分

題 1　答案：1
　　　中譯：我家誰也不在，所以總覺得有點寂寞。

題 2　答案：2
　　　中譯：這部機器好像是故障中。

題 3　答案：3
　　　中譯：這間百貨公司的商品十分豐富。

題 4　答案：1
　　　中譯：那個人完全沒有資格當人。

題 5　答案：2
　　　中譯：那位母親好像對教育十分熱心。

題 6　答案：2
　　　中譯：下週開始會有低氣壓，所以天氣好像會變差。

題 7　答案：3
　　　中譯：出生不久馬上和父母分離了。

題 8　答案：4
　　　中譯：有試過被救護車載到醫院。

題 9　答案：4
　　　中譯：他訴說自己沒有犯罪。

題 10　答案：3
　　　中譯：因為有事，所以會缺席明天的課。

題 11　答案：4
　　　中譯：相比起外貌，我更希望和性格相合的人交往。

　　　　　1　愛情 / 想看到月亮
　　　　　2　性格相合 / 想看到月亮
　　　　　3　愛情 / 交往
　　　　　4　性格相合 / 交往

答案：1

中譯：請問今天可以讓我早點回家嗎？

1 回家

2 歸宇

3 掃宅

4 掃宇

解說：選項 1、2、3 均為字典上沒有的虛構單詞。

題 13 答案：1

中譯：已經知道受害者的身份了嗎？

1 受害者

2 火階舍：（無此字）

3 非外國製車

4 日會社：（無此字）

解說：選項 2、4 理論上皆可讀到「ひがいしゃ」，但其實均為字典上沒有的虛構單詞。

題 14 答案：4

中譯：把那個強勁的相撲選手擊敗的是誰？

1 弄髒了

2 無此字

3 無此字

4 擊敗

題 15 答案：4

中譯：我們的隊伍是以全國第一作為目標的。

1 無此字

2 無此字

3 無此字

4 作為目標

解說：選項 1、2 理論上皆可讀到「めざして」，但均為字典上沒有的虛構單詞，而選項 3 則與正確答案意思相近，但文法上不能通。

答案：3

中譯：可以幫我計算一下大約需要多少時間嗎。

1 諮詢
2 測量
3 計算
4 量度

解說：雖然所有選項都讀「はかって」，而且意思都是測量、量度等意思，但選項 1「諮る」多用於諮詢某人；但選項 2「測る」多用於長度、面積上；而選項 4「量る」則多用於量度重量、容量。所以答案是多用於量度時間及數量的選項 3「計る」。

題 17 答案：4

中譯：因為有重要的事情要宣佈，請將員工都集合在這裏。

1 放棄
2 開始
3 弄暖
4 集合

題 18 答案：4

中譯：由於我明天早上有要事，所以希望你能夠在六時叫醒我。

1 增加
2 冷卻
3 使某物跌下
4 叫醒

題 19 答案：1

中譯：親愛的，你的頭髮長了，快點去理髮店剪頭髮吧。

1 長了
2 閉上
3 活着
4 跌下

題 20 答案：1

中譯：回到家中，嬰兒在熟睡中。

| 題 21 | 答案：3 |
| --- | --- |

中譯：在打錯了電話號碼的情況下，首先應該是說「對不起」吧。

| 題 22 | 答案：2 |
| --- | --- |

中譯：Ａ：有一股很香的氣味呢，在煮着甚麼呢？

　　　Ｂ：今天是炸雞塊喔。

| 題 23 | 答案：1 |
| --- | --- |

中譯：Ａ：這個市鎮的人口比十年前多了很多呢。

　　　Ｂ：畢竟還是因為政策做得很好吧，不是嗎？

| 題 24 | 答案：2 |
| --- | --- |

中譯：因為世界的能源都是有限的，我們不能不慎重地用。

| 題 25 | 答案：3 |
| --- | --- |

中譯：那間酒店房費連自助早餐都包括了，居然還只是 5,000 日元實在
難以置信。

　　1　ハイキング（hiking ＝遠足）

　　2　インタビュー（interview ＝訪問）

　　3　バイキング（viking ＝自助餐）

　　4　インターネット（internet ＝互聯網）

| 題 26 | 答案：2 |
| --- | --- |

中譯：是軟綿綿的布團呢。

　　1　是很貴的布團呢。

　　2　是很柔軟的布團呢。

　　3　是很暖和的布團呢。

　　4　是很舊的布團呢。

| 題 27 | 答案：3 |
| --- | --- |

中譯：衣服在陽台喔。

　　1　衣服在抽屜裏面。

　　2　衣服在箱子裏面。

　　3　衣服在房間外面。

　　4　衣服在大廈最高那一層。

答案：3

中譯：房間裏寫着「禁止攝影」。

    1  裏面可以吃東西。

    2  裏面不能說話。

    3  裏面不能拍照。

    4  裏面可以買特產。

題 29 答案：4

中譯：向那個人道歉了。

    1  向那個人說了「請保重」。

    2  向那個人說了「很過分呢」。

    3  向那個人說了「好厲害」。

    4  向那個人說了「非常抱歉」。

題 30 答案：4

中譯：田中社長正在閱覽那個。

    1  田中社長正在喝酒。

    2  田中社長正在聽音樂。

    3  田中社長正在表達意見。

    4  田中社長正在看菜牌。

題 31 答案：1

中譯：髮型想弄成甚麼風格呢？

題 32 答案：4

中譯：我不如山田君那麼強。

題 33 答案：1

中譯：原來如此，老師所言甚是。

題 34 答案：4

中譯：親愛的，我們終於有小寶寶了。

題 35 答案：3

中譯：你身體狀況怎樣了？不要勉強自己喔。

| 題 1 | **答案**：3 |
| | **中譯**：A：巴士總是九時左右來到，但今天怎麼也不來呢。 |
| | B：現在有一輛巴士來到這裏，是那輛巴士嗎？ |

| 題 2 | **答案**：1 |
| | **中譯**：A：要喝咖啡嗎？ |
| | B：不要咖啡了，因為剛剛已經喝了。 |

| 題 3 | **答案**：2 |
| | **中譯**：明明對人很親切，卻被說是笨蛋而感到傷心。 |

| 題 4 | **答案**：1 |
| | **中譯**：你褲子的拉鍊沒拉喔！ |

| 題 5 | **答案**：4 |
| | **中譯**：肺炎盛行的時候，醫生在電視節目中建議市民哪裏也不要去。 |

| 題 6 | **答案**：3 |
| | **中譯**：因為我不了解細節，所以叫 / 讓負責人為我說明情況。 |

| 題 7 | **答案**：4 |
| | **中譯**：我現在要睡一會兒，到 3 點的話，可以叫我起床嗎？ |

| 題 8 | **答案**：3 |
| | **中譯**：學生：這是香港恒生大學的學生證呢…… |
| | 店員：原來如此，是學生呢，那麼會有學生優惠。 |

| 題 9 | **答案**：4 |
| | **中譯**：年輕人：糟糕！上班要遲到了。 |

| 題 10 | **答案**：2 |
| | **中譯**：別老是睡覺，幫忙做家務啊！ |

| 題 11 | **答案**：3 |
| | **中譯**：聽老師說期末測驗很簡單。 |

| 題 12 | **答案**：1 |
| | **中譯**：雖然孩子似乎也想來今天的派對，但我讓他留在家中。 |

JPLT

N4

| 題 13 | **答案**：2 |
| | **中譯**：學生：老師有兄弟姐妹嗎？ |
| | 老師：是的，有弟弟和妹妹。 |
| 題 14 | **答案**：3 |
| | **中譯**：父親：你們很吵！給我安靜點！ |
| | 孩子：對不起！ |
| 題 15 | **答案**：3 |
| | **中譯**：因為小孩的數量在逐漸減少，今後的日本將會變得不容易 / 很艱難吧。 |
| 題 16 | **答案**：4312　★ =1 |
| | **中譯**：從課長那裏得知他下個月將會退休。 |
| 題 17 | **答案**：3412　★ =1 |
| | **中譯**：一開始是想買 switch（遊戲機），但最後還是買了 PS4。 |
| 題 18 | **答案**：3241　★ =4 |
| | **中譯**：今天的霧很大，因此沒可能看到遠方的山。 |
| 題 19 | **答案**：4312　★ =1 |
| | **中譯**：請停止取笑成績不及你好的人！ |
| 題 20 | **答案**：3124　★ =2 |
| | **中譯**：在我公司有一個規定，就是在六點前完成所有的工作。 |

**問題三**

(1)　在現代，一日的進餐當中，晚餐被認為應該是最豪華，但是江戶時代的人們卻好像是午餐是最主要的。這是因為他們在夜晚比現代的人有更早睡的習慣。

被稱為江戶之子，即居住在江戶（現在的東京）的人們最引以為傲的是能吃很多白米。但是，這卻有一個很大的缺點。

那就是會患上一種叫做「腳氣」的疾病。這是由於維他命 $B_1$ 不足所引起的疾病，同時會產生腳痺等問題。

當時有很多江戶的人，因腳氣病而受苦，而且不止普通人，就連德川將軍家族，15 人當中，有 3 人因腳氣而去世，確是十分恐怖的疾病。另一方面，離江戶一段距離的鄉下地方，那裏的主要糧食不是白米，而是玄米、小麥或雜穀等粗糧，因此聽說患上腳氣病的人很少。

題 21　**答案：**1

　　　**解說：**1　似乎

　　　　　　　2　請

　　　　　　　3　為甚麼

　　　　　　　4　請 / 設法

題 22　**答案：**3

　　　**解說：**1　被做了

　　　　　　　2　關於

　　　　　　　3　被稱為

　　　　　　　4　或者

題 23　**答案：**3

　　　**解說：**1　的話

　　　　　　　2　明明

　　　　　　　3　這件事

　　　　　　　4　地方

題 24　**答案：**4

　　　**解說：**1　表示時間

　　　　　　　2　之前

　　　　　　　3　直到

　　　　　　　4　就連

題 25　**答案：**3

　　　**解說：**1　不及

　　　　　　　2　較

　　　　　　　3　相比起

　　　　　　　4　只有～しか後接否定

問題四

（1）　大家有聽過「あいうえお作文」這個遊戲嗎？那是使用同一行的平假名，作出五句（四至六句也可）句子的詞語遊戲。完成後，五句句子各有意思，而且從上而下，都具備了同一行的平假名，你明白了嗎？當然不止是「あ行」，「か行～わ行」，總之你能選取喜歡的一行來作文，或者，選取一個喜歡的日文詞語，例如「ありがとう（謝謝）」或「きむらたくや（木村拓哉）」亦沒有所謂。然而，像「すみません（不好意思）」或「ロンドン（倫敦）」這樣的詞語就當然不合適了。

題 26　**答案**：1

**中譯**：以下哪個是「あいうえお作文」？

| 1 | 謝謝你 | 2 | 卡卡卡卡卡 |
| | 旅行時 | | 在公司 |
| | 外國人的我 | | 和課長 |
| | 和我一起 | | 會議之後 |
| | 吃了鰻魚 | | 吃了蟹 |
| 3 | 再見了 | 4 | 公司旅行 |
| | 田中課長 | | 雖然完結了 |
| | 以前是秘密 | | 喝了啤酒 |
| | 現在直說吧 | | 吃了叉燒 |
| | 你真囉嗦 | | 超開心的 |

題 27　**答案**：1

**中譯**：為甚麼文中說「像『すみません（不好意思）』或『ロンドン（倫敦）』這樣的詞語就當然不合適了」呢？

1　因為有不能使用的假名　　2　因為假名不是五個字

3　因為不是有禮貌的說法　　4　因為不是平假名

**解說**：文中提及あいうえお作文只可使用あ行～わ行，沒有提及可以用「ん／ン」，而且日語裏沒有從「ん／ン」開始的單詞，故屬於這個遊戲裏「不能使用的假名」。

**問題四**

(2)　金先生在日本恒生大學的網站看了以下的資料。

**日本恒生大學　選拔方法**

① 文件審查

② 基礎能力測試　（2 科目）

③ 面試　　時間：大約 15 分鐘
　　　　　　形式：考生 1 名對教師 1 名

・在進行面試前兩星期，文件審查合格的人士會收到準考證。

・基礎能力測試由日語的小論文及英語組成。需閱讀約 1400 字～ 1800 字左右的小論文，以日語寫出 200 字以內的摘要及 1000 字的意見。另外，英語分為閱讀、文法、聆聽三個部分，以 4 選 1 的形式作答。

・若考試當天沒有應考基礎能力測試，即使有任何理由，亦不能進行面試。假如忘記了帶準帶證，如果能展示已拍下的準考證相片，亦能進行面試。

・若果缺席面試，當天所有考試結果則視作無效。

| 題 28 | **答案**：1 |

**中譯**：以下哪位最有可能合格？

1　面試之際與教師討論激烈，說了「所有日本人都是笨蛋」的李君

2　應考了基礎能力測試，但忘記了去面試的王君

3　意識到明日有面試，但準考證仍未寄到家裏的張君

4　不擅長日語，但以擅長的英語寫小論文的克里斯君

(3)　從電視節目聽到以下的信息：

夫妻的對話中使用敬語的話被稱為是【夫婦關係變得】嚴重的情況。「你是笨蛋嗎？我可是很忙啊！」或「你說甚麼？有膽量就再說多次！」等，確實這些說法並非很好，但像是「您剛才說了甚麼？好倒要請教請教！」、「您的高見，願聞其詳！」這些用了敬語則有點兒……所以，如果是夫妻的話，我認為比起以敬語交談、甚至甚麼也不說，沒有隔閡的溝通還是比較較好的……

題 29 **答案**：3

**中譯**：以下哪個是「沒有隔閡的溝通」？

1　You are so lazy, aren't you?

2　這真是美不勝收啊，呵呵呵呵！

3　這個，不好吃嗎？

4　昨天遲了，明天也會遲了嗎？（文法錯誤）

題 30 **答案**：2

**中譯**：說出這段話的人，抱有怎樣的想法？

1　夫妻之間必須使用敬語。

2　夫妻之間絕對不可使用敬語。

3　夫妻每日都不交談的話，漸漸就變得不會對對方說話。

4　因為「笨蛋」、敬語都不是好的語言，所以不應該使用。

**問題五**

在去看歌舞伎之前，我讀了一篇有關歌舞伎的特殊辭彙的報道：

### 關於女形、花道和黑子

在歌舞伎中，除兒童角色外，其他所有角色都會由男人演出，而由男人所表演的女性角色被稱為女形。最初，女性出演角色亦是被允許，但後來因它擾亂了風俗而被禁止，據說因此逐漸變成由男性出演女性角色。

花道是獨特的歌舞伎建築，在主舞台上垂直附着的這條狹窄的路貫穿了觀眾席。當演員需要把最重要的場景向客人表演時，他們就會多次於花道上通過並展示舞蹈等精彩表演。

觀看歌舞伎時，請將黑色的東西當作是看不到的事物。例如，有被稱為黑子的人們穿着黑色的衣服，儘管我們可以在現場看到他們的身體，但是也要把他們當作是看不到的人。

黑子最重要的工作是，當各種道具不再需要時，需迅速清理。然後，演員的衣服不時也要得到黑子的幫忙才能把它們脫掉呢。還有其他各種各樣的工作，總而言之，被喚作「萬事屋」就是指這樣的事情呢。

---

| 題 31 | **答案**：2 |

**中譯**：文中指出「除兒童角色外」，但這是甚麼意思？

1　男性除了扮演兒童角色外，所有角色都能夠參演

2　女性是除了能扮演兒童角色外，所有角色皆不能參演

3　男子只能扮演兒童角色

4　男性和女性都不能扮演孩童的角色

| 題 32 | **答案**：4 |

**中譯**：為甚麼演員要站在花道？

1　因為演員必須從頭到尾都站在那裏

2　因為讓黑子可以輕鬆為演員脫下衣服

3　為了告訴客人，自己是看不見的東西

4　為了讓客人看到故事中最精彩的部分

| 題 33 | **答案**：1 |

**中譯**：關於「被喚作『萬事屋』就是指這樣的事情呢」，以下哪項是正確？

1　因為黑子的工作很多

2　因為黑子的工作很少

3　因為黑子的工作很少見

4　因為黑子可以選擇工作或不工作

**問題六**

請查看「有關於消費稅的歷史」的記錄，並回答以下問題。請從 1、2、3 和 4 中選擇最合適的答案：

| 時間 | 消費稅的歷史（從 1989 年到 2019 年） |
|---|---|
| 1989 年 4 月 | 消費稅變成了 3%。 |
| 1997 年 4 月 | 消費稅變成了 5%。 |
| 2009 年 9 月 | 政府公佈消費稅將不會在 4 年內提高的政策。 |
| 2012 年 6 月 | 政府公佈消費稅將於 2014 年提高至 8%，以及將於 2015 年提高至 10% 的政策。 |
| 2014 年 4 月 | 消費稅變成了 8%。 |
| 2014 年 11 月 | 政府公佈消費稅不會於 2015 年 10 月提高至 10%，但將會於 2017 年 4 月實施的政策。 |
| 2016 年 6 月 | 政府公佈消費稅不會於 2017 年 4 月提高至 10%，但將會於 2019 年 10 月實施的政策。 |
| 2019 年 10 月 | 消費稅變成了 10%。但是部分產品，例如食品（出外進餐及酒類除外）仍維持在 8%。 |

題34 **答案**：3

**中譯**：1997 年元旦，我買了本身為 100 日元的蔬菜，但如果我支付 500 日元，會找回多少錢？

1 392 日元

2 395 日元

3 397 日元

4 400 日元

**解說**：1997 年元旦（1 月），消費稅仍然是 3%，所以購買本身為 100 日元，需付 103 日元，故找回 397 日元。

題 35　答案：4

中譯：從 2019 年 10 月開始，支付最少金額的是哪項？

　　　1　在便利店以 1,000 日元購買葡萄酒，但在家裏喝時

　　　2　在餐廳吃 1,000 日元的烏冬麵時

　　　3　在溫泉旅館喝 1,000 日元的啤酒時

　　　4　在超市購買 1,000 日元的肉時

解說：1-3 均需付 1,100 日元，而 4 只需付 1,080 日元。

題1　**答案：2**

ふたり おとこ ひと はな
**2 人の男の人が話しています。山田部長はどの人ですか？**

おとこ ひと たなかせんぱい やまだぶちょう
**男の人A：** 田中先輩、山田部長はどの方ですか？

おとこ ひと
**男の人B：** そっか、新人のお前はまだ山田部長にお目にかかったこと
がないですね。あそこで4人の方がお酒を飲みながらお
話をされているでしょう。今タバコを吸われている方が
鈴木課長ですが、山田部長はその隣に座っていらっしゃる
方ですよ。前は眼鏡をかけられていましたが、最近はコン
タクトレンズに変えられたそうです。

やまだぶちょう ひと
**山田部長はどの人ですか？**

**2 個男人正在談話。哪位是山田部長？**

**男人A：** 田中前輩，請問哪位是山田部長呢

**男人B：** 對啊，新人的你還未見過山田部長呢。你看到在那邊有4位邊
喝酒邊交談的人嗎？現在正在吸煙的那一位是鈴木課長，山田
部長是坐在其身旁的那位。早前的他還是戴眼鏡的，最近聽說
改成戴隱形眼鏡了。

**哪位是山田部長？**

題2　**答案：4**

しゃちょう しゃいん けいたいでんわ はな しゃいん くるま
**社長と社員が携帯電話で話しています。社員はどの車にいますか？**

しゃちょう はしもとくん いま きゃくさま ま
**社長：** 橋本君、今どこにおる？お客様がお待ちですよ。

しゃいん もう わけ いまかない うんてん かいしゃ む
**社員：** 申し訳ございません。今家内が運転していて、会社に向かって
ぶんいない つ おも だいじょうぶ だいじ
います。10 分以內に着くと思います。はい、大丈夫です、大事
しょうひん わたし て も
な商品ですから、私がしっかりと手に持っております。

しゃいん くるま
**社員はどの車にいますか？**

**社長和社員正在電話中談話。社員正在坐哪輛車？**

**社長：** 橋本君，你現在在哪裏？客人在等呢。

社員：　真的不好意思。我的妻子正在駕駛，向公司方向進發。我想我 10
　　　　分鐘內會到達。是，沒有問題，因為是非常重要的商品，我正穩
　　　　穩地拿着它。

**社員正在坐哪輛車？**

題3 **答案：4**

**男の人と女の人が話しています。男の人の子供はどの人ですか？**

女の人：　よくお子さんとこの公園に遊びに来られますか？

男の人：　そうですね。週に 2、3 回は来ていますよ。

女の人：　今どこで遊んでいますか？

男の人：　ほら、あそこの滑り台にいますよ。あいつは滑り台が大好き
　　　　　で、何回もやったんですけど、まだ足りていないようで階段
　　　　　に登っているところですよ。

**男の人の子供はどの人ですか？**

**男人正在和女人談話。哪位是男人的小孩？**

女人：　你常常和你的孩子來公園玩嗎？

男人：　對呢。一個星期會來 2、3 次。

女人：　現在他在哪裏玩耍呢？

男人：　你看，在那邊的滑梯喔。他十分喜歡滑梯，雖然已經玩了好幾
　　　　次，可是似乎仍然覺得不夠，現在正在上樓梯喔。

**哪位是男人的小孩？**

題4 **答案：2**

**男の人が話しています。学生たちはどの方向を見なければならないで
すか？**

男の人：　皆さん、まずは太陽が沈むほうを見て下さい。景色がいいでし
　　　　　ょう。それから、ゆっくりと 90 度の方向に体を動かしてくだ
　　　　　さい。何が見えますか？あのう、時計回りじゃない方でお願い
　　　　　します。時計回りはなんですって？うん、つまり時計の針が進
　　　　　む方向とは逆のほうへ曲がって下さい。その方向をじっと見て
　　　　　いると、ほら、人間の顔みたいな岩が見えるでしょう。

**学生たちはどの方向を見なければならないですか？**

**男人正在說話。學生們必須向哪個方向看呢？**

男人： 各位，首先請大家看着太陽下沈的方向。景色很美吧。然後，請慢慢將你的身體轉動 90 度。你能看到甚麼嗎？那個，請不要向順時針方向那邊轉。甚麼是順時針方向嗎？嗯，換言之就是請你朝與時鐘的指針前進的相反方向轉動。只要你一直向着那方位眺望，看，看到像人面的岩石吧。

**學生們必須向哪個方向看呢？**

題5 **答案：2**

**男の人と店員が話しています。男の人が買いたいものはどれですか？**

店員： いらっしゃいませ。

男の人： これを 2 本下さい。

店員： はい、かしこまりました。

男の人： それから、これも 3 台ほしいんですけど……

店員： 3 台でございますね。

男の人： あっ、ごめんなさい。ちょっとお金が足りないようで、その 3 台はキャンセルでお願いします。あと、これも 1 枚下さい。

店員： 1 枚ですね。

男の人： 全部でいくらですか？

**男の人が買いたいものはどれですか？**

**男人和店員在說話。哪些是男人想買的東西呢？**

店員： 歡迎光臨。

男人： 請給我 2 條這個。

店員： 是的，明白了。

男人： 然後，也想要 3 台這個。

店員： 要 3 台，對吧。

男人： 哎啊，不好意思，好像不夠錢，那 3 台麻煩取消掉。還有，這個也請給我一件。

店員： 一件是吧。

男人： 總共多少錢呢？

**哪些是男人想買的東西呢？**

**答案：1**

先生が学生にある所の形を教えています。今どの所の説明をしていますか？

先生：皆さん、わかりましたか？この所の形を覚えるためには、ラクダだと思って覚えたほうがいいですよ。

学生：先生、ラクダはなんですか？

先生：えっ、ラクダは知らないんですか？いつも砂漠を歩き回るあの有名な動物ですよ。ほら、ここが背中みたいでしょう。

学生：なるほど。ラクダにそっくりですね。

今どの所の説明をしていますか？

老師正在教學生某個地方的形狀。現在正在說明的是哪一個地方呢？

老師：各位，明白了嗎？如果要記着這個地方的形狀，大家可以聯想起成駱駝並記着。

學生：老師，駱駝是甚麼？

老師：咦，大家都不知道甚麼是駱駝嗎？牠是那隻常在沙漠來回走動，有名的動物喔。看，這裏好像牠的背部對吧。

學生：原來是這樣，真的和駱駝一模一樣呢。

現在正在說明的是哪一個地方呢？

**答案：4**

男の人と女の人が話しています。男の人はどんな顔をしていますか？

男の人：あなたが、かの有名な占い師、木村先生ですね。

女の人：そうですが、何か御用ですか？

男の人：先生、私の顔を見て、どんな将来になるか教えてください。

女の人：あなたはあごの上にホクロ、しかも３つもありますから、ままあお金持ちになるでしょう。それより、その傷はどうしたんですか？おでこの……

男の人：小学生の時に木から落ちてきて怪我をしたんですが……

女の人：あなたはもともと120歳まで生きることができたんですが、その怪我のせいで20年少なくなったんですよ。残念ね……

男の人はどんな顔をしていますか？

**男人正在和女人談話。男人的臉長成怎樣呢？**

男人： 你就是那位有名的占卜師，木村老師對吧？

女人： 就是我本人，有甚麼事情嗎？

男人： 老師，請看看我的臉，告訴我會有怎樣的將來。

女人： 你下巴有痣，而且還有 3 顆，想必應該能變成富人吧。比起這個，那個傷口怎樣了？額頭上那個……

男人： 這是我還是小學生的時候從樹上跌了下來的傷口……

女人： 你本來可以活到 120 歲，不過因為那個傷口令你減壽了 20 年，真可惜……

**男人的臉長成怎樣呢？**

題8 **答案：3**

男の子とお母さんが話しています。男の子はどんなペットを飼いますか？

男の子： お母さん、ペット飼っていい？例えば、子犬とか。

お母さん：毎日ワンワンしてるから、母ちゃんは苦手かも。

男の子： じゃあ、猫ちゃんもだめ？

お母さん：オシッコが臭いから、やめて。

男の子： じゃこれは？

お母さん：ネズミ？

男の子： そうだけど、気持ち悪いネズミじゃないよ。

お母さん：それならいいけど。

**男の子はどんなペットを飼いますか？**

**男孩在和母親說話。男孩要甚麼寵物呢？**

男孩： 媽媽，可以養寵物嗎？例如是小狗。

母親： 每日都「汪汪」地叫，媽媽可能會受不了啊。

男孩： 那貓也不可以嗎？

母親： 小便很臭啊，所以也不要啊。

男孩： 那這個呢？

母親： 老鼠？

男孩： 是啊，但不是嘔心的老鼠喔。

母親： 如果是這樣的話就可以。

**男孩要養甚麼寵物呢？**

**答案：2**

男の子と女の子が話しています。男の子の今月のアルバイト代はいくらですか？

女の子：お兄ちゃんお金持ちだね。

男の子：だって毎日アルバイトに行ってるもん。

女の子：全部で何枚あるの？

男の子：1，2，3，4……全部で 12 枚。

女の子：全部 10,000 円なの？

男の子：だったら嬉しいけど。ほら、1，2，3，4，5、これらは 1,000
　　　　円札だけど。あっ、これ、10,000 円と思ってたら、5,000 円
　　　　だった。残念……やっぱり来月はもっと頑張らないと。

男の子の今月のアルバイト代はいくらですか？

**男孩正在和女孩談話，男孩今個月的兼職工資有多少？**

女孩：哥哥真有錢。

男孩：因為我每天都有去做兼職啊。

女孩：這裏總共有幾多張？

男孩：1、2、3、4……一共 12 張。

女孩：全部都是 10,000 円嗎？

男孩：是的話就好了。你看，1、2、3、4、5，這些都是 1,000 円來的。
　　　啊，這張，還以為是 10,000 円，原來是 5,000 円。可惜……果
　　　然，下個月也得加油呢。

**男孩今個月的兼職工資有多少？**

1　60,000 円

2　70,000 円

3　80,000 円

4　90,000 円

**答案：3**

男の人と女の人が話しています。男の人は社長になんと言われましたか？

男の人：今日社長に会社を辞めたいというメールを出したら、社長に
　　　　君はうちの会社にとってなくてはならない人間だと言われた
　　　　んです。

女の人：じゃあ、結局辞めるの？辞めないの？

男の人：会社に残ってくれれば、来月給料を 10 % アップしてやるというお言葉までいただいたので、残ることにしたんですよ。

女の人：羨ましいなあ！！！

男の人は社長になんと言われましたか？

**男人和女人正在談話。社長對男人說了甚麼？**

男人： 今日向社長寄出了電郵，告訴他我想要辭職後，社長跟我說我是公司不可或缺的人。

女人： 那麼，結果你辭職了嗎？還是沒有？

男人： 社長跟我說如果我留在公司，下個月會將我的工資調高 10%，所以我決定留下了。

女人： 超羨慕你！！！

**社長對男人說了甚麼？**

1 說希望男人能留下

2 說不希望男人留下

3 說希望男人能留下，此外將會調高下個月的工資

4 說雖然希望男人能留下，可是將會下調下個月的工資

| 題 11 | 答案：4 |

先生と学生が木を見ながら話しています。今、木の上に鳥が何羽いますか？

先生：みなさん、見てごらん。木の上に鳥がたくさん集まっているでしょう。1，2，3......10 羽もいますね。あっ、新しい鳥が 4 羽飛んできて、さらに賑やかになりましたね。

学生：先生、後にも 3 羽いるみたいですよ。

先生：あら、本当ですね。葉っぱがいっぱいのところに体を隠して、他の鳥から自分や子供を守っているかしら。鳥は意外と頭がいいかもしれませんね。

今、木の上に鳥が何羽いますか？

**老師和學生正在邊看樹邊談話。現在樹上有幾多隻鳥兒？**

老師： 各位，大家看看。樹上有很多鳥兒聚集吧。1、2、3……有多

10 隻呢。啊，有 4 隻新的鳥兒飛過來了，變得更加熱鬧了呢。

學生： 老師，後面似乎也有 3 隻呢。

老師： 啊，真的呢！不知道是不是故意躲在很多樹葉的地方後隱藏身
體，藉以保護其他鳥和自己的小孩呢。鳥兒可能比我們想像的更
聰明呢。

**現在樹上有幾多隻鳥兒？**

1　10 隻

2　13 隻

3　14 隻

4　17 隻

題12 **答案：1**

**女の子とお母さんが話しています。女の子の名前はどれですか？**

**女の子：** ママ！

**お母さん：** どうしたの？イザベルちゃん。

**女の子：** 携帯電話であたしの名前を入れてみたらね、吉本の漢字は
あったけど、イザベルの漢字はなかったよ。

**お母さん：** イザベルは漢字がないの。アメリカ人のおじいちゃんが考
えてくれた英語の名前だからカタカナでいいの。

**女の子：** はい、わかった。

**女の子の名前はどれですか？**

1　吉本イザベル

2　吉本いざべる

3　吉本胃挫邊漏

4　吉本 Isabel

**女孩和母親在說話。哪個是女孩的名字呢？**

女孩：媽媽！

母親：怎麼了？Isabel（伊莎貝爾）。

女孩：我試着把自己的名字輸入到手提電話裏，雖然有吉本的漢字，卻
沒有 Isabel 的漢字呢。

母親：Isabel 是沒有漢字的。這是美國人的爺爺為你改的英文名字，所
以用片假名就好了。

女孩：哦，明白了。

**哪個是女孩的名字呢？**

1　吉本イザベル

2　吉本いざべる

3　吉本胃挫邊漏

4　吉本 Isabel

題13　答案：3

男の人と女の人が話しています。男の人の誕生日は何月何日ですか？

男の人：ようこちゃんの誕生日は何月何日ですか？

女の人：12 月 25 日ですよ。

男の人：へえ、クリスマスじゃないですか。しかも、明後日ですね。

　　　　プレゼントあげようかな。

女の人：ほんとに？うれしい！じゃ、よしおくんは、誕生日はいつで

　　　　すか？

男の人：私は四年に一回しか誕生日がないから、いつも 3 月 1 日に

　　　　誕生日パーティーをするようにしています。

女の人：かわいそうですね。

男の人の誕生日は何月何日ですか？

**男人和女人在說話。男人的生日是在甚麼時候呢？**

男人：　洋子的生日是幾月幾日呢？

女人：　12 月 25 日喔。

男人：　那不是聖誕節嗎？而且是後天！我打算給你買禮物呢。

女人：　真的嗎？好高興！那麼，義雄的生日是甚麼時候呢？

男人：　我每四年只有一次生日，所以總是在 3 月 1 日舉行生日派對呢。

女人：　真可憐啊。

**男人的生日是在甚麼時候呢？**

1　12 月 25 日

2　12 月 27 日

3　2 月 29 日

4 3月1日

答案：3

男の人と店員が話しています。男の人はパンをどのくらい買いますか？

男の人：すみません、そのパンください。

店員：はい、一本ですか？

男の人：私は1人ですから、半分ぐらいでいいです。半分に切ってください。

店員：わかりました。これでよろしいですか？

男の人：やっぱりちょっと多いみたいですね。すみません、それをもう一回半分にしてください。

店員：かしこまりました。はい、どうぞ！

男の人：ありがとうございます。

男の人はパンをどのくらい買いますか？

**男人在和店員説話。男人要買多少麵包呢？**

男人：不好意思，請給我那個麵包。

店員：好的，是要一條嗎？

男人：我只有一個人，所以大約要一半就好了。請替我切開一半吧。

店員：明白了，這樣可以嗎？

男人：看來還是有點多呢。不好意思，請把那個再切一半吧。

店員：明白了。好的，請收下！

男人：謝謝。

**男人要買多少麵包呢？**

1　1條

2　1/2條

3　1/4條

4　1/8條

答案：4

先生と男の学生が話しています。男の学生はどうして眠いんですか？

先生：武くん、眠そうですね。ゆうべどうせ遅くまでゲームをしてい

たでしょう。

学生：はい、していましたが、10時にはもうベットに入りましたよ。

先生：ベッドに入っても結局携帯電話で遊んだりしてたんじゃないですか？

学生：違いますよ、ベッドに入ったところ、上の部屋でカラオケが始まったし、隣の部屋もマージャンをやり始めて……

先生：そうですか、それでうるさくて眠れなかったんですね！

学生：先生、話したらどうか許してください。実は、我慢はしていたんですが、どうしてもやりたくなって……

先生：それで隣に？

学生：そうなんです。

先生：武くんたら……

**男の学生はどうして眠いんですか？**

**老師和男學生在說話。男學生為甚麼感到睏？**

老師：　　小武，你好像很睏的樣子。想必昨晚打電子遊戲打到很晚吧？

男學生：是的，的確有玩電子遊戲，不過 10:00 就已經爬進被窩裏了。

老師：　　儘管爬進了被窩，反正還是會玩一下手機吧，不是嗎？

男學生：不是的。我剛爬進被窩，上面的房間開始卡拉 OK 大會，而旁邊的房間就開始打麻雀。

老師：　　哦，所以很嘈吵，令你一直睡不着吧！

男學生：老師，我說出來，請你原諒我。其實是，我已經忍耐着了，但還是忍不住，想去玩一手……

老師：　　所以你就去了旁邊？

男學生：是的……

老師：　　小武，你這個人真是啊……

**男學生為甚麼感到睏？**

1　打電子遊戲打到很晚

2　玩手機玩到很晚

3　唱卡拉 OK 唱到很晚

4 打麻雀打到很晚

題16 答案：2

Q： 「着物を着ている日本人の人の写真を撮りたいとき、なんといいますか？」（想要拍攝穿着和服的日本人時，應該怎樣說呢？）

1 「よろしければ、写真を撮ってもらえませんか？」（不介意的話，請問可以幫我拍張照片嗎？）

2 「よろしければ、写真を撮らせてもらえませんか？」（不介意的話，請問可以讓我拍張照片嗎？）

3 「よろしければ、写真を取ることになりませんか？」（文法不對！）

解說：1是「希望對方做」的「V てもらえませんか」；而2是「希望對方容許自己做」的「V させてもらえませんか」。可參閱本書 67 尊敬語轉換表和 70 可否讓 B 做 C 的 B に（を）C を（に）V させていただけませんか。

題17 答案：2

Q： 「本をいつ返すべきかわからないとき、なんといいますか？」（不知道應該甚麼時候還書時，應該怎樣說呢？）

1 「貸していただけますか？」（可以借給我嗎？）

2 「いつまで借りられますか？」（能借到甚麼時候？）

3 「譲っていただけませんか？」（可以讓它給我嗎？）

解說：1和3均是是「希望對方替自己做」的「V ていただけませんか」，可參閱《3 天學完 N5 88 個合格關鍵技巧》 66 你可否 V 的 V ていただけませんか。

題18 答案：2

Q： 「来月イギリスへ勉強に行く予定です。友人になんといいますか？」（下個月預定會到英國讀書。應該怎樣向朋友說呢？）

1 「いよいよ留年することになりました。」（終於要留級了。）

2 「いよいよ留学することになりました。」（終於要留學了。）

3 「いよいよ留学しようと思っています。」（終於想着要去留學了。）

解說：「V ることになりました」表示「產生 / 變得 V 這個結果」，可參閱本書 52 個人意志的する VS 其他因素的なる VS 提示習慣的よ

う VS 重視結果的こと①。

**答案**：3

Q：「聞いた名前を忘れたときに、なんといいますか？」（忘記了聽過的名字，應該怎樣說呢？）

　　1 「彼の名前はなんでしょう？」（他的名字到底是甚麼呢？）

　　2 「彼は名前がありますか？」（他有名字嗎？）

　　3 「彼の名前はなんでしたっけ？」（他的名字是甚麼來着？）

**解說**：「た型＋っけ」表示不確定的記憶，如文中以前聽過但忘了，所以有種「是甚麼來着」的語感，亦可用於自問自答。

**答案**：1

Q：「隣に座っている人とどこかで会ったことがあるような気がしたとき、なんといいますか？」（發現好像認識坐在旁邊的人，應該怎樣說呢？）

　　1 「あのう、前どこかでお会いしましたか？」（那個，我們以前是不是在哪見過面？）

　　2 「あのう、その席は私の席なんですけど……」（那個，那位子是我的＝你正在坐着我的位子……）

　　3 「あのう、愛してますよ！」（那個，我愛你！）

**答案**：1

Q：「すみません、お釣りの金額が間違っているようなんですが……」（不好意思，找贖金額似乎有點不對……）

　　1 「いちど確認させていただきます。」（請讓我再確認一次。）

　　2 「そういうことですね。」（就是這樣呢。）

　　3 「じゃ、明日じゃなくて来週にしましょう。」（那麼，不是明天，改成下週吧。）

**解說**：3 的「来週にしましょう」源自「決定要選擇 N」的「N にします」

的意向型。可參閱本書 55▶ 決定要選擇 A 的 A にする。

題22 | 答案：1

Q： 「飛行機の席ですが、ただいま通路側しか残っていませんが……」

（至於飛機上的座位，現在只剩下走廊通道側的位置……）

1 「ええ、それでも構いませんよ。」（好，無所謂喔。）

2 「ええ、窓側でも大丈夫ですよ。」（好，窗邊也可以喔。）

3 「ええ、お会いできてうれしいです。」（對，能跟你會面我很高

興。）

解說：1 的「構いません」表示「也不要緊 / 無所謂」，「て型＋構いませ

ん」有「即使 V 也不要緊 / 無所謂」的意思。

題23 | 答案：3

Q： 「夢を捨てなければ、チャンスはいくらでもありますよ！」（只

要不放棄夢想，一定還有很多機會的！）

1 「そうですね、昨日は夢の中で先生を見ました。」（說的也

是，昨天在夢中夢見老師你呢。）

2 「ごもっとも、今が旬ですから。」（完全正確，因為現在是當

造的季節啊。）

3 「よっし、がんばらなくっちゃ！」（好的，要更加努力了！）

解說：3 的「なくっちゃ」是「なければ」的口語版，可參閱本書 9▶

口語變化②。

題24 | 答案：1

Q： 「このパンダのクッキーは可愛いですね！」（這個熊貓曲奇很可

愛呢！）

1 「ええ、鈴木課長にいただきました。」（對，鈴木課長贈送給

我的。）

2 「ええ、鈴木課長があげました。」（對，鈴木課長送給他人

的。）

3 「ええ、鈴木課長が差し上げました。」（文法不對！）

解說：「私は P（鈴木課長）に O（パンダのクッキー）をもらいました」

＝「P はわたしに O をくれました」。誰給誰做了甚麼，使用甚

麼助詞，可參閱本書 **66** 。

麼助詞，可參閱本書 **66** 。

題 25　**答案：** 2

**Q：**　「もしもし、聞こえますか？」（喂喂，聽到嗎？）

1　「声が小さいから、聞こえます。」（因爲【你的】聲音很小，所以聽得到。）

2　「聞こえますが、声が大きすぎます！」（我聽到，可是【你】聲音太大了！）

3　「それを超えていましたね！」（已經超越了那個！）

**解說：** 1 不符合邏輯，所以不對。2 的「すぎる」有「過分」的意思，可參閱《3 天學完 N5　88 個合格關鍵技巧》 **62** V 得太多 / 太過分的 V-stem 過ぎ。「聞こえます」是聽得到（有關聽力的問題，相當於英語的 hear）。

題 26　**答案：** 2

**Q：**　「松本くんは英語もペラペラだし、背も高いし、それに……」（松本君英語不僅說得非常流利，而且長得又高，又……）

1　「そうですね、ちょっと性格が悪いですよね！」（對呢，性格有點壞吧！）

2　「それで、好きになった訳ですね！」（所以就喜歡上他，對吧！）

3　「そうですね、それは大したことじゃないよね。」（對呢，才這麼一點小事。）

**解說：**「それに」表示「而且」，所以敘述內容必須和前面的內容一致，所以 1 肯定不對。「それに」和「それで」可參閱《3 天學完 N5　88 個合格關鍵技巧》 **52** 而且的それに VS 因此的それで。

題 27　**答案：** 2

**Q：**　「手作りのチョコレートだけど、食べて欲しいなあ……」（這是我自己做的朱古力，希望你可以嘗一下……）

1　「ええ、食べて欲しいね。」（對，很想你替我吃。）

2　「じゃあ、いただきます。」（那麼我不客氣了。）

3　「ぜひ食べてください。」（請你一定要嘗嘗看。）

**解說：**「V てほしい」表示「想對方為自己 V」，有別於「自己想 V」的「V

たい」，可參考本書 **38** 想對方做的事情的 V てほしい。

| 題 28 | **答案**：3 |

Q： 「日本語（にほんご）が上手（じょうず）ですね！」（你的日語很流利呢！）

1 「いいえ、あなたよりは上手（じょうず）なはずです。」（不是，應該是比你要好。）

2 「いいえ、あなたより下手（へた）じゃありません。」（不是，比你不會太差。）

3 「いいえ、あなたほどじゃありません。」（不是，沒有你的好。）

**解說**：「N ほど＋否定型」表示「沒有 / 不如 N 那麼」。

| 題 29 | **答案**：3 |

Q： 「非常（ひじょう）に言（い）いにくい話（はなし）ですが……」（這是件非常難以啟齒的事情……）

1 「大丈夫（だいじょうぶ）ですよ、話（はなし）が上手（じょうず）ですから。」（沒關係的啊，因為我話說得很好。）

2 「肉（にく）の中（なか）で、鶏肉（とりにく）が一番健康的（いちばんけんこうてき）だと思（おも）います。」（在肉類當中，我認為雞肉是最健康的。）

3 「なんですか、聞（き）かせてください。」（是甚麼事情，請告訴我吧。）

**解說**：「聞（き）かせてください」可理解為「聞（き）く」的使役「聞（き）かせ」＋「てください」，表示「請讓我聽」，可意譯為「請告訴我」。可參照本書 **69** A 讓 / 命令 B 做 C 的 A は B に C を V させる。

日語考試
備戰速成系列

# 日本語
## 能力試驗
## 精讀本

3 天學完 N4・88 個合格關鍵技巧

編著

　亞洲語言文化中心
CENTRE FOR ASIAN LANGUAGES AND CULTURES
香港恒生大學
THE HANG SENG UNIVERSITY OF HONG KONG　

香港恒生大學亞洲語言文化中心、
陳洲

責任編輯
林可欣、李穎宜

裝幀設計
鍾啟善

排版
何秋雲

插畫
張遠濤

中譯
陳洲、恒大翻譯小組

錄音
陳洲、葉雯霭、恒大錄音小組

出版者
萬里機構出版有限公司
香港北角英皇道 499 號北角工業大廈 20 樓
電話：2564 7511　　傳真：2565 5539
電郵：info@wanlibk.com
網址：http://www.wanlibk.com
　　　http://www.facebook.com/wanlibk

發行者
香港聯合書刊物流有限公司
香港荃灣德士古道 220-248 號荃灣工業中心 16 樓
電話：2150 2100　　傳真：2407 3062
電郵：info@suplogistics.com.hk
網址：http://www.suplogistics.com.hk

承印者
中華商務彩色印刷有限公司
香港新界大埔汀麗路 36 號

出版日期
二〇二〇年六月第一次印刷
二〇二四年五月第二次印刷

規格
特 32 開（210 ×148 mm）